Die Klippenland-Chroniken

Twig
bei den
Himmelspiraten

Paul Stewart wurde 1955 in London geboren. Nach seinem Universitätsstudium arbeitete er als Lehrer in England und auf Sri Lanka. Heute hat er seine Unterrichtstätigkeit aufgegeben, um sich ganz dem Schreiben zu widmen. Er lebt mit seiner Familie in Brighton.

Twig bei den Himmelspiraten ist nach *Twig im Dunkelwald* (CTB 217) der zweite Band der *Klippenland-Chroniken* im Carlsen Taschenbuch.

Chris Riddell wurde 1962 in Südafrika geboren und studierte Illustration in Brighton. Er hat zahlreiche Bücher illustriert. Chris Riddell lebt mit seiner Frau und seinen drei Kindern ebenfalls in Brighton.

Die Klippenland-Chroniken

Twig
bei den
Himmelspiraten

PAUL STEWART

Mit Illustrationen von
CHRIS RIDDELL

Aus dem Englischen von Wolfram Ströle

CARLSEN

Für William und Joseph

Veröffentlicht im Carlsen Verlag
Oktober 2003
Mit freundlicher Genehmigung des Sauerländer Verlages
Originalcopyright © 1998 Paul Stewart (Text) und Chris Riddell (Illustrationen)
Originalverlag: Transworld Publishers, a division of the Random House Group Ltd.
Originaltitel: »The Edge Chronicles. Stormchaser«
Copyright © der deutschsprachigen Ausgabe: 2001 Sauerländer Verlag
2002 Patmos Verlag GmbH & Co. KG
Sauerländer Verlag, Düsseldorf
Umschlagbild: Chris Riddell
Umschlaggestaltung: Doris K. Künster / Britta Lembke
Corporate Design Taschenbuch: Dörte Dosse
Druck und Bindung: GGP Media, Pößneck
ISBN 3-551-37219-5
Printed in Germany

Der kluge Klick: www.carlsen.de

Inhalt

Vorwort

Weit, weit weg, in einer fernen Welt, ragt wie die Galionsfigur eines gewaltigen steinernen Schiffes das so genannte Klippenland ins Leere. Ein reißender Strom ergießt sich unablässig über den felsigen Überhang.

Der Strom ist an dieser Stelle breit angeschwollen. Donnernd stürzt er in die wabernden Nebel des Abgrunds. Man kann ihn sich – wie alle großen, laut und wichtig daherkommenden Dinge – gar nicht anders vorstellen. Dabei könnte sein Ursprung bescheidener nicht sein.

Der Klippenfluss entspringt tief im Landesinneren, hoch droben im undurchdringlichen, unheimlichen Dunkelwald. Aus einem kleinen, blubbernden Teich rinnt ein Bächlein kaum breiter als ein Stück Schnur in ein sandiges Kiesbett. Der majestätische Dunkelwald lässt das Rinnsal noch tausendmal unbedeutender wirken.

Der tiefe Dunkelwald ist ein unwirtlicher, gefährlicher Ort für die, die hier zu Hause sind, und das sind viele. Waldtrolle, Schlächter, Honigkobolde, Höhlenfurien und andere merkwürdige Geschöpfe und Kreaturen, sie alle einander. Manchmal sind es ganz besondere Stürme. Aus den Blitzen, die sie nach unten schleudern, entsteht Sturmphrax, ein Stoff, der so kostbar ist, dass auch er trotz der schrecklichen Gefahren des Dämmerwalds wie ein Magnet oder eine Flamme alle diejenigen anzieht, die ihn besitzen wollen.

Die unteren Ausläufer des Dämmerwalds gehen in die Modersümpfe über, einen stinkenden, verseuchten Landstrich, voll gepumpt mit den Abfällen der Fabriken und Gießereien von Unterstadt. Der Müll wird hier schon so lange gelagert, dass das Land so gut wie tot ist. Trotzdem gibt es noch Leben wie überall im Klippenland, Trödler und Lumpensammler mit entzündeten Augen und einer Haut so fahl wie ihre Umgebung. Einige verdingen sich als Fremdenführer. Sie führen ihre Schützlinge durch die giftigen Dämpfe und den trügerischen Morast dieser Wüstenei, rauben sie bis auf den letzten Heller aus und überlassen sie dann ihrem Schicksal.

Wer es trotzdem durch die Sümpfe schafft, gelangt in ein Labyrinth aus schmutzigen Gassen und windschiefen Hütten auf beiden Seiten des ölig schillernden Klippenflusses. Der Gerettete befindet sich in Unterstadt.

Die Bevölkerung in den engen Gassen setzt sich aus den kuriosen Gestalten und Kreaturen des Klippenlandes zusammen. Unterstadt ist schmutzig, überbevölkert und eine Brutstätte der Gewalt, zugleich aber auch der Mittelpunkt des Handels und des Schwarzmarkts. Es wimmelt vor Geschäftigkeit. Jeder, der hier lebt, geht einem auf einen bestimmten Stadtteil beschränkten Gewerbe nach und ist Mitglied der entsprechenden Liga. Dies führt zu Intrigen und Verschwörungen, bitterer Rivalität und ständigen Reibereien der Stadtteile, Ligen und Händler untereinander. Die Mitglieder der Liga der freien Kaufleute hält nur eins zusammen: der gemeinsame Hass auf die gefürchteten Himmelspiraten, die mit ihren Schiffen den Himmel über dem Klippenland beherrschen und glücklose Kaufleute, die ihren Weg kreuzen, ausrauben.

In der Mitte von Unterstadt ist ein großer, eiserner Ring in den Boden eingelassen. Er hält eine lange und schwere Kette, die zum Himmel aufsteigt und abwechselnd straff gespannt ist und locker durchhängt. Am Ende der Kette schwebt ein riesiger Felsen.

Dieser Felsen ist wie die anderen schwebenden Felsen des Klippenlandes in den Steinernen Gärten gewachsen – er drückte von unten durch den Boden, wuchs, wurde von darunter nachwachsenden Felsen noch weiter hinausgedrückt und vergrößerte sich noch mehr. Als er so groß und leicht war, dass er vom Boden abhob, wurde er an der Kette befestigt. Auf ihm wurde eine prächtige Stadt errichtet: Sanktaphrax.

Sanktaphrax mit seinen hohen, durch Stege und Brücken verbundenen Türmen ist ein Hort der Gelehrsamkeit. Dort leben Wissenschaftler und Alchemisten mit ihren Gehilfen und es gibt Bibliotheken, Laboratorien, Vortragssäle, Speisesäle und Gemeinschaftsräume. Die mysteriösen Dinge, die man dort lernt, sind ein streng gehütetes Geheimnis und Sanktaphrax ist bei aller scheinbaren Entrücktheit und Weltfremdheit ein siedender Kessel von Eifersüchteleien, Intrigen und bitterem Zank.

Der Dunkelwald, die Nebelkante, der Dämmerwald, die Modersümpfe, die Steinernen Gärten, Unterstadt und Sanktaphrax, der Klippenfluss – das sind bislang nur Namen auf einer Karte.

Doch zu jedem Namen gehören tausend Geschichten, auf uralten Pergamentrollen aufgezeichnet und von Generation zu Generation mündlich überliefert, Geschichten, die heute noch erzählt werden.

Was folgt, ist nur eine davon.

KAPITEL 1

Wiedersehen

E s war Mittag und ganz Unterstadt war auf den Beinen. Über der Stadt hing eine schmutzige Dunstglocke, die die Umrisse der Dächer und der Sonne verschwimmen ließ. Auf den engen Straßen und Gassen herrschte fieberhaftes Treiben.

An allen Ecken wurde gehandelt, gefeilscht und gestritten. Musikanten spielten auf, fliegende Händler priesen lauthals ihre Waren an, in dunklen Ecken standen Bettler und streckten mitleidheischend ihre Hüte aus – doch nur wenige blieben stehen und warfen Münzen hinein. Die meisten eilten achtlos vorüber, zu beschäftigt mit sich selbst um noch einen Gedanken an jemand anders zu verschwenden.

Wer in Unterstadt Erfolg haben wollte, musste möglichst schnell von hier nach dort gelangen, als Erster ein Geschäft abschließen, den besten Preis erzielen und zugleich die Konkurrenz unterbieten. Wer hier überleben wollte, brauchte Nerven aus Stahl und Augen am Hinterkopf; er musste lernen zu lächeln, während er dem anderen das

Messer in den Rücken stieß. Das Leben in Unterstadt war hart und unbarmherzig.

Und zugleich herrlich prickelnd.

Twig eilte von den Luftdocks stadteinwärts und über den Marktplatz – nicht weil er es besonders eilig gehabt hätte, sondern weil ihn die allgemeine Hektik ansteckte. Außerdem hatte er schmerzhaft erfahren müssen, dass derjenige, der sich nicht dem halsbrecherischen Lebenstempo anpasste, Gefahr lief zu Boden gestoßen und niedergetrampelt zu werden. Neben »Vermeide Augenkontakt« und »Zeige keine Schwäche« lautete die dritte wichtige Verhaltensregel in Unterstadt »Schwimme stets mit dem Strom«.

Twig litt unter der Hitze. Die Sonne stand im Zenit und brannte

sengend herunter trotz des stickigen, faulig riechenden Rauches der Gießereien, der die Sonne wie hinter einem Schleier verbarg. Kein Lüftchen regte sich und auf dem Weg zwischen den Buden und Ständen hindurch stieg Twig ein verwirrendes Gemisch aus verschiedensten Düfte in die Nase. Es roch nach schalem Waldbräu, überreifem Käse, angebrannter Milch, kochendem Klebstoff, geröstetem Pinienkaffee und brutzelnden Tilderwürstchen …

Der würzige Duft der Würstchen versetzte Twig wie immer in Gedanken in die Vergangenheit zurück – in die Zeit seiner Kindheit. Einmal im Jahr, in der großen Trollnacht, hatten in dem Dorf, in dem er aufgewachsen war, die Erwachsenen einen Festschmaus mit der traditionellen Tilderwürstchensuppe veranstaltet. Wie lange das jetzt schon her war und wie weit weg! Das Leben im Dunkelwald war so anders gewesen, so abgeschottet, geordnet und beschaulich. Twig musste lächeln. Um nichts in der Welt hätte er zu diesem Leben zurückkehren wollen, jedenfalls nicht jetzt. Nicht um alle Bäume des Dunkelwalds.

Er eilte weiter über den Marktplatz. Der appetitanregende Duft der Würstchen wurde schwächer und von einem anderen Geruch abgelöst, der in Twig ganz andere Erinnerungen weckte – dem untrüglichen Geruch frisch gegerbten Leders. Twig blieb stehen und sah sich um.

An einer Hauswand stand ein großer Kerl mit der blutroten Haut und den feuerroten Haaren eines Schlächters. Um den Hals hing ihm ein hölzerner Bauchladen, auf dem lederne, an Riemen aufgefädelte Talismane und Amulette lagen, die der Schlächter verkaufte oder, besser gesagt, zu verkaufen *versuchte*.

»Glücksbringer!«, schrie er. »Kaufen Sie hier Ihren Glücksbringer!«

Niemand beachtete ihn und wenn er einem vorbeikommenden Kobold oder Troll einen Glücksbringer umhängen wollte, schüttelte der nur ablehnend den Kopf und eilte weiter.

Traurig beobachtete Twig den Schlächter. Offenbar hatte der Rotschopf wie so viele Bewohner des Dunkelwalds den Gerüchten Glauben geschenkt, die Straßen von Unterstadt seien mit Gold gepflastert, und jetzt musste er feststellen, dass die Wirklichkeit ganz anders aussah. Mit einem Seufzer wandte Twig sich ab und wollte weitergehen. Da drängelte ein besonders abstoßend aussehender Trottler in zerlumpten Kleidern und schweren Stiefeln an ihm vorbei.

»Glücksbringer gefällig?«, fragte der Schlächter munter und trat vor, in der ausgestreckten Hand ein Lederband.

»Fass mich nicht mit deinen blutigen Händen an!«, brüllte der Trottler und stieß den Arm grob weg.

Der Schlächter verlor das Gleichgewicht und schlug der

Länge nach auf den Boden. Seine Ketten flogen in alle Richtungen.

Der Trottler stapfte fluchend weiter und Twig eilte zu dem Schlächter. »Hast du dir wehgetan?«, fragte er und streckte die Hand aus um ihm aufzuhelfen.

Der Schlächter rollte herum und starrte ihn verwirrt an. »So ein Grobian!«, jammerte er und begann die Amulette einzusammeln und wieder auf den Bauchladen zu legen. »Ich will nur auf ehrliche Weise mein Geld verdienen.«

»Das ist sicher nicht leicht«, sagte Twig mitfühlend. »So weit weg von deinem Zuhause.«

Twig kannte die Schlächter gut. Er war einmal in ihrem Dorf im Dunkelwald gewesen und trug bis zu diesem Tag die Weste aus Hammelhornfell, die er dort geschenkt bekommen hatte. Der Schlächter sah ihn an. Twig tippte sich grüßend mit den Fingern an die Stirn und streckte noch einmal die Hand aus.

Diesmal ergriff der Schlächter sie und zog sich daran hoch. Die Amulette hatte er inzwischen eingesammelt. Er tippte sich ebenfalls an die Stirn. »Ich bin Flechser«, sagte er. »Danke übrigens, dass du stehen geblieben bist um mir zu helfen. Die meisten wären weitergegangen.« Er schniefte. »Du willst wahrscheinlich keinen ...« Er brach ab.

»Was?«, fragte Twig.

Der Schlächter hob die Schultern. »Ich habe nur überlegt, ob *du* vielleicht einen Glücksbringer kaufen willst.«

Und noch ehe Twig etwas sagen konnte, wählte der Schlächter einen ledernen Talisman aus und hielt ihn Twig hin. Twig musste schmunzeln. »Wie wär's mit dem hier? Der sieht besonders passend aus.«

Twig betrachtete die verschlungene Spirale, die in das dunkelrote Leder eingraviert war. Er wusste, dass die Muster auf den Talismanen für die Schlächter eine besondere Bedeutung hatten.

»Wer dieses Amulett trägt«, fuhr der Schlächter fort und band Twig das Band um den Hals, »hat keine Angst mehr vor dem Bekannten.«

»Du meinst doch sicher vor dem *Un*bekannten«, sagte Twig. Der Schlächter schnaubte. »Vor dem Unbekannten haben doch nur Schwächlinge und Dummköpfe Angst«, sagte er. »Und dafür halte ich dich nicht. Nein, bei meinen Amuletten, meist fürchten wir das, was wir kennen, viel mehr. Und da ich schon vom Geld spreche, das macht dann sechs Quarter.« Twig langte in seine Taschen. »Es sei denn«, fügte der Schlächter mit einem verschwörerischen Flüstern hinzu, »du kannst mit Phraxstaub zahlen.« Er sah auf den kugelförmigen, silbernen Anhänger um Twigs Hals. »Ein Staubkörnchen würde genügen.«

»Tut mir Leid«, erwiderte Twig und ließ die Münzen in die ausgestreckte rote Hand fallen. »Habe ich nicht.«

Der Schlächter zuckte enttäuscht mit den Schultern. »War ja nur eine Frage«, murmelte er.

Twig setzte seinen Weg durch das verschlungene Labyrinth der engen Gassen fort. Der neu erworbene Talisman hing an seinem Hals neben den anderen, die sich dort über die Jahre angesammelt hatten.

Als Twig an einer Tierhandlung vorbeikam, aus der ihm ein schwüler Geruch nach feuchtem Stroh und warmem Fell

entgegenschlug, sprang ihn ein kleines, bösartig aussehendes Geschöpf mit gefletschten Zähnen an. Twig wich erschrocken zurück, dann lachte er erleichtert auf. Das Tier war an einer Leine angebunden, an deren Ende es jetzt aufgeregt hechelnd auf und ab hüpfte. Es handelte sich um den Welpen eines Hungerlungers, der mit ihm spielen wollte.

»Na, du«, sagte Twig. Er hockte sich hin und kraulte dem übermütigen Welpen das behaarte Kinn. Der kleine Hungerlunger gluckste vor Behagen und rollte sich auf den Rücken. »Du bist ja niedlich.« Twig wusste, dass es nicht so bleiben würde. Ausgewachsene Hungerlunger wurden als Lasttiere eingesetzt und zur Bewachung von Wertsachen, vorausgesetzt man hatte welche.

»He!«, hörte er jemand heiser flüstern. »Was verschwendest du deine Zeit mit diesem Sack voller Blutflöhe? Komm rüber zu mir.«

Twig blickte auf. Neben dem Hungerlunger entdeckte er an der verlotterten Ladenfront noch zahlreiche andere Kreaturen: Tiere mit Fell, mit Federn und mit Schuppen und einige kleinwüchsige Trolle und Kobolde, die an der Hauswand angekettet waren. Keiner von ihnen sah aus, als habe er gerade gesprochen.

»Hier oben, Twig«, krächzte die Stimme wieder, diesmal noch drängender. Ein Schauer lief Twig den Rücken hinauf und wieder hinunter. Wer immer da gesprochen hatte, kannte ihn. »*Hier!*«

Twig sah auf und hielt erschrocken den Atem an. »Raupenvogel!«, rief er.

»Eben der«, flüsterte der Raupenvogel und drehte sich auf der Stange ungeschickt zu ihm um. »Sei gegrüßt.«

»Du auch«, sagte Twig. »Aber ...«

»Nicht so laut«, zischte der Raupenvogel und ließ das rechte Auge zur Eingangstür wandern. »Wabbelspak darf nicht wissen, dass ich sprechen kann.«

Twig nickte und schluckte den Kloß in seinem Hals hinunter. Wie kam ein so edles Tier in diesen schäbigen Laden? Twig war dabei gewesen, als der Raupenvogel geschlüpft war, und seitdem hatte der Vogel auf ihn aufgepasst. Wer hatte die Frechheit besessen ihn einzusperren? Und warum saß der Arme jetzt in einem Käfig, kaum größer als er selbst, sodass er sich auf seiner Stange ducken und den prächtigen Schnabel durch die Gitterstäbe stecken musste, unfähig aufrecht zu sitzen oder die Flügel auszubreiten?

»Ich hol dich raus«, sagte Twig und zog hastig sein Messer aus dem Gürtel. Er steckte die dünne Klinge in das Schlüsselloch des Vorhängeschlosses und wackelte damit hin und her.

»Beeil dich«, drängte der Raupenvogel. »Und lass dich beim Himmel nicht von Wabbelspak erwischen.«

»Gleich hab ich es ...«, murmelte Twig mit zusammengebissenen Zähnen. Doch das Schloss wollte nicht aufgehen. »Wenn ich bloß ...«

In diesem Moment ertönte ein ohrenbetäubender Schlag. Twig ließ das Messer erschrocken sinken und fuhr herum, doch er wusste schon, was geschehen war, denn es passierte immer wieder. Ständig rissen die Eisenketten, die das über Unterstadt schwebende Sanktaphrax festhielten.

»Schon wieder eine entzwei!«, schrie jemand.

»Pass auf!«, kreischte jemand anders.

Aber es war zu spät. Schon fiel die gerissene Kette mit einem merkwürdig harmlosen Rasseln herunter.

Die Passanten auf der Straße rannten in alle Richtungen auseinander, stießen zusammen und fielen hin.

Die Kette schlug auf dem Boden auf. Ein Schrei ertönte, dann kehrte Stille ein.

Twig wartete, bis sich der Staub gelegt hatte, dann sah er sich um. Die Kette hatte das Dach des Haushaltswarengeschäfts gegenüber zertrümmert und zwei Buden dem Erdboden gleichgemacht. Und dort auf der Straße lag der Unglücksrabe, der geschrien hatte, platt gedrückt vom Gewicht der Eisenglieder.

Twig starrte auf die zerlumpten Kleider und die schweren Stiefel. Es war der Trottler. Vielleicht hättest du dem Schlächter doch was abkaufen sollen, dachte der Junge und tastete nach dem Amulett an seinem Hals. Jetzt war es jedenfalls zu spät. Jetzt konnte dem Grobian nichts mehr helfen.

»Schrecklich«, hörte er den Raupenvogel seufzen. »Lange lässt die Katastrophe nicht mehr auf sich warten, das sage ich dir.«

»Was meinst du?«, fragte Twig.

»Das ist eine lange Geschichte«, erwiderte der Vogel. »Und ...« Er verstummte.

»Ja?«

Der Raupenvogel schwieg und ließ ein Auge bedeutungsvoll zur Ladentür wandern.

»He du!«, rief eine barsche Stimme. »Willst du den Vogel kaufen oder was?« Twig ließ schnell das Messer im Ärmel verschwinden und drehte sich um. Vor ihm stand breitbeinig ein untersetzter Mann. Die Hände hatte er in die Hüften gestemmt.

»Ich ... ich habe mich hier nur untergestellt, als die Kette riss«, sagte Twig.

»So, so«, brummte Wabbelspak und nahm den Schaden in Augenschein, den die Kette verursacht hatte. »Wirklich schlimm, dass die Ketten immer wieder reißen. Und alles nur wegen der blöden Akademiker. Was haben wir denn von denen? Parasiten sind das allesamt, jawohl. Und weißt du was? Wenn es nach mir ginge, würde ich sämtliche Ketten durchschneiden und Sanktaphrax in den Himmel fliegen lassen.« Er tupfte sich die schweißglänzende Stirn mit einem schmutzigen Taschentuch ab. Bitter fügte er hinzu: »Dann wären wir die Schmarotzer endlich los!«

Twig starrte ihn sprachlos an. Noch nie hatte er jemanden derart auf die Gelehrten der fliegenden Stadt schimpfen hören.

»Sei's drum«, fuhr Wabbelspak fort. »Wenigstens ist von meinen Sachen nichts kaputtgegangen. *Diesmal* nicht. Willst du den Vogel jetzt oder nicht?« Er schnaufte kurzatmig.

Twig musterte den zerzausten Raupenvogel. »Ich suche eigentlich einen, der sprechen kann.«

Wabbelspak lachte höhnisch. »Aus dem kriegst du kein Wort heraus. Der ist dumm wie Bohnenstroh. Aber bitte sehr, versuchen kannst du es ja ... Ich könnte dir einen sehr günstigen Preis machen.« Er drehte sich plötzlich um. »Ich habe noch einen anderen Kunden«, rief er schon im Gehen. »Gib mir Bescheid, wenn du Hilfe brauchst.«

»Dumm wie Bohnenstroh, also wirklich!«, schimpfte der Raupenvogel empört, als Wabbelspak verschwunden war. »So eine Unverschämtheit!« Er beäugte Twig. »Steh hier nicht so dämlich rum. Lass mich raus, solange die Luft rein ist.«

»Nein«, sagte Twig.

Der Raupenvogel starrte ihn verdattert an, dann legte er den Kopf schräg, so weit es der Käfig zuließ. »Nein?«

»Nein«, wiederholte Twig. »Zuerst will ich die ›lange Geschichte‹ hören. Du hast gesagt, bald sei die Katastrophe da. Ich will wissen, was für eine. Was ist denn passiert?«

»Lass mich raus und ich erzähle dir alles«, sagte der Raupenvogel.

»Nein«, sagte Twig zum dritten Mal. »Ich kenne dich. Sobald ich den Käfig aufsperre, bist du über alle Berge und ich sehe dich erst der Himmel weiß wann wieder. Zuerst die Geschichte, dann lasse ich dich raus.«

»Ganz schön frech, du Grünschnabel!«, krächzte der Vogel aufgebracht. »Nach allem, was ich für dich getan habe.«

»Nicht so laut.« Twig sah unruhig zur Ladentür. »Sonst hört Wabbelspak dich noch.«

Der Raupenvogel verstummte und schloss die Augen. Twig befürchtete schon, er würde hartnäckig schweigen, und wollte gerade einlenken, da bewegte sich der Schnabel.

»Es begann vor langer Zeit«, sagte der Vogel. »Genauer gesagt, vor zwanzig Jahren. Dein Vater war damals nicht viel älter als du heute.«

»Aber damals warst du doch noch gar nicht geboren«, warf Twig ein.

»Raupenvögel teilen ihre Träume miteinander, das weißt du doch«, entgegnete der Vogel. »Was einer geträumt hat, haben alle geträumt. Aber wenn du mich weiter ständig unterbrichst ...«

»Entschuldigung«, sagte Twig. »Ich unterbreche dich nicht mehr.«

Der Raupenvogel räusperte sich gereizt. »Dann tu's auch nicht.«

KAPITEL 2

Die Geschichte des
Raupenvogels

Also«, begann der Raupenvogel, »es war ein kalter, stürmischer, aber klarer Abend. Der Mond ging über Sanktaphrax auf, schwarz hoben sich die Türme vor dem purpurnen Himmel ab. Eine einsame Gestalt trat aus der Tür eines klobigen Turms und huschte über den gepflasterten Hof, ein Lehrling der Regenschmecker namens Vilnix Pompolnius.«

»Was, *der* Vilnix Pompolnius?«, platzte Twig heraus. »Der Allerhöchste Akademiker von Sanktaphrax?« Er hatte den berühmten Gelehrten nie gesehen, wohl aber von ihm gehört.

»Eben derselbe«, sagte der Raupenvogel. »Viele von denen, die groß und mächtig sind, stammen aus bescheidenen Verhältnissen – Vilnix Pompolnius war ursprünglich Scherenschleifer in Unterstadt. Doch trieb ihn immer ein skrupelloser Ehrgeiz, ganz besonders in jener Nacht. Mit gesenktem Kopf eilte er gegen den Wind auf die glitzernden Türme der Schule des Lichts und der Dunkelheit zu. Sein Kopf war eine Brutstätte finsterer Gedanken und Intrigen.«

Twig erschauerte und die Haare seiner Hammelhornweste stellten sich Unheil verkündend auf.

»Dieser Vilnix«, fuhr der Raupenvogel fort, »hatte einen Gönner, einen sehr geneigten Gönner und seinerzeit besonders einflussreichen Gelehrten von Sanktaphrax, den Professor der Dunkelheit. Der Professor förderte Vilnix während dessen Studiums an der Ritterakademie und verschaffte ihm später, als Vilnix wegen Aufsässigkeit von der Akademie flog, einen Platz an der Fakultät der Regenschmecker, sodass er in Sanktaphrax bleiben konnte.«

Der Raupenvogel holte Luft. »Vilnix betrat also das prächtige Arbeitszimmer des Professors und hielt mit dramatischer Geste ein Gefäß in die Höhe, das eine Flüssigkeit enthielt. ›Der Regen, der von der Klippe hereinkommt, wird immer saurer‹, verkündete er. ›Der Grund dafür ist ein Anstieg

28

der sauren Nebelpartikel in den Regentropfen.‹ Und listig fügte er hinzu: ›Ich dachte, vielleicht interessiert Sie das.‹

Der Professor der Dunkelheit war auch tatsächlich interessiert, sehr sogar. Die höhere Konzentration von sauren Nebelpartikeln kündigte womöglich einen großen Sturm an. ›Ich muss mich mit den Windfühlern und Wolkenguckern besprechen und sie fragen, ob sie ebenfalls bemerkt haben, dass sich ein großer Sturm anbahnt‹, sagte er. ›Gut gemacht, mein Junge.‹

Vilnix' Augen glommen auf und sein Herz setzte einen Schlag aus. Das ging ja besser, als er gehofft hatte. Vorsichtig, denn er wollte keinen Verdacht wecken, horchte er den alten Professor weiter aus. ›Ein großer Sturm?‹, fragte er unschuldig. ›Heißt das, ein Ritter der Akademie wird ausgeschickt um nach Sturmphrax zu suchen?‹

Der Professor nickte und klopfte auf die Papiere vor ihm. ›Es wäre auch höchste Zeit, wenn diese Zahlen hier stimmen sollten‹, sagte er. ›Der große Felsen, auf dem Sanktaphrax steht, wächst immer noch. Er wird immer größer, bekommt immer mehr Auftrieb ...‹ Seine Stimme brach ab. Niedergeschlagen schüttelte er den Kopf.

Vilnix beobachtete ihn aus den Augenwinkeln. ›Und Sie brauchen mehr Sturmphrax in der Schatzkammer um ihn zu beschweren – um ... um ...‹

Der Professor nickte heftig. ›Um das Gleichgewicht zu erhalten.‹ Er seufzte. ›Schon lange ist kein Ritter der Akademie mehr mit frischem Sturmphrax zurückgekehrt.‹

Ein verächtliches Lächeln spielte um Vilnix' Lippen. ›Und welcher Ritter soll diesmal geschickt werden?‹

Der Professor schnaubte. ›Der Günstling des Professors

des Lichts, Quintinius ...‹ Er runzelte
die Stirn. ›Quintinius ... wie heißt er
noch gleich?‹

Vilnix zuckte zusammen.
›Quintinius *Verginix*.‹«

»Mein Vater!«, rief Twig, der
keinen Moment länger still halten konnte. »Ich wusste gar
nicht, dass er den Allerhöchsten
Akademiker kennt und die Ritterakademie
besucht hat ...« Der Junge schwieg, dann fügte er hinzu:
»Aber ich weiß ja sowieso nicht viel über die Zeit, als er
noch nicht Himmelspirat war.«

»Wenn du noch für einen Moment den Mund halten könntest«, sagte der Raupenvogel ungeduldig, »dann kann ich
vielleicht ...« Er wurde durch ein panisches Jaulen unterbrochen, das aus dem Innern der Tierhandlung kam.

Dann stand auf einmal Wabbelspak in der Tür, weiß wie ein
Bettlaken. Seinem wirren Gestammel war zu entnehmen,
dass sich soeben ein Klauengreif – ein gefräßiger Raub-

vogel mit hässlich gezahntem Schnabel und rasiermesser-scharfen Krallen – von seinem Strick befreit hatte und über einen wehrlosen Schoßmuffler hergefallen war.

»Hat er ihn verletzt?«, fragte Twig.

»Verletzt?«, ächzte Wabbelspak. »Den Schoßmuffler? Das will ich meinen. Die ganzen Gedärme hängen ihm heraus. Und so ein Schoßmuffler bringt viel Geld. Jetzt muss ich ihn von einem Straßendoktor wieder zusammennähen las-sen.« Er starrte Twig an, als sehe er ihn zum ersten Mal. »Kann ich dir vertrauen?«

Twig nickte.

»Da du immer noch hier bist, würde es dir etwas ausma-chen, auf den Laden aufzupassen, solange ich weg bin? Es soll dein Nachteil nicht sein.«

»Meinetwegen«, sagte Twig. Es durfte nicht zu eifrig klin-gen.

Sobald Wabbelspak außer Hörweite war, verlangte der Raupenvogel wieder freigelassen zu werden, doch Twig blieb stur. »Alles zu seiner Zeit«, sagte er. »Schließlich gibt es nichts Schlimmeres als eine nur zur Hälfte erzählte Ge-schichte.«

Der Raupenvogel fluchte leise. »Wo war ich stehen geblie-ben? Ach ja, bei Vilnix und deinem Vater ... Die beiden wurden am selben Tag Mitglieder der Ritterakademie und von diesem ersten Tag an stellte Quintinius Verginix alle anderen hoffnungsvollen jungen Männer in den Schatten, auch Vilnix. Keiner tat es ihm im Fechten, Bogenschießen und Faustkampf gleich, keiner verstand sich wie er auf das Segeln der Himmelsschiffe, die speziell für die Verfolgung des großen Sturms konstruiert wurden.«

Twig strahlte vor Stolz und stellte sich vor, wie er selbst in einem Himmelsschiff hinter einem solchen Sturm herjagte. Von heftigen Böen geschüttelt, nahm er Kurs auf den Wirbelsturm und stieß durch die heftigen Turbulenzen zu dessen Auge vor, wo völlige Ruhe herrschte ...

»Hör mir wenigstens zu!«, zischte der Raupenvogel.

Twig sah schuldbewusst auf. »Tu ich doch!«, protestierte er.

»Na«, sagte der Raupenvogel misstrauisch und sträubte die Nackenfedern. »Also, wie gesagt, der Professor erklärte Vilnix, dass, sollte der große Sturm bestätigt werden, Quintinius Verginix nach alter Sitte zum Ritter geschlagen und in den Dämmerwald entsandt würde. Und wenn der Himmel es wollte, würde er mit Sturmphrax zurückkehren.

Wieder lächelte Vilnix sein undurchschaubares Reptilslächeln. Jetzt endlich war die Zeit gekommen ein Thema anzusprechen, das ihn schon lange beschäftigte. ›Dieses ... Sturmphrax‹, sagte er so beiläufig wie möglich. ›Als ich noch der Ritterakademie angehörte, war davon so oft die Rede. Es soll die wunderbarste Substanz sein, die es überhaupt gibt. Uns wurde gesagt, Sturmphraxkristalle seien die Kristalle eines Blitzes.‹ Seine Stimme klang ölig und glatt. ›Ist so etwas überhaupt möglich?‹

Der Professor der Dunkelheit nickte feierlich. ›Das so genannte Sturmphrax‹, erklärte er und es klang, als zitiere er aus einem uralten Dokument, ›bildet sich im Auge eines großen Sturmes, eines gewaltigen Malstroms, der sich alle paar Jahre weit draußen jenseits der Klippe bildet, dann mit heißen Schwefelwinden landeinwärts fährt und heulend und Funken stiebend über den Himmel in Richtung Dämmerwald zieht. Dort entlädt er sich. Er setzt einen einzigen, gewaltigen Blitz frei, der sengend durch die schwüle Dämmerung niederfährt und sich in die weiche Erde gräbt. Dabei verwandelt sich der Blitz in festes Sturmphrax, das im Dämmerlicht schimmert. Glücklich ist, wer dieses Anblicks teilhaftig wird.‹

Vilnix' Augen glänzten gierig. Blitzkristalle, dachte er. Was für eine geballte Energie musste ein solcher Kristall enthalten. Er hob den Kopf. ›Und ... ähm ... wie genau sieht Sturmphrax aus?‹

Das Gesicht des Professors bekam einen verträumten Ausdruck.

›Unsagbar schön‹, flüsterte er. ›Es leuchtet, sprüht, funkelt ...‹

›Aber es ist sehr schwer, habe ich gelernt. Wie schwer eigentlich?‹

›Im Moment seiner Entstehung wiegt es nicht schwerer als Sand. Doch in der völligen Dunkelheit der Schatzkammer, im Herzen von Sanktaphrax, wiegt ein Fingerhut voll mehr als tausend Eisenholzbäume. Dadurch wird der Auftrieb des Felsens gebremst. Ohne das Sturmphrax würde sich die Stadt von den Ketten losreißen, an denen sie vertäut ist, und in den Himmel davonfliegen ...‹

Vilnix kratzte sich theatralisch am Kopf. ›Eines verstehe ich noch nicht‹, sagte er. ›Wenn die Kristalle und Splitter so schwer sind, wie bringt man das Sturmphrax dann überhaupt durch die dunklen unterirdischen Gänge in die Schatzkammer?‹

Der Professor der Dunkelheit musterte den jungen Mann ernst. Vielleicht kamen ihm einen kurzen Moment lang Zweifel an den Absichten des Lehrlings.«

Der Raupenvogel dachte nach. »Ich bin nicht sicher, was den Professor letztlich dazu bewog, Vilnix' Frage zu beantworten. Doch er beantwortete sie und seine Antwort änderte den Lauf der Geschichte von Sanktaphrax. ›Man transportiert es in einer speziellen Lichtbox‹, erklärte der Professor. ›Das Licht, das die Box aussendet, entspricht in etwa dem Dämmerlicht.‹

Vilnix wandte sich ab um seinen Triumph zu verbergen. Wenn man das Sturmphrax in einer Lichtbox in die Schatzkammer transportieren konnte, dann konnte man es doch sicher mit derselben Methode auch aus der Schatzkammer entfernen. ›Vielleicht könnte ich mir das Sturmphrax ja mal ansehen‹, sagte er vorsichtig.

›Völlig ausgeschlossen!‹, brauste der Professor der Dunkelheit auf und Vilnix wusste sofort, dass er zu weit gegangen war. ›Niemand darf das Sturmphrax sehen, niemand außer den Akademierittern und dem Hüter der Schatzkammer, der zufällig ich selbst bin.‹ Und leidenschaftlich fügte der Professor hinzu: ›Es wäre in höchstem Grade lästerlich, sollten unwürdige Augen sich an der Reinheit des Sturmphrax vergehen. Darauf steht die Todesstrafe, Vilnix.‹«

Der Raupenvogel machte eine dramatische Pause.

»Im selben Moment wechselte der Wind plötzlich die Richtung. Der fliegende Felsen von Sanktaphrax trieb nach

34

Westen. Die Ketten strafften sich und ein heftiger Ruck erschütterte die Stadt.

›Verstehe‹, sagte Vilnix mit geheuchelter Demut.

›Ach, Vilnix‹, fuhr der Professor etwas freundlicher fort. ›Ich weiß nicht, ob du das wirklich verstehst. Es gibt so viele, die es danach gelüstet, Sturmphrax zu besitzen, skrupellose Windfühler und betrügerische Wolkengucker, die keine Hemmungen hätten es anzusehen, es zu berühren ...‹ Ein heftiger Schauer lief durch seinen Körper. ›Sie würden sogar damit *experimentieren* – wenn sie sich einen Vorteil davon versprächen.‹«

Der Raupenvogel verstummte. Dann fuhr er fort: »Am nächsten Morgen hätte der Wächter der Schatzkammer in aller Früh eine hagere Gestalt aus der Schatzkammer schleichen sehen können, wäre er nicht auf seinem Posten eingenickt. Die Gestalt hielt eine Lichtbox in ihren knochigen Händen. In der Box befanden sich einige Sturmphraxkristalle.«

Twig stockte der Atem. Vilnix hatte Sturmphrax gestohlen.

»Vilnix eilte in das Labor der Lehrlinge im obersten Stock des Regenschmeckerturms«, fuhr der Raupenvogel fort. »Triumphierend stellte er die Box vor die gespannt wartende Gruppe junger Regenschmecker, dann warf er mit einer schwungvollen Handbewegung den Deckel auf. Die Sturmphraxkristalle glitzerten und gleißten mehr als alles, was die Lehrlinge bis dahin gesehen hatten. ›Reine Blitzkristalle‹, sagte Vilnix. ›Wenn wir ihre Energie freisetzen und für unsere Zwecke nutzen können, sind wir die mächtigsten Akademiker, die es auf Sanktaphrax je gegeben hat.‹ Stundenlang experimentierten die Regenschmecker herum, doch was sie auch versuchten – ob sie die Kristalle auflösten, einfroren, schmolzen oder mit anderen Substanzen mischten –, es gelang ihnen nicht, ihre Energie freizusetzen.

Draußen vor dem Fenster ging die Sonne unter. Das Licht verfärbte sich orange-golden.

In einem plötzlichen Anfall von Verbitterung hob Vilnix den Stößel und schlug mit aller Kraft auf einen Kristall ein und zersplitterte ihn. Schon im nächsten Moment bereute er, was er getan hatte. Er hatte wertvolles Sturmphrax zerstört.«

Die Augen des Raupenvogels verengten sich. »Das glaubte er jedenfalls zuerst. Bei näherem Hinsehen entdeckte er etwas anderes. Der Kristall hatte sich in ein schwarzbraunes Pulver verwandelt, das auf dem Boden des Mörsers hin und her lief wie Quecksilber. ›Keine Ahnung, was das ist‹, sagte Vilnix zu den anderen, ›aber lasst uns mehr davon machen.‹

Ein zweiter Kristall wurde in einen Mörser gelegt, ein zweiter Stößel wurde hochgehoben. Draußen schwand das Licht. Alle Lehrlinge mit Ausnahme von Vilnix, der damit beschäftigt war, den flüssigen Staub in ein Gefäß zu gießen, versammelten sich um den Mörser. Der Stößel sauste herunter und – es gab eine gewaltige Explosion.«

Twig zuckte erschrocken zusammen.

»Die Lehrlinge hatten die Energie des Blitzes freigesetzt, oh ja«, sagte der Raupenvogel höhnisch.

»Aber mit was für schrecklichen Folgen. Die Explosion riss

den Turm auseinander. Die übrig gebliebene Hälfte war nur noch ein schwelender Schutthaufen. Sanktaphrax wurde bis in seine Grundfesten erschüttert und die alte Ankerkette spannte sich bis zum Zerreißen. Die Lehrlinge wurden durch die Explosion getötet, das heißt, alle bis auf einen.«

»Vilnix Pompolnius«, flüsterte Twig.

»Genau der«, sagte der Raupenvogel. »Da lag er auf dem Boden ausgestreckt, halb tot, aber das Gefäß mit dem Staub immer noch fest an die Brust gedrückt. Die Luft roch nach

Mandeln. Benommen starrte Vilnix den Staub an. Was war beim zweiten Mal schief gegangen? Was war passiert?

Er stützte sich auf die Ellbogen auf. Dabei fiel ein Tropfen Blut aus einer Schnittwunde an seiner Wange in das Gefäß. Im selben Moment, in dem das dicke, rote Blut den Staub berührte, verwandelte es sich in kristallklares Wasser ...«

Das Gesicht des Raupenvogels wurde todernst. »Danach war das stolze Sanktaphrax dem Untergang geweiht«, sagte er fast feierlich. »Allein wegen der Torheit des arroganten jungen Regenschmeckers konnte die alte Kette jetzt jeden Moment zerreißen. Schlimmer noch, nach Vilnix' Diebstahl gab es in der Schatzkammer kaum noch Sturmphrax. Da der Auftrieb des Felsens täglich wuchs und weniger Gewicht zum Ausgleich zur Verfügung stand, wurde der Druck nach oben allmählich unerträglich.

Es gab nur noch einen Hoffnungsschimmer: Die Windfühler und Wolkengucker hatten bestätigt, dass sich tatsächlich ein großer Sturm näherte. Deshalb wurde eilig eine festliche Zeremonie anberaumt. Quintinius Verginix sollte zum Ritter geschlagen werden und dann dem großen Sturm zum Dämmerwald folgen und nach Sturmphrax suchen.«

Der Raupenvogel schwieg kurz, dann fuhr er fort. »Vilnix lag unterdessen im Krankenbett. Seine Gedanken rasten. Es mochte ihm nicht gelungen sein, die Energie des Blitzes zu nutzen, aber der Staub, den er aus dem Sturmphrax geschaffen hatte, war nicht weniger kostbar – ein einziges Körnchen davon reichte, verseuchtes Wasser zu reinigen. Was würden die Einwohner, die im dreckigen, stinkenden Unterstadt lebten, für diesen Wunderstaub geben? ›Alles‹, flüsterte Vilnix gierig. ›Alles!‹

Ohne seine Entlassung abzuwarten schlüpfte er aus dem Krankenzimmer und kehrte in den zerstörten Turm der Regenschmecker zurück, oder besser *des* Regenschmeckers, da er als Einziger übrig geblieben war. Dort ging er sogleich zu Werke. Alles musste für den großen Tag vorbereitet sein.

Der Tag brach an. Das helle Licht der Sonne strömte durch

das östliche Bogenfenster der großen Halle, in der sich der Rat von Sanktaphrax versammelt hatte.

An der Stirnseite der Halle saßen an einem Tisch mit einem Schwert und einem Kelch der Professor des Lichts und der Professor der Dunkelheit, der eine ganz in Weiß, der andere ganz in Schwarz gekleidet. Vor ihnen saßen auf Bänken die Akademiker von Sanktaphrax. Jede Fachrichtung war vertreten: das Wolkenkolleg, die Windakademie, das Institut für Eis und Schnee, die Luftsieber, die Dunstmesser, die Nebeltaster ... und auf Krücken das einzige noch lebende Mitglied der Fakultät der Regenschmecker.

Ein hoch gewachsener, breitschultriger junger Ritter trat vor und kniete vor dem Professor des Lichts nieder. ›Bei den mir verliehenen Mächten der Weisheit und des Scharfsinns‹, deklamierte der Professor und hob zuerst den Kelch und dann das Schwert in die Höhe, ›bitte ich euch um eure Zustimmung zu Quintinius Verginix von der Ritterakademie.‹

Der Professor blickte auf die vor ihm kniende Gestalt. ›Schwörst du, Quintinius Verginix, bei der Weisheit, dass du dem Orden der Akademieritter von ganzem Herzen dienen und für alle Zeiten treu zu Sanktaphrax stehen willst?‹

Ein Schauer durchlief Quintinius. ›Ich schwöre.‹«

Twig wurde von Stolz erfüllt. Mein Vater!, dachte er.

»›Und schwörst du, dass du dein Leben der Suche nach Sturmphrax widmen wirst? Dass du den großen Stürmen nachfahren wirst? Dass ...‹ Der Professor atmete scharf ein. ›Dass du erst zurückkehren wirst, wenn deine heilige Mission erfüllt ist?‹«

Der Raupenvogel starrte Twig an. »Quintinius' Vater Windschakal – dein Großvater – war Kapitän der Himmelspiraten. Quintinius war schrecklich wütend auf den Alten gewesen, als der ihn in die Dienste der Ritterakademie gegeben hatte, denn er hatte doch in seine Fußstapfen treten wollen. Aber jetzt ... Jetzt! Worte konnten nicht beschreiben, wie stolz er auf diese Auszeichnung war, die höchste, die Sanktaphrax zu vergeben hatte. ›Quintinius‹, hörte er den Professor leise sagen, ›schwörst du es?‹

Quintinius Verginix hob den Kopf: ›Ich schwöre!‹

Daraufhin beugte sich der Professor des Lichts vor und reichte Quintinius den Kelch. ›Trink!‹, sagte er. Quintinius hob den Kelch an die Lippen. Der Professor nahm das Schwert, hob es hoch über seinen Kopf und wartete darauf, dass Quintinius trank. Er wartete und wartete ... Doch Quintinius war wie erstarrt und unfähig, die dicke, stinkende Brühe zu trinken.

In den Bankreihen entstand plötzlich Bewegung. Vilnix stützte sich geräuschvoll auf seine Krücken auf und humpelte nach vorn.

Der Professor der Dunkelheit beugte sich nervös auf seinem Thron vor. Was hat der junge Narr jetzt wieder vor?, dachte er. Er sah, wie Vilnix eine Krücke hob und damit den Kelch berührte. ›Das gute Wasser des Klippenflusses ist auch nicht mehr das, was es einmal war‹, sagte Vilnix und kicherte. Dann drehte er sich zu den versammelten Akademikern um. ›Sollten wir also nicht endlich aufhören uns selber an der Nase herumzuführen? Dieser ganze Unsinn mit Akademierittern, Sturmjägern und heiligem Sturmphrax.‹ Er lachte spöttisch. ›Ich wüsste gern, wann

42

zum letzten Mal ein Akademieritter zurückgekehrt ist. Wo sind die Ritter denn geblieben?‹

Unruhe breitete sich unter den Anwesenden aus. Garlinius Gernix? Lidius Pherix? Petronius Metrax? Wo waren sie geblieben? Die Unruhe wurde stärker.

›Vor sieben Jahre hat der letzte Akademieritter Segel gesetzt‹, fuhr Vilnix fort. ›Rattius Zellinix ...‹

›Das war vor acht Jahren‹, rief jemand.

›Vor fast neun‹, rief ein anderer.

Vilnix lächelte listig. Jetzt hatte er sie auf seiner Seite. ›Vor fast neun Jahren‹, rief er mit weithin hallender Stimme. Er sah Quintinius Verginix an und streckte anklagend den Zeigefinger aus. ›Und jetzt setzen wir unsere ganze Hoffnung auf *den*!‹ Er machte eine Pause. ›Warum sollte *er* Erfolg haben, wo andere so tragisch gescheitert sind?‹

In diesem Augenblick erschütterte ein gewaltiger Ruck die Halle. ›Neun Jahre!‹, rief Vilnix noch einmal. ›Wir müssen etwas tun!‹ Ein zweiter Ruck ging durch das Gebäude. ›Aber was?‹ Aus den Rissen in der Decke rieselte Staub. ›Die Antwort darauf ist simpel, meine Freunde. Wir müssen mehr Ketten herstellen.‹

Die Akademiker starrten ihn verblüfft an und es wurde totenstill. Vilnix' Vorhaben war in der Tat einfach, aber zugleich auch unerhört. Seit Urzeiten hatte es immer nur eine Kette gegeben, die Ankerkette.

Ein Privatdozent der Fakultät für Luftwissenschaft brach als Erster das Schweigen. ›Mehr Ketten herzustellen bedeutet mehr Fabriken, mehr Gießereien und mehr Schmieden‹, rief er. ›Doch der Klippenfluss ist bereits verseucht.‹ Er wies mit einem Nicken auf den Kelch, den Verginix immer noch in den Händen hielt. ›Damit riskieren wir, dass man das Wasser überhaupt nicht mehr trinken kann.‹

Alle Augen richteten sich auf Vilnix. Der lächelte milde und nahm sich vor, den Privatdozenten für seine Frage mit einem Lehrstuhl zu belohnen. Dann humpelte er zu Verginix und nahm den Kelch. Mit der freien Hand zog er ein kugelförmiges, silbernes Medaillon aus seinem Gewand

und tauchte es in die trübe Flüssigkeit. Augenblicklich wurde das Wasser kristallklar. Er gab den Kelch Verginix zurück und dieser trank vorsichtig. ›Jetzt schmeckt es gut‹, sagte er. ›Es ist so sauber und rein,

als käme es direkt von der Quelle im Dunkelwald.‹ Der Professor des Lichts ergriff den Kelch und trank ebenfalls. Dann sah er argwöhnisch auf. ›Wie ist das möglich?‹, wollte er wissen.

Vilnix hielt dem bohrenden Blick des Professors unbewegt stand. ›Es ist möglich aufgrund einer erstaunlichen Entdeckung‹, sagte er. ›Einer Entdeckung, die *ich* gemacht habe.‹ Er klopfte an das Medaillon. ›In dieser Kugel befindet sich ein Pulver, das eine solche Kraft hat, dass ein Körnchen davon ausreicht, eine Person ein ganzes Jahr lang mit Trinkwasser zu versorgen.‹ Er ließ den Blick über die Reihen ungläubig staunender Akademiker wandern. ›Dieses Sturm ...‹ Er brach ab. ›Dieses Pulver, das ich zu Ehren unserer geliebten fliegenden Stadt *Phraxstaub* nennen will, leitet ein neues Zeitalter ein. Die Zukunft von Sankta-

phrax ist gesichert, da wir bedenkenlos die so dringend benötigten Ketten herstellen können. Um sauberes Trinkwasser brauchen wir uns nicht zu sorgen, wir werden nie mehr Durst leiden müssen.‹

Die Halle erzitterte vor Beifall. Vilnix senkte bescheiden den Kopf. Dann blickte er wieder auf und seine Augen funkelten in Erwartung des zum Greifen nahen Triumphes. ›Meine Kollegen von der Liga der freien Kaufleute warten nur noch auf grünes Licht um mit den Ketten anzufangen.‹ Ein Lächeln glitt über seine Lippen. ›Natürlich wollen sie nur mit dem Allerhöchsten Akademiker verhandeln – das heißt, dem *neuen* Allerhöchsten Akademiker.‹

Kalt starrte er den Professor des Lichts und der Dunkelheit an. ›Wer soll denn an der Spitze von Sanktaphrax stehen – etwa diese beiden Hanswurste, die Sanktaphrax mit ihren obskuren Ritualen und sinnlosen Traditionen an den Rand der Vernichtung gebracht haben, oder jemand, der für Veränderung steht, für einen Neuanfang und eine neue Ordnung?‹

In der Halle wurden Rufe nach einem ›neuen Anfang‹ und einer ›neuen Ordnung‹ laut. Wieder wurde das Gemäuer von einem Ruck erschüttert. ›Und wir wollen einen neuen Allerhöchsten Akademiker‹, rief der zukünftige Professor für Luftwissenschaft. ›Vilnix Pompolnius.‹

Andere nahmen den Ruf auf. Immer lauter wurde der Sprechchor. Vilnix schloss die Augen und sog die Bewunderung der Menge auf.

Endlich öffnete er wieder die Augen. ›Euer Wille geschehe!‹, rief er. ›Ich, der neue Allerhöchste Akademiker von Sanktaphrax, werde mit den Kaufleuten der Liga sprechen. Die Ketten werden angefertigt und das bedrohte Sanktaphrax wird gerettet werden!‹«

Der Raupenvogel sah Twig traurig an. »Nur ein Einziger blieb unbeeindruckt«, sagte er. »Einer, dem im allerletzten Moment alles, wonach er gestrebt hatte, so grausam entrissen worden war – dein Vater Quintinius Verginix. Sein Gesicht war zu einer Maske erstarrt. Etwas konnten sie ihm allerdings nicht wegnehmen: das Himmelsschiff, das eigens für ihn gebaut worden war, den *Sturmpfeil*.

Quintinius Verginix spuckte verächtlich aus und ging zum Ausgang. An der Tür drehte er sich noch einmal um. ›Wenn ich, Quintinius Verginix, mich nicht als Akademieritter bewähren darf, dann werde ich das eben als Captain Wolkenwolf tun, als Himmelspirat‹, brüllte er. ›Und dir, Vilnix Pompolnius, schwöre ich eins. Du und deine verräterischen Freunde, ihr werdet diesen Tag noch bis ans Ende eures Lebens verwünschen.‹ Damit verschwand er.«

Der Raupenvogel schüttelte bekümmert den Kopf. »Natürlich geht ein solcher Fluch nicht einfach so in Erfüllung. Es dauerte viele Monde, bis die harschen Abschiedsworte deines Vaters Wahrheit wurden. Seine erste Reise stand unter einem schlechten Stern und wäre fast seine letzte gewesen – das einzig Gute dabei war, dass er den Steinpiloten kennen lernte. Dein Vater musste sich verstecken, den *Sturmpfeil* an einem sicheren Ort unterstellen und sich auf einem Schiff der Liga verdingen, bis er genügend Geld und Informationen über die Ligen zusammen hatte, um es erneut zu versuchen.« Der Vogel fixierte Twig mit einem zusammengekniffenen Auge. »Zuletzt diente er unter dem berüchtigten Ligakapitän Multinius Gobtrax ...«

»Ich wurde auf seinem Schiff geboren«, sagte Twig nachdenklich. »Aber wie ging es mit Sanktaphrax weiter?«

Der Raupenvogel schnaubte verächtlich. »Dort wurde alles trotz Vilnix' schöner Worte nur noch schlimmer. Du weißt ja, dass die Unterstädter heute wie Sklaven in den Gießereien und Schmieden schuften und in einem fort Ketten und Gewichte zur Entlastung der Ankerkette anfertigen. Es gelingt ihnen zwar, Sanktaphrax im Gleichgewicht zu halten, aber nur gerade eben. Fertig werden sie mit ihrer Arbeit nie. Und das Wasser des Klippenflusses wird immer ungenießbarer. Unterstadt ist nur deshalb noch nicht am eigenen Dreck erstickt, weil Vilnix Pompolnius die ihm treuen Männer der Liga mit Phraxstaub versorgt.«

Twigs schüttelte empört den Kopf. »Was hat Vilnix eigentlich davon?«

»Reichtum und Macht«, erwiderte der Raupenvogel kurz. »Im Gegenzug für Phraxstaub und sauberes Trinkwasser überschütten die Ligen Vilnix und seine neue Fakultät der Regenschmecker mit allem, was sie sich nur wünschen können, und noch mehr.«

»Aber das kann doch nicht immer so weitergehen. Wenn der Phraxstaub ausgeht, muss Vilnix Pompolnius noch mehr Sturmphrax aus der Schatzkammer holen.«

Der Raupenvogel nickte. »Genau das tut er ja auch«, sagte er. »Und der Professor der Dunkelheit ist dagegen machtlos. Außerdem war den Versuchen, neuen Phraxstaub herzustellen, bisher kein Erfolg beschieden. Viele endeten tragisch und niemand konnte das Ergebnis jenes ersten Experiments wiederholen.«

»Aber das ist doch Wahnsinn!«, rief Twig. »Je mehr Sturmphrax aus der Schatzkammer verschwindet, desto mehr Ketten müssen hergestellt werden. Je mehr Ketten hergestellt werden, desto stärker wird das Wasser verseucht. Und je stärker das Wasser verseucht ist, desto mehr Phraxstaub braucht man um es zu reinigen!«

»Es ist ein Teufelskreis«, seufzte der Raupenvogel, »nichts anderes. Ein schrecklicher Teufelskreis. Und heute, zwanzig Jahre nach jener schicksalhaften Versammlung in der großen Halle, ist die Lage für Sanktaphrax und Unterstadt verzweifelter denn je. Sowohl die Regenschmecker wie die Kaufleute der Liga sind ausschließlich mit ihren eigenen Angelegenheiten beschäftigt. Was um sie herum vorgeht, kümmert sie nicht. Wenn aber nichts geschieht, und zwar rasch, ist es nur eine Frage der Zeit, bis alles vor die Hunde geht.«

»Aber was *kann* man denn dagegen tun?«, fragte Twig.

Der Raupenvogel zuckte die Schultern und wandte den Blick ab. »Das darfst du mich nicht fragen.« Sein rotes Auge kehrte zu Twig zurück. »Also«, sagte er, »die Geschichte ist fertig. Jetzt lass mich frei.«

Twig zuckte schuldbewusst zusammen. »Natürlich«, rief er und zog das Messer aus dem Ärmel. Wieder steckte er die schmale Klinge in das Vorhängeschloss und drehte sie hin und her. Ein leises Klicken ertönte und das Schloss sprang auf. Twig zog den Bügel heraus und öffnete die Tür. »Halt!«, schrie hinter ihm jemand wütend. »Du hast gesagt, ich könnte dir vertrauen! Was tust du denn da, du Lausebengel?«

Twig fuhr erschrocken herum. Wabbelspak war mit dem Tierarzt zurückgekehrt und steuerte wütend auf ihn zu.

»Es geht nicht«, hörte der Junge den Raupenvogel jammern. »Hilf mir, Twig.«

Twig sah zu ihm hinauf. Der Raupenvogel hatte den Kopf und einen Flügel durch die enge Käfigtür gesteckt, doch dann war er plötzlich stecken geblieben. »Geh wieder in den Käfig zurück und versuche es noch einmal«, befahl Twig.

Der Raupenvogel tat, wie ihm geheißen. Dann legte er die Flügel an und schob den Kopf wieder nach draußen. Wabbelspak kam immer näher. In der Hand schwang er einen dicken Knüppel. Twig langte in den Käfig, legte dem Raupenvogel die Hände um Hals und Schultern und zog vorsichtig. Wabbelspak hob den Knüppel. Der Raupenvogel stemmte sich mit den Beinen gegen die Sitzstange.

»Los!«, drängte Twig.

»Gleich hab ich's«, keuchte der Vogel. »Ich ... geschafft!« Er schlug probeweise ein-, zweimal mit den Flügeln, dann drückte er sich vom Rand des Käfigs ab und stieg zum Himmel hinauf. Die Gefangenschaft hatte seinen Flugkünsten offenbar nichts anhaben können.

Auch für Twig war es höchste Zeit zu verschwinden. Ohne sich noch einmal umzusehen rannte er in das Gewühl der Gassen hinein. Der Knüppel streifte ihn noch an der Schulter. Eine Sekunde später und Wabbelspak hätte ihm den Schädel eingeschlagen.

Twig rannte immer schneller. Er drängelte durch die Menschenmenge und schob Passanten, die ihm nicht rechtzeitig auswichen, mit den Ellbogen zur Seite. Hinter sich hörte er Wabbelspaks Wutgeschrei.

»Dieb! Gauner! Halunke!«, brüllte er. »HALTET IHN FEST!«

Twig bog in eine schmale Gasse ein. Das Geschrei hinter ihm wurde schwächer, aber er rannte trotzdem weiter, vorbei an Pfandleihern, Zahnreißern, Barbieren und Spelunken, um eine Ecke und – in die Arme seines Vaters.

Wolkenwolf schüttelte ihn unsanft an den Schultern. »Twig!«, schimpfte er. »Ich habe dich überall gesucht. Wir sind fertig zum Auslaufen. Wo treibst du dich denn herum?«

»N … nirgends«, stammelte Twig und schlug die Augen vor Wolkenwolfs wütendem Blick nieder.

Als er wieder aufblickte, sah er hoch am Himmel über dem Kopf seines Vaters den Raupenvogel mit mächtigen Flügelschlägen der sinkenden Sonne zufliegen, aus Unterstadt hinaus und vorbei an Sanktaphrax. Er seufzte neidisch. Der Raupenvogel war weg, aber seine unheilschwangeren Worte klangen ihm noch in den Ohren. *Ein Teufelskreis, nichts anderes. Wenn nichts geschieht, ist es nur eine Frage der Zeit, bis alles vor die Hunde geht.*

Bloß, was konnte man dagegen tun?

KAPITEL 3

Geraune und Geflüster

I. IM TÜCKISCHEN DÄMMERWALD

Es dämmerte. In diesem Wald dämmerte es immer, denn die Sonne ging ständig unter. Oder ging sie auf? Schwer zu sagen. Keiner im Dämmerwald hätte es sagen können. Die meisten hatten allerdings das Gefühl, dass das goldene Dämmerlicht zwischen den Bäumen eher von einem Ende als von einem Anfang kündete.

Die hohen, immer dicht belaubten Bäume schwankten majestätisch in der sanften Brise, die stetig durch den Wald wehte. Sie waren wie alles andere, wie das Gras, der Boden und die Blumen, mit einer Staubschicht bedeckt, die wie Eis glitzerte.

Dabei war es nicht kalt, im Gegenteil. Der leise Wind war mild und die Erde strahlte eine beruhigende Wärme aus, die durch die Luft aufstieg, sodass alles ein wenig vor den Augen verschwamm. Nichts war ganz scharf. Wer im Dämmerwald stand, fühlte sich wie unter Wasser.

Kein Vogel zwitscherte, kein Insekt summte, kein Tier ra-

schelte, denn in diesem Wald gab es keine Tiere. Doch wer
Ohren hatte zu hören, der konnte Stimmen vernehmen –
richtige Stimmen, nicht nur das Raunen der Bäume. Stimmen, die flüsterten und wisperten und gelegentlich auf-
schrien, eine davon ganz nah.

»Vorwärts, Vinchix«, sagte die Stimme müde, aber
nicht ohne Hoffnung. »Wir sind fast da. Vorwärts
jetzt.«

Die Stimme kam von weit oben, von einem
Schiffswrack, das aufgespießt auf einer
gesplitterten Baumkrone saß. Der abgebrochene Mast zeigte anklagend
zum Himmel hinauf, von dem
das Schiff heruntergefallen war.
Vor dem goldenen Himmel
zeichnete sich als dunkle
Silhouette ein Ritter
auf   seinem
Reittier ab.

Der Ritter baumelte in einem Geschirr und ritt auf einem Hungerlunger. In der verrosteten Rüstung steckten nur noch Knochen, doch lebten Reiter und Hungerlunger noch.

Das Visier knarrte und die geisterhafte Stimme wiederholte die aufmunternden und zugleich befehlenden Worte.

»Vorwärts, Vinchix. Wir sind fast da. Vorwärts jetzt.«

II. IM PALAST DES ALLERHÖCHSTEN AKADEMIKERS

Das Gemach oder Allerheiligste, wie es genannt wurde, war wahrhaft fürstlich eingerichtet. Auf dem Boden lagen schneeweiße Felle, an der Decke prangte vergoldeter Stuck und dort, wo keine Bücherregale standen, waren die Wände mit Ebenholz und Silber getäfelt und mit Edelsteinen besetzt. Jede freie Fläche war voll gestellt – mit Porzellanvasen, Elfenbeinfiguren, aufwändigen Schnitzarbeiten und raffinierten Uhren.

In der Mitte des Raumes hing ein kristallener Lüster. Obschon er nicht brannte, funkelte er in der Sonne und schoss überallhin leuchtende Pfeile, die sich in der silbernen Täfelung fingen, auf den polierten Tischen und Schränken, auf dem Flügel, den Porträts und Spiegeln – und auf der Glatze des Allerhöchsten Akademikers von Sanktaphrax höchstpersönlich, der ausgestreckt auf der Ottomane unter dem großen Bogenfenster lag und fest schlief.

In der prächtigen Umgebung wirkte er merkwürdig fehl am Platz. Das schwarze Gewand, das er trug, war schlicht, die bescheidenen Sandalen an seinen Füßen waren abgelaufen. Wie die Kleidung deuteten auch die knochige Gestalt und die eingesunkenen Wangen auf ein Leben der Askese und nicht des Überflusses hin. Ähnlich sprach der kahl geschorene Kopf von Demut und Sittenstrenge. Dennoch ließ sich eine gewisse Eitelkeit nicht leugnen. Warum sonst hätte jemand auf den Saum seines Gewandes sein Monogramm – ViP – sticken lassen sollen?

Ein misstönendes Schnarren ertönte und das ganze Zimmer vibrierte. Die Gestalt bewegte sich und drehte sich auf die

Seite. Die geschlossenen Augen gingen auf. Wieder ertönte das Schnarren, diesmal noch lauter. Die Gestalt setzte sich auf und spähte durch das Fenster.

Da sich das Allerheiligste im obersten Stockwerk eines hohen und unvergleichlich prächtigen Turmes von Sanktaphrax befand, bot sich ihm dort ein atemberaubender Blick auf Unterstadt und Umgebung. Der Allerhöchste Akademiker blickte hinunter. Zwischen dichten Rauchschwaden konnte er schemenhaft ein halbes Dutzend Unterstädter erkennen, die damit beschäftigt waren, eine neue Kette an der Seite des fliegenden Felsens anzubringen.

»Ausgezeichnet.« Er gähnte und stand steifbeinig auf. Dann streckte er sich, kratzte sich, fuhr sich abwesend mit der Hand über den Kopf und gähnte wieder. »An die Arbeit.«

Er trat zu einer schweren Truhe aus Eisenholz, die in der Ecke des Zimmers stand, zog einen schweren, eisernen Schlüssel aus den Falten seines Gewandes und beugte sich hinunter. Bei Sonnenuntergang würde er sich mit Simenon Xintax treffen, dem Ligameister. Zuvor wollte er den letzten Phraxstaub abwiegen und berechnen, wie lange die kostbaren Körnchen noch reichen.

Das Schloss sprang mit einem leisen Klicken auf und der Allerhöchste Akademiker starrte in das dunkle Loch vor ihm. Er bückte sich, holte ein gläsernes Fläschchen heraus, hielt es gegen das Licht und seufzte.

57

Sogar *er* konnte sehen, dass von dem flüssigen Staub fast nichts mehr da war.

»Ein Problem, sicher«, murmelte er, »aber noch keine Katastrophe. Wiegen sollte ich ihn freilich. Ausrechnen, wie viele Staubkörnchen noch da sind. Mit Xintax zu verhandeln, ohne das genaue Gewicht zu wissen, wäre verhängnisvoll ...« Verärgert krümmte er den Rücken. »Aber zuerst muss ich etwas gegen diesen unerträglichen Juckreiz tun.«

Dankenswerterweise hatte sein Kammerdiener, der stets umsichtige Minulis, den Rückenkratzer bereitgelegt. Hübsch sah der Kratzer aus mit dem Griff aus massivem Gold und den Zähnen aus Drachenelfenbein. Der Allerhöchste Akademiker fuhr sich damit den Rücken hinauf und hinunter und reckte sich genüsslich. Wie doch die größten Genüsse des Lebens oft die einfachsten waren! Er legte den Kratzer weg, beschloss die Rechenarbeit noch etwas aufzuschieben und goss sich von der Weinkaraffe, die Minulis ebenfalls hingestellt hatte, ein Glas ein.

Er ging durch das Zimmer. Vor einem Spiegel, der bis zum Boden reichte, blieb er stehen, streckte sich und hob den Kopf. »Auf dich, Vilnix Pompolnius«, sagte er und hob das Glas. »Auf den Allerhöchsten Akademiker von Sanktaphrax.«

In diesem Augenblick begann wieder das Bohren, lauter denn je. Der Felsen erzitterte, das Allerheiligste schwankte und der Spiegel wackelte. Der Allerhöchste Akademiker bekam einen solchen Schrecken, dass ihm das Glas aus der Hand fiel. Es zerbrach mit einem gedämpften Klirren auf dem weißen Fell und der Wein breitete sich aus wie Blut.

Angewidert wandte der Allerhöchste Akademiker sich ab. Hinter sich hörte er etwas durch die Luft sausen, gefolgt von einem ohrenbetäubenden Krach. Er erstarrte und drehte sich um. Auf dem Boden lag in tausend Stücke zersplittert der Spiegel. Er bückte sich, hob eine Scherbe auf und drehte sie in der Hand hin und her.

Wie hatte seine Großmutter immer gesagt? *Glück und Glas, wie leicht bricht das.* Er starrte das dunkle Auge an, das ihm aus der gezackten Scherbe entgegensah, und zwinkerte. »Gut, dass *du* nicht abergläubisch bist.« Er lachte meckernd.

III. IN DEN MODERSÜMPFEN

Die Anführerin der Schniffkobolde, eine untersetzte, stämmige Person namens Mim, schnupperte prüfend in die Luft, griff nach den Talismanen und Amuletten um ihren Hals und ging los. Der weiche Schlamm quoll zwischen ihren kurzen, dicken Zehen hindurch, und sie zuckte zusammen.

Ratz Zehenschneider beobachtete sie verächtlich. »Glauben Sie immer noch, Sie schaffen es auf eigene Faust durch die Modersümpfe?«, fragte er.

Mim watete weiter ohne seine Frage zu beantworten. Der bleiche, zähe Schlamm quatschte und gluckste und reichte ihr zuerst bis zu den Knöcheln, dann bis zu den Waden und schließlich bis zu den Knien. Sie blieb stehen und blickte auf. Vor ihr erstreckte sich scheinbar endlos der Sumpf. Auch wenn sie es selbst bis ans andere Ende schaffte, was

an ein Wunder grenzen würde, so wusste sie doch, dass weder der alte Torp noch die Kleinen in der Gruppe eine Chance hatten.

»Also gut«, sagte sie und drehte sich ärgerlich um, wobei sie noch tiefer einsank. »Vielleicht brauchen wir doch einen Führer.« Sie raffte den Rock hoch. Der Schlamm kroch immer höher. »Helfen Sie mir raus.« Ratz trat auf sie zu und streckte eine knochige, weiße Hand aus. Jeder Zoll seines Körpers war ausgebleicht wie die Modersümpfe, die seine Heimat waren, und er hatte die Farbe eines dreckigen Lakens angenommen. Er zog die

Anführerin der Schniffs auf den festen Boden zurück und blickte, die Hände in die Hüften gestützt, auf sie herunter. Die Koboldin suchte in ihrer Tasche. »Fünfzig pro Person, sagten Sie. Das macht dann ...« Sie zählte die Münzen ab. »Fünfhundert insgesamt.«

Ratz schüttelte den Kopf. »Der Preis ist gestiegen«, sagte er mit spöttischem Näseln. »Jetzt kostet es Sie einhundert pro Person.«

»Aber das wären unsere gesamten Ersparnisse«, sagte die Schniffkoboldin erschrocken. »Wovon sollen wir denn leben, wenn wir nach Unterstadt kommen?«

Ratz zuckte die Schultern. »Das ist Ihr Problem. Ich zwinge Sie nicht, meine Hilfe anzunehmen. Wenn Sie meinen, dass Sie es allein durch die Modersümpfe und den Treibschlamm und die giftigen Springquellen schaffen – ganz zu schweigen von den Sumpfwürgern, den Schlickfischen und den weißen Raben, die Sie bei der ersten Gelegenheit in Stücke reißen werden ... Bitte sehr, es ist Ihre Entscheidung.«

Mim starrte düster auf den Rest ihrer Familie, der sich am Ufer versammelt hatte. Die Entscheidung war im Grunde einfach, dachte sie. Entweder sie kamen mit nichts in Unterstadt an oder sie kamen überhaupt nicht an.

»Also gut, dann tausend«, seufzte sie und übergab das Geld. »Aber das ist wirklich sehr teuer.«

Ratz Zehenschneider schnappte sich das Geld und steckte es in die Tasche. Dann wandte er sich ab. »Ich koste noch viel mehr, als du denkst, meine Teuerste«, murmelte er. Und damit betrat er den ausgebleichten, zähen Sumpf. Die Schnifffamilie sammelte ihre Habe ein.

»Los«, rief Ratz ungeduldig zurück. »Ein bisschen dalli.
Bleibt zusammen und geht, wo ich gehe. Und dreht euch
nicht um.«

IV. IM TURM DES LICHTS
UND DER DUNKELHEIT

Der Professor des Lichts war wütend. »Diese verfluch-
ten Ketten, dieses verfluchte Bohren, dieser verfluchte
Vilnix Pompolnius«, stieß er zwischen den Zähnen hervor.
»Können wir Sanktaphrax jetzt nur noch retten, indem wir
es zerstören?« Schnaufend stand er mit einem Arm voller
Bücher auf und begann die Bücher wieder in die Regale
einzusortieren.

Es war immer dasselbe. Jedes Mal, wenn eine neue Kette an
dem fliegenden Felsen befestigt wurde, richteten die Erschütterungen in seinem bescheidenen Arbeitszimmer ein
Chaos an. Kostbare Apparaturen zerbrachen, unschätzbare Experimente wurden unterbrochen – und seine gesamte Bibliothek landete auf dem Fußboden.

Endlich war das letzte Buch wieder an seinem Platz und
der Professor kehrte an seinen Schreibtisch zurück. Er
wollte sich gerade setzen, als er aus den Augenwinkeln etwas höchst Unerfreuliches bemerkte. Es klopfte an der Tür
und der Professor der Dunkelheit stürzte herein. »Wir
müssen miteinander reden«, rief er.

Der Professor des Lichts rührte sich nicht. »Schau da«,
sagte er düster.

»Was denn?«

»Da.« Er zeigte hin. »Licht!«

Der Professor der Dunkelheit lachte. »Freu dich darüber. Alles, was mit Licht zu tun hat, fällt doch in dein Gebiet.«

»Und die Dunkelheit in deins«, erwiderte der Professor des Lichts kurz angebunden. »Oder vielmehr die *Abwesenheit* des Lichts. Aber alles hat seinen Platz. Und das Licht, das hier durch die Risse in meiner Wand hereinscheint, ist genauso fehl am Platz wie die Finsternis im Herzen deines früheren Günstlings Vilnix Pompolnius.« Er trat zur Wand und bohrte mit einem Finger in dem Putz herum. »Siehst du das? Alles ganz lose und bröckelig.«

Der Professor der Dunkelheit seufzte schwer. »Mein Arbeitszimmer ist genauso baufällig.«

Die erste Amtshandlung von Vilnix als Allerhöchster Akademiker war gewesen die prunkvolle Schule des Lichts und der Dunkelheit selbst zu beziehen und den beiden Professoren und ihren Abteilungen den baufälligen Turm der Regenschmecker zuzuweisen. Die Explosion hatte den Turm schwer beschädigt und jedes Mal, wenn eine neue Kette am Felsen befestigt wurde, verschlimmerten sich die Schäden. Es war nur eine Frage der Zeit, bis der Turm vollends einstürzen würde.

»So kann es jedenfalls nicht weitergehen«, sagte der Professor des Lichts. »Und eben deshalb ...«

»Eben deshalb müssen wir miteinander reden«, fiel ihm der Professor der Dunkelheit ins Wort.

»Eben deshalb«, fuhr der Professor des Lichts unbeirrt fort, »habe ich bereits mit jemandem gesprochen, der womöglich Abhilfe schaffen kann.«

Der Professor der Dunkelheit starrte seinen Kollegen mit einer Mischung aus Bewunderung und Zweifel an. Trotz der armseligen Verhältnisse, in denen sie nun leben mussten, war die Rivalität zwischen den beiden Akademikern ungebrochen. »Mit wem hast du gesprochen?«

»Mit Mutter Pferdefeder.«

»Mit Mutter Pferdefeder!«, rief der Professor der Dunkelheit entsetzt aus. »Mit dieser habgierigen alten Vogelfrau. Ihre eigenen Eier würde sie verkaufen, wenn der Preis stimmte. Glaubst du im Ernst, wir können ihr vertrauen?«

»Ja, natürlich«, sagte der Professor des Lichts. »Wir können darauf Gift nehmen, dass sie alles in ihrer Macht Stehende tun wird uns zu betrügen. Das zu wissen ist unsere Stärke.«

V. IN DEN GASSEN VON UNTERSTADT

Hier rein«, sagte Knitz und blieb vor einer baufälligen Hütte zu seiner Linken stehen. Er schloss die Tür auf und verschwand drinnen. Sein Begleiter folgte ihm, schloss die Tür hinter sich und wartete, bis Knitz die Laterne gefunden und angezündet hatte.

Endlich drehte der Schniffkobold sich um. Ein bleicher Schein erfüllte das Zimmer. »Donnerwetter!«, rief er schaudernd. »Ihr Schlächter seid ja wirklich knallrot.«

Flechser trat verlegen von einem Bein aufs andere. »Hast du jetzt Phraxstaub oder nicht?«, fragte er. »Wenn nicht ...«

»Den besten Phraxstaub von Unterstadt«, beruhigte ihn Knitz. »Ziemlich sicher.«

»Ziemlich sicher?«

»Ich habe Sturmphrax auf dem Schwarzmarkt gekauft«, erklärte Knitz. »Wir brauchen es nur noch zu zerkleinern und schwupp, schon haben wir jede Menge Phraxstaub!«

Flechser starrte ihn unbewegt an. »Du hältst mich wohl für blöd«, sagte er schließlich. »Sturmphrax explodiert, wenn du mit dem Stößel draufhaust, das weiß doch jeder. Der allmächtige Oberakademiker kennt als Einziger das Geheimnis ...«

»Ich kenne es jetzt auch«, unterbrach ihn Knitz. Er nahm eine Schale vom Regal und stellte sie auf ein kleines Tischchen. Dann zog er ein Säckchen aus Samt aus der Innentasche seines Wamses und faltete es behutsam auf. Er nahm einen funkelnden Sturmphraxkristall, hielt ihn zwischen

Mittelfinger und Daumen hoch – die anderen Finger fehlten – und legte ihn vorsichtig in die Schale.

Flechser war noch nicht überzeugt. »Worin besteht denn das Geheimnis?«

»In dem hier.« Knitz zog einen ledernen Beutel aus dem Gürtel. Er öffnete ihn und ließ Flechser hineinsehen.

»Was ist das?«, fragte der Schlächter.

»Die pulverisierte Rinde eines toten Baumes«, erwiderte der Kobold verschwörerisch. »Die feinste Rinde, die man für Geld bekommt.«

Flechser fuhr nervös zurück. Mit pulverisierter Rinde betäubten die Ärzte von Unterstadt ihre Patienten vor Operationen.

»Die narkotisierenden Eigenschaften des Pulvers wirken der Flüchtigkeit des Sturmphrax entgegen«, erklärte Knitz. »Die Explosion wird sozusagen betäubt.«

»Ist das ganz sicher?«

»Ja, beim Himmel noch mal!«, rief Knitz entnervt. »Hast du nicht gesagt, du seist es leid, dein ganzes hart verdientes Geld für Trinkwasser auszugeben? Du wolltest doch alles tun um selbst an Phraxstaub zu kommen. Das Pulver funktioniert hundertprozentig.« Er streute eine großzügige Menge davon in die Schale. »Es wird keine Explosion geben und du hast Phraxstaub für den Rest deines Lebens, mein Freund.«

Flechser tastete aufgeregt nach den Amuletten um seinen Hals. Trotz seiner Zweifel konnte er dem Angebot des Schniffkobolds nicht widerstehen. Er zahlte die vereinbarten hundert Quarter, nahm den Stößel und holte damit aus. Knitz verstaute schnell das Geld in seiner Tasche, eilte ans andere Ende der Hütte und duckte sich hinter einen gusseisernen Ofen.

»Schlag zu!«, schrie er. »Es wird klappen!«

Flechser umklammerte den Griff des Stößels so fest, wie er es mit seinen schweißnassen Händen konnte, und schlug mit aller Kraft zu.

Die Explosion sprengte das Dach von der Hütte. Flechser wurde gegen die Rückwand geschleudert und fiel leblos zu Boden.

Knitz kroch hinter seinem Versteck hervor und stand zitternd auf. Er blickte auf die Leiche des Schlächters und seufzte.

»Oder eben auch nicht.«

VI. IN DER SCHENKE ZUR BLUTEICHE

Mutter Pferdefeder saß an einem Tisch in der Schenke, die zum Bersten gefüllt war. Neben ihr saß auf einem Barhocker Forficul der von ihr angestellte Nachtschwärmer. Die beiden sahen zu, wie die grölenden Zecher ihre Humpen in den mit schäumendem Waldbräu gefüllten Gemeinschaftszuber tauchten. Die im Keller versteckte illegale Brauerei war eine kleine Goldgrube – zumal bei sommerlich warmen Temperaturen.

Die Tür ging auf und drei Ligabrüder stolzierten herein. Mutter Pferdefeder klackte angewidert mit dem Schnabel.

»Einen guten Abend wünsche ich«, schnarrte sie ohne die Männer anzusehen. Sie holte drei Humpen aus dem Regal hinter ihr und stellte sie auf den Tisch. »Das macht dann zwanzig Quarter pro Person.«

»Dafür könnt ihr trinken, so viel ihr wollt«, erklärte der erste Ligabruder, ein Stammkunde, seinen Begleitern. »Nicht wahr, Mutter Pferdefeder?«

Mutter Pferdefeder starrte verdrossen vor sich hin. »Schon«, sagte sie. »Aber denkt a n die Regeln.« Sie wies mit einem Nicken auf ein an die Wand genageltes Schild: *Fluchen verboten. Raufen verboten. Erbrechen in der Gaststube verboten.*

»Keine Sorge, die kenne ich bereits«, sagte der Ligabruder und gab ihr eine Goldmünze, die das Doppelte des geforderten Betrages wert war. »Behaltet den Rest, meine Liebe.« Er zwinkerte ihr zu.

Mutter Pferdefeder starrte auf die Kasse. »Danke bestens, mein Herr.« Sie schloss den Geldkasten mit einem Knall und blickte erst wieder auf, als der Mann sich abgewendet hatte. Du wurmverseuchter Hammelhornmisthaufen, dachte sie aufgebracht.

»Na, na«, mahnte Forficul leise und seine großen Fledermausohren zuckten. Mutter Pferdefeder sah ihn wütend an.

»Du hast mal wieder alles *gehört*, was?«, fragte sie barsch.

»Ich höre alles, wie du genau weißt«, erwiderte Forficul. »Jedes Wort, jedes Flüstern, jeden Gedanken – als Buße für meine Sünden.«

Mutter Pferdefeder schnaubte verächtlich. Ihre Nackenfedern sträubten sich und ihre gelben Augen funkelten. »Aber es ist doch wahr!«, sagte sie verdrossen und nickte zum Tisch der Ligabrüder. »Die sind alle gleich mit ihren feinen Kleidern, dicken Trinkgeldern und ihrem vornehmen Gehabe. Hammelhornmist, allesamt!«

Forficul schnalzte verständnisvoll mit der Zunge. Er konnte seiner Arbeitgeberin den Hass auf die Ligabrüder nachfühlen. Denn diese hatten ein Abkommen mit Vilnix Pompolnius geschlossen, Ketten im Austausch gegen Phraxstaub, und beherrschten deshalb den Trinkwassermarkt und waren praktisch unangreifbar mächtig. Ohne die Schwarzmarktgeschäfte mit den Himmelspiraten hätte Mutter Pferdefeder ihren Laden schon lange schließen müssen.

»Ja, die Himmelspiraten«, seufzte Forficul. »Verwegene Briganten der Lüfte, die sich vor niemandem beugen. Was wären wir ohne sie?«

»Ja, was wären wir ohne sie?« Mutter Pferdefeder nickte und ihre Nackenfedern legten sich wieder. »Und da wir schon von ihnen sprechen, Wolkenwolf und seine Mannschaft müssten eigentlich bald zurück sein. Ich hoffe sehr, dass die Reise so erfolgreich war, wie er angekündigt hat. Sonst ...« Sie musste wieder an das Gespräch mit dem Professor des Lichts denken und dann kam ihr plötzlich eine Idee. Ihre Augen glitzerten. »Es sei denn ...«

Forficul, der ihren Gedanken zugehört hatte, kicherte. »Bei Kopf gewinnst du, bei Adler verliert er, was?« Noch bevor Mutter Pferdefeder antworten konnte, erschütterte eine Explosion ganz in der Nähe die Schenke.

Forficul hielt sich die Ohren zu und kreischte vor Schmerzen.

»Himmeldonnerwetter!«, rief Mutter Pferdefeder und ihr Gefieder stellte sich wieder auf. »Das klang aber nah!« Der Staub legte sich und Forficul nahm die Hände von den Ohren und schüttelte den Kopf. Seine großen Ohren flatterten wie zwei gigantische Motten.

»Wieder zwei Narren, die selbst Phraxstaub herstellen wollten«, sagte er traurig. Er legte den Kopf schräg und lauschte aufmerksam. »Der Tote ist Flechser, ein Schlächter.«

»Den kenne ich«, sagte Mutter Pferdefeder. »Er ist ... er war oft hier. Stank immer nach Leder.«

Forficul nickte. »Der Überlebende heißt Knitz.« Er erschauerte. »Ein übler Bursche. Er hat Sturmphrax mit pulverisiertem totem Holz gemischt und dann Flechser draufhauen lassen.«

Mutter Pferdefeder runzelte die Stirn. »Alle sind verrückt nach Phraxstaub.« Ihre gelben Augen funkelten feindselig. »Wenn jemand daran schuld ist, dann die!« Sie wies mit dem Schnabel zum Tisch der zechenden Ligabrüder. »Was gäbe ich darum, wenn ich diese Lackaffen nicht mehr sehen müsste!«

KAPITEL 4

Eine Ladung
Eisenholz

Der Nachmittag war bereits fortgeschritten und die Mannschaft des *Sturmpfeils* befand sich, nachdem sie mit einigen Waldtrollen über eine große Ladung Eisenholz handelseinig geworden war, auf dem Rückweg nach Unterstadt. An Bord des Piratenschiffes herrschte ausgelassene Stimmung. Ganz besonders zufrieden war Twig, der Held der Stunde.

Zwar hatte er keinen der Waldtrolle, mit denen sie verhandelt hatten, persönlich gekannt, doch war er mit ihrer Art vertraut. Schließlich war er in einem Trolldorf aufgewachsen. Er wusste, wann ihr *Nein* in Wirklichkeit ein *Ja* bedeutete, wann man feilschen und, wichtiger noch, wann man damit aufhören musste – denn wenn ein Waldtroll zu wenig für sein Holz geboten bekam, war er beleidigt und verkaufte es überhaupt nicht mehr. Sobald Twig also die entsprechenden Anzeichen auf ihren Gesichtern sah – gespitzte Lippen und unruhig zuckende Nasen –, hatte er seinem Vater zugenickt. Der Preis war so günstig, wie er nur sein konnte.

Zur Feier des Abschlusses hatte Wolkenwolf danach ein Fass Waldgrog geöffnet und seiner bunt zusammengewürfelten Mannschaft eine Runde des scharfen Getränks spendiert. »Auf unseren Erfolg«, rief er.

»Auf unseren Erfolg!«, brüllten die Himmelspiraten.

Tem Waterbork, ein Koloss mit einer dichten Mähne, schlug Twig auf den Rücken und packte ihn an der Schulter. »Wenn der Bursche hier die Trolle des Dunkelwalds nicht so gut kennen würde, hätten wir das Holz nie zu diesem Preis bekommen«, rief er und hob das Glas. »Auf Twig!«

»Auf Twig!«, riefen die Himmelspiraten im Chor.

Sogar Slyvo, der Maat, der selten ein gutes Wort für jemand anders übrig hatte, zeigte seine Bewunderung. »Er hat wirklich gute Arbeit geleistet«, räumte er ein.

Nur einer stimmte nicht in den Chor der Glückwünsche ein: Wolkenwolf selbst. Der Captain hatte sich sogar, als Tem Waterbork Twig hochleben ließ, abrupt abgewandt und war zum Steuer zurückgekehrt. Twig wusste warum. Von den anderen ahnte niemand, dass er Wolkenwolfs Sohn war. Der Captain wollte es so. Niemand sollte ihm vorwerfen können, er bevorzuge den Jungen. Stattdessen nahm er Twig härter ran als die anderen und zeigte nie die geringste Zuneigung, die er vielleicht empfand.

Den Grund für Wolkenwolfs schroffes Verhalten zu kennen war eine Sache, damit zurechtzukommen eine andere. Jede Kränkung, jede Ungerechtigkeit, jedes harte Wort traf Twig bis ins Mark und gab ihm das Gefühl, sein Vater schäme sich für ihn. Doch jetzt schluckte er seinen Stolz hinunter und ging zu Wolkenwolf auf die Brücke.

»Wann glauben Sie kommen wir zurück?«, fragte er.

»Bei Einbruch der Dunkelheit«, erwiderte Wolkenwolf. Er arretierte das Steuerrad und nahm einige kleine Änderungen an den Ausgleichsgewichten vor. »Vorausgesetzt der Wind steht weiter günstig.«

Twig betrachtete seinen Vater mit Ehrfurcht. Himmelsschiffe zu fahren war ausgesprochen schwierig, doch Wolkenwolf schien es in Fleisch und Blut übergegangen zu sein. Der Captain lenkte das Schiff, als sei es ein Teil von ihm. Und weil Twig jetzt die Geschichte kannte, die der Raupenvogel ihm erzählt hatte, wusste er auch warum. »Sie haben wahrscheinlich auf der Ritterakademie gelernt, wie man ein Himmelsschiff steuert und ... einen Sturm jagt ...«

Wolkenwolf starrte ihn neugierig an. »Was weißt du von der Ritterakademie?«

»N ... nicht viel«, stammelte Twig. »Der Raupenvogel hat gesagt ...«

»Pah, der!«, schnaubte Wolkenwolf. »Diese alte Plaudertasche! Es ist besser, in der Gegenwart zu leben, als sich mit der Vergangenheit zu beschäftigen.« Offenbar wollte er das Thema wechseln, denn er fügte hinzu: »Höchste Zeit, dass *du* die Grundlagen der Himmelsschifffahrt erlernst.«

Twigs Herz setzte einen Schlag aus. Seit über zwei Jahren fuhr er jetzt mit den Himmelspiraten. Er trug wie sie einen schweren, langen Piratenmantel, an dem zahlreiche Gegenstände hingen – Fernrohr, Enterhaken, Kompass, Waage, Trinkbecher –, und außerdem einen schön gearbeiteten ledernen Brustharnisch und auf dem Rücken zwei Klappflügel. Doch hatte er in dieser ganzen Zeit nur die niedrigsten Aufgaben verrichten dürfen. Er schrubbte und putzte und war der Laufbursche für alle. Offenbar sollte sich das jetzt ändern.

»Der Flugstein sorgt in kaltem Zustand für natürlichen Auftrieb«, erklärte Wolkenwolf. »Gleichgewicht, Schubkraft und Fahrtrichtung müssen von Hand eingestellt werden, und zwar hiermit.« Er zeigte auf zwei lange Reihen von Schalthebeln mit beinernen Griffen, die in verschiedene Richtungen wiesen.

Twig nickte eifrig.

»Diese Hebel hier sind mit den Ausgleichsgewichten verbunden, dem Heckgewicht, dem Buggewicht, den kleinen, mittelgroßen und großen Rumpfgewichten steuerbord und backbord sowie den Mittelrumpf-, Seitenrumpf- und Unterrumpfgewichten.« Wolkenwolf holte Luft. »Und die Hebel hier auf der anderen Seite steuern die Segel. Vorsegel, Achtersegel, Marssegel.« Er berührte die entsprechenden Hebel. »Großsegel eins und zwei, Skysegel, Stagsegel, Leesegel, Fock, Spinnaker und Klüver. Soweit klar? Im Grunde ist alles eine Frage der Balance.«

Twig nickte unsicher. Wolkenwolf trat einen Schritt zurück. »Also«, brummte er. »Nimm das Steuer und zeig, aus welchem Holz du geschnitzt bist.«

Zuerst war es leicht. Alles war schon eingestellt und Twig brauchte nur das hölzerne Steuerrad festzuhalten und den Kurs zu halten. Doch dann drückte plötzlich eine Bö aus Nordost das Schiff nach unten und auf einmal war alles schrecklich kompliziert.

»Mittelgroßes Steuerbordgewicht nach oben«, befahl der Captain. Twig geriet in Panik. Welcher Hebel war das? Der

achte oder der neunte von links? Er packte den neunten und zog mit einem Ruck daran. Der *Sturmpfeil* legte sich auf die Seite. »Nicht so viel!«, brüllte Wolkenwolf. »Stagsegel ein wenig nach oben und großes Steuerbordgewicht nach unten ... Das *Steuerbord*gewicht, du Idiot!« Das Himmelsschiff legte sich noch weiter auf die Seite.

Twig schrie entsetzt auf. Das Schiff würde abstürzen. Wenn es so weiterging, war sein erster Versuch ein Himmelsschiff zu steuern auch sein letzter. Verbissen klammerte er sich an das Ruder. Seine Gedanken rasten, seine Hände zitterten und das Herz schlug ihm bis zum Hals. Er durfte seinen Vater nicht enttäuschen. Er beugte sich vor und ergriff noch einmal den neunten Hebel. Diesmal betätigte er ihn ganz vorsichtig und senkte das Gewicht nur einige Rasterstellungen ab.

Und es funktionierte! Das Schiff richtete sich auf.

»Gut«, sagte der Captain. »Du wirst es ins Gefühl bekommen. Jetzt das Skysegel hinauf und das Buggewicht ein wenig hinunter, kleines und mittleres Steuerbordgewicht trimmen und ...«

»Ligaschiff steuerbord voraus!«, rief Zacke schrill. »Ligaschiff steuerbord voraus! Das Schiff kommt rasch näher.«

Twig schwirrte der Kopf, er bekam keine Luft mehr und ihm wurde übel. Die Hebel verschwammen vor seinen Augen. Einer von ihnen bewirkte sicher, dass das Schiff schneller fuhr – aber welcher? »Ligaschiff kommt näher«, rief Zacke. Twig brach in blinder Panik das erste Gebot der Himmelsschifffahrt: Er ließ das Steuer los.

Im selben Moment, in dem seine verschwitzten Hände losließen, drehte sich das Rad mit einem heftigen Ruck zurück und schleuderte ihn über das Deck. Sofort fielen die Segel ein und der *Sturmpfeil*

begann sich um die eigene Achse zu drehen und an Höhe zu verlieren.

»Bist du wahnsinnig?«, brüllte Wolkenwolf. Er packte das Steuerrad, stemmte sich gegen die Planken und versuchte fieberhaft es zum Stillstand zu bringen. »Hubble!«, schrie er. »Komm her!«

Twig wollte gerade aufstehen, da stürzte Hubble an ihm vorbei. Der Banderbär streifte ihn nur leicht, doch da er ein Koloss von Tier war, flog Twig wieder über das Deck.

Im nächsten Moment hörte das Schiff auf sich zu drehen. Twig hob den Kopf. Der Banderbär hielt das Steuer regungslos in seinen gewaltigen Tatzen. Und der Captain hatte endlich die Hände frei und ließ sie mit schlafwandlerischer Sicherheit über die Hebel fliegen wie ein Akkordeonspieler über die Tasten.

»Ligaschiff in einhundert Schritt Entfernung«, rief Zacke. Stumm betätigte der Captain die Hebel. »Fünfzig Schritt! Vierzig ...«

Der *Sturmpfeil* schoss plötzlich nach vorn. Die Mannschaft brüllte begeistert. Twig konnte endlich aufstehen und schickte einen erleichterten Stoßseufzer zum Himmel. Sie hatten es geschafft.

Doch dann sprach Wolkenwolf. »Etwas stimmt nicht!«, sagte er ruhig.

Was denn?, dachte Twig. Was sollte nicht stimmen? Waren sie nicht mit ihrer illegalen Ladung Eisenholz entkommen? Er blickte nach hinten. Ja, das Ligaschiff war kilometerweit hinter ihnen!

»Schlimme Sache«, sagte der Captain. »Wir haben keinen Auftrieb.«

Twig starrte entsetzt auf ihn. Sein Magen fühlte sich ganz leer an. Sollte das ein Witz sein? Wollte der Captain ihn ausgerechnet jetzt auf den Arm nehmen, wie Väter es manchmal tun? Doch ein einziger Blick auf das aschfahle Gesicht des Captains, der immer heftiger an einem Hebel ruckte und zerrte, überzeugte ihn, dass dem nicht so war.

»Es ist das ... das verdammte ... Heckgewicht«, keuchte Wolkenwolf. »Es klemmt.«

»Ligaschiff kommt wieder näher«, rief Zacke vom Ausguck. »Der Flagge nach zu urteilen ist der Ligameister persönlich an Bord.«

Wolkenwolf fuhr herum. »Hubble«, brüllte er, doch dann überlegte er es sich anders. Das schwere Tier war nicht geeignet über den Rumpf zu klettern. Genauso wenig kamen Tem Waterbork oder Klotzkinn infrage. Und der Eichenelf Zacke wäre zwar willens gewesen, aber viel zu schwach, um das große eiserne Gewicht zu befreien. Slyvo wäre der ideale Mann gewesen, doch war er dazu viel zu feige. Der Flachkopfkobold Haudrauf wiederum war zwar tapfer und alles andere als feige, wenn es darum ging zu kämpfen, dafür aber zu dumm, um sich zu merken, was er tun musste. »Also gehe ich selbst«, murmelte Wolkenwolf.

Twig stellte sich dem Captain in den Weg. »Lassen Sie mich das machen«, sagte er. »Ich kann es.« Wolkenwolf musterte ihn mit zusammengepressten Lippen von Kopf bis Fuß. »Sie müssen hier bei den Hebeln bleiben und sie bedienen, sobald ich das Gewicht losgemacht habe.«

»Ligaschiff in zweihundert Schritt Entfernung«, rief Zacke.

Wolkenwolf nickte knapp. »Also gut«, sagte er. »Aber enttäusche mich nicht.«

»Bestimmt nicht.« Twig eilte ans Heck des Schiffes. Dort packte er ein Tauende und zog sich auf die Reling hinauf. Tief unter ihm war verschwommen etwas Grünes zu sehen, der Wald.

»Sieh nicht runter!«, hörte er Tem Waterbork rufen.

Das ist leichter gesagt als getan, dachte Twig. Vorsichtig ließ er sich zu dem Geflecht aus Seilen hinunter, das den Schiffsrumpf wie ein Spinnennetz umschloss. Er kletterte

ganz langsam. Je tiefer er kam, desto schräger hing er am Rumpf. Der Wind zerzauste seine Haare und zerrte an seinen Armen, doch jetzt sah er das Heckgewicht. Es hatte sich in der Schlaufe eines geteerten Taus verfangen.

Er hangelte sich weiter und sprach sich selbst leise Mut zu. »Nur noch ein Stückchen weiter, ein ganz klein wenig.«

»Wie steht's?«, hörte er seinen Vater rufen.

»Bin fast da«, rief er zurück.

»Ligaschiff hundert Schritt hinter uns, Abstand verringert sich rasant«, meldete Zacke.

Zitternd vor Aufregung streckte Twig die Hand aus und versuchte das verhedderte Tau mit einem Ruck zur Seite zu ziehen. Das Gewicht musste frei hängen. Er brauchte nur ... Er streckte sich noch weiter und drückte mit dem Handballen gegen das Knäuel. Plötzlich gab es nach, das Seil schwang wieder frei, das Gewicht fiel hinunter und ... löste sich ganz ab. Erschrocken starrte Twig der großen, runden Eisenscheibe nach, die in den Wald unter ihm hinabtrudelte.

»Was hast du getan?«, brüllte eine Stimme. Sie gehörte Wolkenwolf und klang wütend.

»Ich … ich …«, stotterte Twig. Das Himmelsschiff geriet vollkommen außer Kontrolle. Es schlingerte heftig und neigte sich von Backbord nach Steuerbord. Twig brauchte seine ganze Kraft um sich festzuhalten. Was hatte er bloß getan?

»Du hast das Steuerruder losgemacht!«, brüllte Wolkenwolf. »Beim Himmel, Twig! Ich dachte, nur Haudrauf sei so dumm!«

Twig zuckte unter dem Vorwurf zusammen. Heiße Tränen stiegen ihm in die Augen, Tränen, die er nicht wegwischen konnte, weil er fürchtete, sonst den Halt zu verlieren. Aber war es nicht überhaupt besser, loszulassen und hinunterzufallen? Alles war besser als dem zornigen Vater gegenübertreten zu müssen.

»Twig! Hörst du mich, Junge?«, rief eine zweite Stimme. Sie gehörte Tem Waterbork. »Wir müssen die Ladung über Bord werfen. Dazu müssen wir die Türen im Rumpf öffnen. Du kommst besser so schnell wie möglich wieder rauf!«

Die Ladung über Bord werfen? Twigs Verzweiflung wurde noch größer, die Tränen strömten ihm über das Gesicht. Sie mussten das Eisenholz, das sie mit so viel Mühe – und Geld – erworben hatten, abwerfen, und das nur wegen ihm.

»Rauf mit dir!«, brüllte Tem.

Twig hangelte sich, so schnell er konnte, am Rumpfnetz zurück, bis er wieder aufrecht klettern konnte. Er hob den Kopf. Tem Waterbork streckte ihm eine rote Pranke entgegen. Dankbar ergriff der Junge die Hand und ließ sich mit einem Ruck, der ihm den Atem nahm, auf das Deck ziehen. »Wir wären so weit, Captain!«, schrie Tem.

Twig sah ihn lächelnd an, doch der Himmelspirat hatte sich schon abgewandt ohne seinen Blick zu erwidern. Denn keine Fracht hieß keinen Lohn. Und Unterstadt mochte verkommen sein, doch ohne Geld oder die Mittel, sich welches zu beschaffen, konnte man dort nichts anfangen.

»Öffnet die Rumpfklappen!«, befahl Wolkenwolf.

»Aye, aye, Captain«, antwortete Klotzkinn aus dem Laderaum. Tief im Bauch des Schiffes klirrten Ketten, gefolgt von einem dumpfen Rumpeln. Twig senkte schuldbewusst den Blick. Durch den Spalt zwischen den angsam aufgehenden Rumpftüren fielen die ersten Eisenholzstämme. Verstohlen spähte Twig über die Reling. Im selben Augenblick folgte polternd der ganze Rest der Ladung. Mit tödlicher Wucht stürzten die Stämme in den Dunkelwald hinab, aus dem sie gekommen waren.

Die Besatzung des Ligaschiffes hatte alles beobachtet. Sofort ließ sie von der Verfolgung ab und folgte nun den herabfallenden Stämmen nach unten. Eine Ladung dieser Größe ließ man sich nicht einfach entgehen. Twigs Unglück konnte größer nicht sein: Jetzt profitierte auch noch ein Ligaschiff vom Pech der Himmelspiraten.

»Können wir nicht auch nach unten gehen und gegen sie kämpfen?«, fragte er. »Ich habe keine Angst.«

Wolkenwolf drehte sich zu ihm um und musterte ihn verächtlich. »Wir haben kein Ruder mehr«, sagte er. »Wir können nicht mehr steuern. Nur der Flugstein hält uns noch am Himmel.« Er wandte sich wieder ab. » Schoten dichtholen«, brüllte er. »Brasst ins Kreuz – und betet. Betet, wie ihr noch nie gebetet habt. Eine Bö von der falschen Seite und wir verlieren neben der Ladung auch noch das ganze Schiff.«

Niemand sprach ein Wort, während sie im Schneckentempo zurück nach Unterstadt segelten. Für Twig war die Fahrt eine einzige Demütigung. Es war schon dunkel, als verschwommen die Lichter von Sanktaphrax in Sicht kamen und darunter, fast erstickt von einem dicken Rauchschleier, das Lichtergewimmel von Unterstadt. Und immer noch dauerte das Schweigen an. Twig war todunglücklich. Wie viel lieber wäre es ihm gewesen, wenn die Himmelspiraten ihn ausgeschimpft und mit allen erdenklichen Flüchen belegt hätten – alles wäre besser gewesen als dieses tödliche Schweigen.

Um sie herum flogen Patrouillenschiffe, aber keines nahm

von dem schwer beschädigten Himmelsschiff Notiz, das auf die Flugdocks zusteuerte. Die Rumpftüren des Schiffes standen immer noch offen, das Schiff hatte ganz offensichtlich nichts zu verbergen.

Wolkenwolf steuerte den *Sturmpfeil* an seinen versteckten Liegeplatz, Klotzkinn ließ den Anker fallen und Zacke sprang auf den Kai und schlang die Haltetrossen um die dafür vorgesehenen Ringe. Dann verließ die Mannschaft das Schiff.

»Wirklich ausgezeichnet, Master Twig!«, zischte Slyvo, als er an dem Jungen vorbeikam. Twig lief ein Schauer über den Rücken, aber er hatte damit rechnen müssen. Slyvo hatte ihn nie gemocht. Viel schlimmer waren freilich die abgewandten Augen der anderen. Niedergeschlagen wollte er hinter ihnen von Bord gehen.

»Du nicht, Twig«, sagte Wolkenwolf scharf. Twig erstarrte. Jetzt war er dran! Er drehte sich um, ließ den Kopf hängen und … wartete. Wolkenwolf sprach erst, nachdem der letzte Himmelspirat das Schiff verlassen hatte.

»Dass ich den Tag erlebe muss, an dem mein Sohn – mein eigener Sohn – ein Himmelsschiff zerstört.«

Twig schluckte hart, doch die Tränen wollten nicht versiegen. »Tut mir Leid«, flüsterte er.

»Leid? Was heißt hier Leid?«, brüllte Wolkenwolf. »Wir haben das Eisenholz verloren, das Steuerruder – und fast den *Sturmpfeil*. Vielleicht verliere ich ihn ja auch noch.« Sein Auge sprühte Funken wie ein Feuerstein. »Ich schäme mich dich meinen Sohn zu nennen.«

Seine Worte trafen den Jungen wie ein Schlag in den Nacken. »Du schämst dich?«, wiederholte Twig und wäh-

rend er es sagte, verwandelte sich
sein Kummer in Wut. Er hob
furchtlos die Augen. »Tust du
das nicht schon die ganze Zeit?«
»Wie kannst du es wagen!«, schrie
Wolkenwolf und sein Gesicht lief
dunkelrot an.

Aber Twig ließ sich nicht mehr
einschüchtern. »Du hast allen
verheimlicht, dass du mein
Vater bist«, sagte er. »Heißt
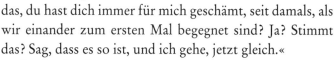
das, du hast dich immer für mich geschämt, seit damals, als
wir einander zum ersten Mal begegnet sind? Ja? Stimmt
das? Sag, dass es so ist, und ich gehe, jetzt gleich.«
Wolkenwolf schwieg. Twig wandte sich zum Gehen.
»Twig!«, sagte Wolkenwolf. »Warte.« Twig blieb stehen.
»Sieh mich an, mein Junge.« Twig drehte sich langsam um
und starrte seinen Vater trotzig an.
Wolkenwolf erwiderte den Blick. Sein Auge funkelte. »Du
hast Recht«, sagte er. »Ich habe an Bord des Schiffes niemandem gesagt, wer du bist, allerdings nicht aus dem
Grund, den du vermutest. Einige meiner Männer würden
bei der geringsten Aussicht auf Erfolg meutern und sich
den *Sturmpfeil* unter den Nagel reißen. Wenn sie wüssten,
wie ...« Er brach ab. »... wie wichtig du für mich bist, denn
das bist du, Twig, das musst du wissen.«
Twig nickte und zog die Luft durch die Nase ein. Er spürte
einen Kloß im Hals.
»Wenn sie wüssten, wer du bist, wäre dein Leben in größ-
ter Gefahr.«

Twig senkte den Kopf. Wie hatte er je an den Gefühlen seines Vaters für ihn zweifeln können? Scham überkam ihn. Er blickte auf und lächelte verlegen. »Dann kann ich bleiben?«, fragte er.

Wolkenwolf legte das besorgte Gesicht in Falten. »Als ich vorhin sagte, ich könnte den *Sturmpfeil* immer noch verlieren, meinte ich das ernst.«

»Aber warum denn? Er gehört doch dir, nicht wahr? Du hast ihn doch an dem Tag bekommen, an dem du ausgeschickt wurdest auf Sturmjagd zu gehen.«

Wolkenwolf schnaubte. »Der Unterhalt eines Himmelsschiffs kostet eine Menge Geld. Der *Sturmpfeil* wurde vor ein paar Jahren von Holzwürmern befallen und ist seitdem bis in sein schönes Krähennest hinauf verschuldet. Mit dem Eisenholz wollte ich einen Teil der Schulden abzahlen.« Er seufzte. »Nein, wenn der *Sturmpfeil* jemandem gehört, dann Mutter Pferdefeder. Sie gibt uns Geld.« Er schnitt eine Grimasse. »Und schöpft den größten Teil des Gewinns ab. Und wenn ich jetzt nichts zurückzahlen kann, will sie vielleicht wiederhaben, was ihr rechtmäßig gehört.«

Twig war entsetzt. »Aber das darf sie doch nicht«, rief er.

»O doch«, erwiderte Wolkenwolf. »Sie kann sogar dafür sorgen, dass ich nirgendwo sonst Kredit bekomme. Und was ist ein Himmelspirat ohne ein Himmelsschiff, Twig? Was? Ich sage es dir. Nichts. Das ist er. Ein Nichts.«

Twig sah unglücklich weg. Sein Vater, einst der tapferste Ritter der Akademie von Sanktaphrax und jetzt der berühmteste Himmelspirat des Klippenlands, sah einem Leben in Schimpf und Schande entgegen und er, Twig, war daran schuld. *Alles* war seine Schuld.

»Es …«

»Sag nicht schon wieder, dass es dir Leid tut«, unterbrach ihn Wolkenwolf. »Komm, gehen wir und bringen wir es hinter uns. Ich hoffe nur, die alte Schachtel kann ihre Gier mäßigen.« Er betrat den Landungssteg. »Und denk immer dran: Wenn wir bei Mutter Pferdefeder in der Schenke sitzen, musst du aufpassen, was du sagst – oder auch denkst. Ich könnte schwören, dass die Wände dort Ohren haben!«

KAPITEL 5

Die Schenke zur Bluteiche

Knarrend und wie aus Protest schwang das Schild der Schenke in dem auffrischenden Wind hin und her. Twig hob den Kopf und zuckte zusammen. Auf dem Schild hatte ein Künstler, wie es ja nahe lag, die schreckliche, Fleisch fressende Bluteiche abgebildet. Und die Abbildung war geglückt, musste Twig mit einem Schauer zugeben. Die feucht glänzende Rinde, die blitzenden Zähne – jedes Mal, wenn der Junge hinaufsah, konnte er den ranzigen, metallischen Todesgeruch, den der Baum verströmte, geradezu riechen. Denn Twig wusste alles über Bluteichen. Im Dunkelwald wäre er einmal fast einem besonders Furcht erregenden Exemplar zum Opfer gefallen. Die Eiche hatte ihn bereits geschluckt und hätte ihn auch bei lebendigem Leibe verspeist, hätten sich nicht die Borsten seiner Hammelhornweste angesichts der Gefahr aufgestellt und sich in der Kehle des Ungeheuers verhakt. Schon die Erinnerung daran ließ Twig erzittern und er überlegte, warum wohl jemand eine Schankstube nach einem so furchtbaren Baum benannt hatte.

»Willst du den ganzen Abend hier stehen und gaffen?«, fragte Wolkenwolf ungeduldig und drängte an seinem Sohn vorbei. »Lass uns reingehen.«

Der Captain drückte die Tür auf und – der Raum vor ihnen explodierte förmlich. Hitze, Lärm und grelles Licht schlugen ihnen entgegen und ein schwüles Gemisch aus angenehmen und unangenehmen Düften. Twig wich einen Schritt zurück. Egal wie oft er die Bluteichenschenke besuchte, nie konnte er sich an diesen ersten Schock gewöhnen.

Die Wirtschaft spiegelte gleichsam im Taschenformat die unglaubliche Vielfalt Unterstadts wider. Auf den Bänken saßen Flachkopf- und Hammerkopfkobolde, Eichenelfe, Pöbelgnome, Schwarz- und Rotzwerge, Trolle und Druden jeder Form und Größe, ferner Ligabrüder und Himmelspiraten, Kesselflicker und Trödler, Lumpensammler und Hausierer, Händler und Krämer ... Wie er da so durch die offene Tür starrte, kam es Twig vor, als seien in dem Durcheinander vor ihm sämtliche Geschöpfe, Stämme und Zünfte des Klippenlands vertreten.

Der Trottler an der Tür erkannte Wolkenwolf sofort. Er teilte ihm mit, Mutter Pferdefeder sei »irgendwo da« und zeigte mit der Hand nach hinten. Wolkenwolf schob sich durch das Gedränge und Twig hielt sich dicht hinter ihm, angestrengt bemüht, niemandes Becher umzuwerfen. Flachköpfe waren als notorische Hitzköpfe bekannt und manch einem war schon für weniger als einen umgekippten Humpen Waldbräu die Kehle durchgeschnitten worden. Hin und her gestoßen und eingeklemmt inmitten schwitzender und dampfender Leiber fand Twig auf einmal, dass *Bluteiche* doch genau der richtige Name für diese Schenke sei.

Die Besitzerin stand am hinteren Ausgang. Wolkenwolf ging auf sie zu und sie sah auf.

»Mutter Pferdefeder«, sagte der Captain. »Ich hoffe doch, es geht Ihnen gut.«

»Ich kann nicht klagen«, erwiderte Mutter Pferdefeder reserviert.

Sie drehte den Kopf und starrte fragend auf Twig hinunter.

»Ach so, ja«, sagte Wolkenwolf. »Das ist Twig. Twig, Mutter Pferdefeder. Ich möchte, dass er bei unserer Besprechung dabei ist.«

Twig blickte in die wilden Augen der Vogelfrau und begann zu zittern. Bisher hatte er Mutter Pferdefeder immer aus der Ferne gesehen. Von nahem war sie eine einschüchternde, Furcht einflößende Person.

Sie war so groß wie Wolkenwolf, hatte gelbe Knopfaugen, einen spitzen, krummen Schnabel und um den Hals eine Krause karmesinroter Federn. Auch ihre Arme waren mit Federn besetzt und wirkten, da Mutter Pferdefeder die mit Krallen besetzten Hände ineinander gelegt hatte, wie ein Schal in Purpurrot und Orange. Twig fragte sich unwillkürlich, ob die Vogelfrau unter ihrem wallenden gelben Kleid am ganzen Leib ein so prächtiges Gefieder trug.

Plötzlich merkte er, dass rechts von ihm jemand kicherte. Und tatsächlich, auf einem Barhocker saß ein schmächtiges, fast durchscheinendes Geschöpf, das von einem Fledermausohr zum anderen grinste.

Mutter Pferdefeder hob eine gefiederte Braue und funkelte Twig drohend an. »Das ist Forficul«, krächzte sie, dann fixierte sie wieder Wolkenwolf mit ihrem starren Blick. »Auch er wird bei unserer kleinen Unterhaltung zugegen sein.«

Wolkenwolf zuckte die Schultern. »Ist mir egal.« Und als sei Forficul nicht da, fügte er hinzu: »Was ist das denn für einer? Sieht aus wie das Nesthäkchen einer Eichenelffamilie.« Mutter Pferdefeder klackte amüsiert mit dem Schnabel. »Das ist mein kleines Schätzchen«, flüsterte sie. »Nicht wahr, Forfy?« An alle gewandt, fuhr sie fort: »Folgt mir. Im Hinterzimmer ist es ruhig, dort können wir uns ungestört unterhalten.« Sie machte auf ihren Krallenfüßen kehrt und verschwand durch die Tür. Wolkenwolf und Twig folgten ihr, den Abschluss bildete Forficul.

Im Hinterzimmer war es heiß und stickig und es roch muffig. Twig setzte sich an den kleinen, viereckigen Tisch. Ihm war immer beklommener zumute. Links von ihm saß sein Vater, rechts Mutter Pferdefeder und gegenüber mit geschlossenen Augen und vibrierenden Ohren Forficul. Twig spürte, wie sich die Haare seiner Hammelhornweste unter seinen Fingern aufstellten.

Mutter Pferdefeder legte die schuppigen Hände aufeinander, dann lächelte sie Wolkenwolf an. »Tja«, sagte sie etwas freundlicher. »Da wären wir wieder.«

»So ist es«, erwiderte Wolkenwolf. »Und ich muss wirklich sagen, Sie sehen heute Abend aus wie das blühende Leben – und Gelb steht Ihnen ausgezeichnet.«

»Ach Wolfie!«, sagte sie, gegen ihren Willen geschmeichelt. »Sie sind ein alter Charmeur!«

»Aber ich meine es ernst«, beteuerte Wolkenwolf. »Jedes Wort.«

»Auch Sie sehen blendend aus wie immer«, gluckte Mutter Pferdefeder bewundernd.

Twig betrachtete seinen Vater. Es stimmte. Wolkenwolf bot in seiner Himmelspiratenuniform mit den Quasten, Tressen und glänzenden goldenen Knöpfen einen prächtigen Anblick. Doch dann fiel Twig erschauernd wieder das wutverzerrte Gesicht seines Vaters ein, als er das Steuerruder losgelassen hatte und der *Sturmpfeil* beinahe abgestürzt wäre. Wie sein Vater geflucht hatte, als sie die kostbare Eisenholzfracht hatten abwerfen müssen.

Er hob den Blick. Forficul starrte ihn aufmerksam an. *Pass auf, was du sagst ... oder auch denkst*, hatte sein Vater ihn ermahnt. Twig erwiderte den Blick des Nachtschwärmers mit den vibrierenden Ohren. Ein Frösteln überlief ihn.

»Das Steuerruder, so?«, hörte er Mutter Pferdefeder sagen. Der Austausch der Höflichkeiten war offenbar beendet. »Das klingt wichtig.«

»Ist es auch«, bestätigte Wolkenwolf.

»Und deshalb teuer?«

Wolkenwolf nickte.

»Wir können uns darüber sicher einigen«, sagte Mutter Pferdefeder munter. »Solange die Qualität des Eisenholzes meinen Erwartungen entspricht.«

Schlagartig wurde Twig die Ungeheuerlichkeit dessen bewusst, was er getan hatte, und alles Blut wich aus seinem Gesicht. Wegen ihm würde der *Sturmpfeil* nie wieder fliegen. Sein Herz hämmerte laut und als Forficul sich zu Mutter Pferdefeder hinüberlehnte und ihr hinter vorgehaltener Hand etwas zuflüsterte, hämmerte es noch lauter.

Die Augen der Vogelfrau funkelten. »Tja, Wolfie«, sagte sie. »*Wird* das Holz denn meinen Erwartungen entsprechen? Was meinen Sie?« Sie beugte sich vor, bis ihr Schnabel fast sein Gesicht berührte. »Oder verschweigen Sie mir da noch etwas?« Ihre Stimme klang auf einmal abgehackt und hart.

»Ich Ihnen etwas verschweigen? Ich …« Wolkenwolf kratzte sich hinter seiner Augenklappe. »Also …« Er blickte auf seinen Sohn. Twig hatte ihn noch nie so müde gesehen, ihm schien, als sei sein Vater plötzlich gealtert.

»Also?«, beharrte Mutter Pferdefeder.

»Wir haben leider ziemliches Pech gehabt«, gab Wolkenwolf zu. »Aber wir können das auf unserer nächsten Reise wettmachen …«

»Sie scheinen zu vergessen«, unterbrach sie ihn barsch, »dass Sie mir bereits zehntausend schulden, die Zinsen nicht eingerechnet. Dazu kommen natürlich noch die Kosten für das neue Steuerruder …« Sie machte eine dramatische Pause und begann erregt ihre Halsfedern zurechtzuzupfen. »Ich weiß nicht, ob es eine nächste Reise geben wird.«

In Twig krampfte sich alles zusammen.

»Es sei denn«, fügte sie listig hinzu, »zu meinen Bedingungen.«

»Und die wären?«, fragte Wolkenwolf ohne mit der Wimper zu zucken.

Mutter Pferdefeder hievte sich schnaufend auf ihre schuppigen Füße und drehte sich um, die Arme auf dem Rücken verschränkt. Wolkenwolf und Twig starrten ihren Rücken erwartungsvoll an. Über Forficuls Lippen spielte die Andeutung eines Lächelns.

»Wir zwei kennen uns schon lange, Wolkenwolf«, sagte sie. »Trotz der Geldprobleme, die Sie zurzeit leider haben, sind Sie immer noch der größte Himmelspirat aller Zeiten. Dass der *Sturmpfeil* Holzwürmer bekam, war schließlich nicht Ihre Schuld.« Sie drehte sich wieder zum Captain um. »Deshalb wende ich mich mit einem Anliegen an Sie, das sicher die größte Herausforderung ist, vor der Sie je gestanden haben. Wenn Sie Erfolg haben, sind Ihre Schulden auf einen Schlag gestrichen.«

Wolkenwolf musterte die Vogelfrau misstrauisch. »Und was verdienen Sie dabei?«

»Ach Wolfie, Wolfie.« Sie lachte gackernd. »Sie kennen mich so gut.« Ihre Knopfaugen glitzerten. »Sehr viel. Mehr sei vorerst nicht gesagt.«

»Aber ...«

»Sparen Sie sich Ihre Fragen für nachher auf, wenn ich Ihnen alles erklärt habe«, unterbrach Mutter Pferdefeder ihn scharf. Sie holte Luft. »Ich wurde angesprochen«, sagte sie, »vom Prof ...«

Forficul hustete laut.

»... von ... einem Akademiker aus Sanktaphrax. Er benötigt Sturmphrax, und zwar eine ganze Menge, und will dafür einen ansehnlichen Preis zahlen.«

Wolkenwolf schnaubte verächtlich. »Wenn er Sturmphrax braucht, warum bedient er sich nicht in der Schatzkammer? Soviel ich gehört habe, machen das heute alle so.«

Mutter Pferdefeder starrte ihn an. »Er benötigt das Sturmphrax um die Schatzkammer aufzufüllen«, sagte sie. »Die Schatzkammer ist leer, denn es wurde bereits zu viel für die Herstellung von Phraxstaub entnommen.« Sie sah auf das silberne Medaillon hinunter, das um ihren Hals hing. »Nicht dass es jemand gelungen wäre, Phraxstaub herzustellen – aber wenn nichts geschieht, reißt sich der fliegende Felsen aus seiner Verankerung und Sanktaphrax treibt in den Himmel und verschwindet auf Nimmerwiedersehen.«

»Pah!«, rief Wolkenwolf. »Sanktaphrax! Was kümmert mich Sanktaphrax?«

Mutter Pferdefeder klackte verärgert mit dem Schnabel. »Sanktaphrax ist mit unser aller Leben untrennbar verknüpft. Die Gelehrten dort sind Wetterpropheten, Kartographen und Deuter der Nebel und Erscheinungen, die von jenseits der Klippe kommen. Sie interpretieren die Gesetzmäßigkeiten, die das Chaos ordnen. Ohne sie könnte Unterstadt gar nicht existieren. Gerade Sie sollten das wissen, Wolfie.«

»Ich weiß nur, dass Sanktaphrax mir die besten Jahre meines Lebens geraubt und mich dann vor die Tür gesetzt hat«, sagte Wolkenwolf.

Mutter Pferdefeders Augen blitzten. »Sie haben sich betrogen gefühlt und fühlen sich bis heute betrogen. Mit

Recht.« Sie schwieg. »Deshalb biete ich Ihnen jetzt die Chance, sich an den unrechtmäßigen Machthabern zu rächen.«

Wolkenwolf musterte sie. Er hatte endlich begriffen, hinter was die gerissene Vogelfrau her war. »Sie meinen, ich soll in den Dämmerwald fahren und neues Sturmphrax beschaffen.«

»Ich meine, dass ich Ihnen noch eine Chance gebe«, sagte Mutter Pferdefeder. »Zeigen Sie uns, was Sie an der Ritterakademie gelernt haben, und beweisen Sie, dass Wolkenwolf mehr ist als ein Mörder und Bandit.« Sie plusterte ihre Halskrause auf. »Dann wird Ihr schönes Schiff endlich den Zweck erfüllen, für den es ursprünglich gebaut wurde. Nämlich nicht um Eisenholz durch die Gegend zu fahren wie ein besserer Lastkahn, sondern um einen Sturm zu jagen!«

Beim Klang dieser Worte schlug Twigs Herz schneller. »Einen Sturm jagen!«, flüsterte er, jede Silbe auskostend. Er lächelte aufgeregt. *Einen Sturm jagen.*

Doch gleich holte ihn die nüchterne Wirklichkeit wieder ein. »Kommt nicht infrage«, erwiderte Wolkenwolf kurz angebunden.

»Aber Wolfie«, sagte Mutter Pferdefeder schmeichelnd, »denken Sie doch an die Begeisterung, die Ihnen bei Ihrer triumphalen Rückkehr entgegenschlagen wird, wenn Sie so viel Sturmphrax mitbringen, dass der fliegende Felsen von Sanktaphrax auf tausend Jahre schwer genug ist. Und denken Sie an den Ruhm«, fügte sie leise hinzu, »und an die Macht, die Sie haben werden.«

Twig wünschte sich von ganzem Herzen, sein Vater möge zustimmen. Doch Wolkenwolf schüttelte den Kopf.

»Denn wenn die Schatzkammer wieder schwer genug ist«, fuhr die Vogelfrau fort, »dann zerbricht der verfluchte Pakt zwischen den Regenschmeckern und Ligabrüdern.« In ihren Augen glommen Funken. »Neue Bündnisse werden geschlossen, eine neue Hierarchie wird entstehen. Sie werden dann ganz oben in der Rangordnung stehen. Sie und ich, Wolkenwolf, nur wir beide, ganz oben.«

Doch der Himmelspirat ließ sich nicht umstimmen. »Mit der Akademie habe ich schon lange nichts mehr zu tun«, sagte er. »Und der *Sturmpfeil* ist nicht mehr das Schiff, das es einst war ...«

»Wolfie!«, schimpfte Mutter Pferdefeder. »So viel falsche Bescheidenheit! Quintinius Verginix war der glänzendste Ritter, der die Akademie je besucht hat, und was Sie dort gelernt haben, haben Sie seitdem als Captain Wolkenwolf, als tapferster Himmelspirat aller Zeiten, tausendfach vervollkommnet.« Twig hörte seinen Vater verächtlich schnauben. »Und was den *Sturmpfeil* angeht«, fuhr Mutter Pferdefeder fort, »den lassen wir nach allen Regeln der Kunst instand setzen und aufmöbeln. Er wird durch die Lüfte sausen wie nie zuvor.«

Für einen Augenblick glaubte Twig schon, die Vogelfrau hätte es geschafft. Einem solchen Angebot konnte sein

Vater unmöglich widerstehen. Wolkenwolf lächelte und spielte mit seinen gewachsten Koteletten.

»Nein«, sagte er dann. Er schob geräuschvoll seinen Stuhl zurück und stand auf. »Und jetzt entschuldigen Sie mich bitte ...«

Mutter Pferdefeder begann in einem plötzlichen Wutanfall mit den Füßen auf dem Boden zu scharren. »Sie entschuldigen?«, kreischte sie. »Nein, ich entschuldige *nicht.*« Ihre

Stimme wurde immer schriller. »Sie haben keine Wahl! Ich habe etwas, das Sie unbedingt brauchen – und Sie haben etwas, das ich unbedingt brauche. Sie tun gefälligst, was ich sage!«

Wolkenwolf lächelte nur stumm und ging zur Tür. Außer sich vor Wut begann Mutter Pferdefeder auf alles einzudreschen. Der Tisch kippte um, die Stühle flogen in alle Richtungen. Eilends brachte sich Twig in Sicherheit. Dabei fiel sein Blick auf Forficul, der aufmerksam zur Tür sah. Seine großen Ohren zuckten und seine Mundwinkel verzogen sich zu einem Lächeln.

»Das ist Ihr Ende!«, schrie Mutter Pferdefeder. »Ihr Ende! Haben Sie das kapiert? Ich sorge dafür, dass Sie nie wieder ein Himmelsschiff betreten. Ich …«

Ein gedämpftes Klopfen ertönte. Mutter Pferdefeder erstarrte. Die Tür ging auf. »Sie hier?«, rief sie.

»Ach du meine Güte«, sagte Wolkenwolf verwirrt und fiel auf die Knie.

Twig starrte den Neuankömmling an. Er war alt, sehr alt sogar, hatte lange, weiße Haare und einen langen Stock, auf den er sich beim Gehen schwer stützte. Mit seinen abgewetzten Sandalen, den fingerlosen Handschuhen und dem zerschlissenen, an vielen Stellen geflickten Gewand sah er wie ein Landstreicher aus. Und trotzdem lag Twigs Vater vor dieser Person auf den Knien.

Twig wollte Forficul nach einer Erklärung fragen, doch der Nachtschwärmer stand nicht mehr neben ihm, sondern auf dem Tisch und flüsterte Mutter Pferdefeder hinter vorgehaltener Hand aufgeregt etwas zu. Twig hätte alles dafür gegeben zu wissen, was er sagte, doch konnte er, so sehr er sich auch anstrengte, nichts hören außer einem verschwörerischen Tuscheln.

Er seufzte enttäuscht und konzentrierte seine Aufmerksamkeit wieder auf seinen Vater – und seufzte gleich noch einmal. Dass Wolkenwolf Mutter Pferdefeders Angebot abgelehnt hatte, konnte er schon nicht begreifen. Doch dass sein Vater immer noch kniete, demütigte ihn zutiefst. Warum stehst du nicht auf und kämpfst?, dachte er bitter. Willst du denn ewig knien?

KAPITEL 6

Ratz Zehenschneider

Der Marsch durch die Modersümpfe war eine Strapaze, wie Mim sie noch nie erlebt hatte. Und wenn schon die Anführerin der Schniffkobolde den Marsch anstrengend fand, waren die anderen Familienmitglieder am Ende ihrer Kräfte. Mims Sorgen wuchsen mit jeder Minute.

Ratz hatte angeordnet, dass sie beieinander bleiben sollten, doch je tiefer sie in die endlose Ödnis eindrangen, desto größer wurden die Abstände zwischen ihnen.

Mim eilte mit glucksenden Schritten die auseinander gezogene Schlange ihrer erschöpften Angehörigen auf und ab, so schnell, wie der klebrige Schlick es nur zuließ, von den Jungen an der Spitze bis zum alten Torp, der den Schluss bildete. Für jeden fand sie ein paar tröstende Worte.

»Jetzt ist es nicht mehr weit«, versicherte sie. »Wir sind fast da.« Der faulige, abgestandene Modergeruch wurde stärker. »Denkt nicht dran, wo wir jetzt sind, sondern an das Paradies, das uns erwartet. Dort gibt es alles im Überfluss. Wir Schniffkobolde sind dort willkommen, und die Straßen sind mit Gold gepflastert.«

Die anderen Kobolde lächelten nur erschöpft. Keiner hatte noch die Kraft etwas zu antworten. Sogar die jungen Schniffs, die am Anfang übermütig wie die Lämmer herumgetollt waren, schleppten sich jetzt schmerzhaft langsam dahin. Mim wusste, es konnte nicht mehr lange dauern, bis der Erste erschöpft liegen blieb.

»He Sie!«, rief sie der hageren Gestalt zu, die ihnen vorauseilte. »Gehen Sie bitte etwas langsamer.«

Ratz drehte sich um. »Was ist los?«, brüllte er ungehalten. Mim hastete zu ihm nach vorn. Die Mittagssonne brannte gnadenlos herunter. Ratz wartete auf sie, die Hände in die Hüften gestützt und auf dem Gesicht ein höhnisches Grinsen. »Wir brauchen eine Pause«, keuchte Mim.

Ratz musterte sie von oben bis unten, dann blickte er mit zusammengekniffenen Augen zum Himmel auf. »Wir gehen noch bis Sonnenuntergang«, sagte er. »Dann ruhen wir die Nacht über aus. Im Dunkeln zu marschieren ist wegen des Sumpfes und der giftigen Springquellen zu gefährlich ...«

»Nicht zu vergessen die Sumpfwürger, Schlickfische und weißen Raben«, unterbrach Mim ihn verärgert. »Denen wir bisher allerdings noch nicht begegnet sind.«

Ratz richtete sich zu seiner vollen Größe auf und sah verächtlich auf sie hinab. »Ich bitte vielmals um Entschuldigung«, sagte er und seine Stimme triefte vor Spott. »Ich hatte den Eindruck, ich sollte euch als euer Führer vor diesen Tieren *schützen*. Wenn ich gewusst hätte, dass ihr ihnen *begegnen* wollt ...«

Mim schlug beschämt die Augen nieder. »Tut mir Leid«, murmelte sie. »Ich wollte damit nur sagen ... Einige von

uns kommen bei diesem Marschtempo, das Sie vorgeben, nicht mehr mit.«

Ratz ließ den Blick über die Schlange wandern. »Ihr habt für eine Durchquerung in zwei Tagen gezahlt«, sagte er scharf. »Jeder Tag länger kostet extra.«

»Aber wir haben kein Geld mehr«, rief Mim verzweifelt.

Ratz' Zähne leuchteten hinter seinen ausgebleichten Lippen gelb auf. »Wie gesagt.« Er drehte sich um und ging weiter. »Das kostet extra.«

Es war bereits dunkel, als Ratz Zehenschneider endlich anhielt. An einer Felsgruppe blieb er stehen und stellte die Laterne ab. »Hier machen wir Pause«, rief er zurück. Die Hände hatte er wie einen Trichter an den Mund gelegt. Nacheinander trafen die Schniffkobolde ein.

»Sorg dafür, dass das Ding ruhig ist!«, fuhr Ratz eine junge Koboldin an, die einen plärrenden Säugling im Arm hielt. »Es macht jeden Sumpfwürger im Umkreis von Kilometern auf uns aufmerksam.« Er hob die Laterne hoch und spähte den Weg zurück, den sie gekommen waren. »Wo sind die anderen?«, fragte er barsch. »Passiert mir doch immer wieder, dass sich jemand selbstständig macht und verirrt.«

»Nein, sehen Sie! Da drüben!«, rief ein junger Schniff und zeigte auf eine seltsam unförmige Gestalt, die aus den tiefhängenden Nebelschwaden auftauchte und schwerfällig auf sie zu wankte. Als sie näher kam, wurden aus der einen Gestalt drei. Es war Mim, die einen jungen Schniff auf dem Rücken trug und den alten Torp mit einem Arm stützte. Ratz lächelte. »Dann wären wir ja komplett.«

Die erleichterten Rufe der anderen gaben Mim neue Kraft.
Sie stapfte über die letzten Meter trügerischen Sumpfes auf
die Felsen zu. Der alte Torp ließ ihren Arm los und setzte
sich hin. »Gut gemacht, Alter«, flüsterte Mim atemlos.
»Du hast es geschafft.« Sie hob das schlafende Kind vom
Rücken, legte es behutsam auf den Boden und deckte es mit
einer Decke zu. Dann richtete sie sich keuchend wieder auf
und sah sich um.

»Na ja, ich habe schon bequemer übernachtet«, sagte sie.
»Aber Hauptsache, es ist trocken. Also danke, Ratz, dass
Sie uns wohlbehalten hierher gebracht haben.«

»War mir ein Vergnügen«, erwiderte Ratz ohne auf die verdrossenen Gesichter der anderen Kobolde zu achten. Zu oft hatte er dieselben Mienen schon gesehen. »Und jetzt ruht euch aus.«

Die Koboldfamilie ließ sich das nicht zweimal sagen. Wenige Augenblicke später hatten alle sich wie wollene Kokons in ihre Decken gerollt – alle außer Mim. »Und was ist mit Ihnen?«, fragte sie Ratz.

»Mit mir?«, sagte er herablassend. Er hockte sich auf den höchsten Felsen. »Machen Sie sich darum mal keine Sorgen. Ich brauche nicht viel Schlaf.« Er ließ den Blick über die Ebene schweifen, die im Mondlicht glänzte und schimmerte wie poliertes Silber. »Außerdem muss ja jemand Wache halten.«

Mim war beruhigt. Trotz ihrer früheren Worte war ihr doch vor den Sumpfwürgern, Schlickfischen und weißen Raben keineswegs geheuer. Sie wünschte Ratz eine gute Nacht, kuschelte sich zwischen zwei kleine Schniffs und als sich wenige Minuten später dunkle Wolken vor den Mond schoben, schlief sie so fest wie die anderen.

Ratz lauschte dem schnarchenden Chor und grinste wölfisch. »Schlaft gut, meine Zwerge«, flüsterte er. »Oder Kobolde oder was auch immer.«

Immer mehr Wolken zogen auf. Ratz stellte die Laterne neben sich, zog ein Messer aus dem Gürtel und begann vorsichtig, damit über den Felsen hin und her zu streichen. Ab und zu spuckte er auf die Klinge und betrachtete sie prüfend in dem gelben Licht. Dann zog er sie wieder langsam und regelmäßig über den Stein, bis die Klinge so scharf war, dass sie ein Haar der Länge nach hätte spalten können.

Wehe dem, der es wagte, sich mit ihm anzulegen. Ratz

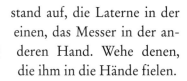

stand auf, die Laterne in der einen, das Messer in der anderen Hand. Wehe denen, die ihm in die Hände fielen.

Die Wolken rissen auf und der Mond beschien die schauerliche Szene und tauchte sie abwechselnd in Schwarz und Weiß.

Weiß die Decken, schwarz das Blut.

Knochenweiß die Gestalt, die sich durch den Sumpf davonmachte, schwarz der Schatten, der sich lang über die Felsen streckte.

Weiß die Raben, die bereits fraßen, schwarz die Tat und ungeheuerlich.

Die knochige Hand um die mit blutiger Beute gefüllte Ledertasche geklammert, durchquerte Ratz Zehenschneider den Sumpf. Weit vor ihm glänzte im Mondlicht wie ein gewaltiges Skelett das Wrack, das mit Schlagseite halb im Sumpf versunken lag. Starr hielt Ratz die Augen auf die schimmernden Rippen des geborstenen Rumpfes gerichtet. Immer näher kam er ohne sich umzudrehen, ohne ein einziges Mal hinter sich zu blicken.

»Endlich«, murmelte er und trat vor das Wrack. Prüfend ließ er den Blick darübergleiten und erst nachdem er sich vergewissert hatte, dass das Schiff unberührt war, verschwand er im dunklen Innern des Rumpfes.

Wenn ein fremder Eindringling die Gelegenheit genutzt

hätte das Schiff in Abwesenheit seines Eigentümers zu durchstöbern, dann hätte er fassungslos vor der dort verborgenen Barbarei gestanden. Die klamme Luft stank durchdringend nach Tod und an den hölzernen Wänden hingen mit Nägeln befestigt tausende mumifizierter Zehen. Große Zehen hingen da, kleine Zehen, behaarte und geschuppte, Zehen mit rasiermesserscharfen Krallen, mit Klauen, Schwimmhäuten, und alle schwarz und verschrumpelt. Und dies war nur ein kleiner Teil. Am anderen Ende des Rumpfes lagen auf einem gewaltigen Haufen tausende mehr.

Ratz patschte durch das Himmelsschiff. Die grässlichen Trophäen an den Wänden sah er nicht und den entsetzlichen Gestank nahm er nicht wahr. Für ihn roch das Wrack der *Windsbraut* einfach nach Zuhause.

Er hängte die Laterne an einen Haken über einer mächtigen Kiste aus Eisenholz und Glas, öffnete den Deckel, kniete hin und machte sich an die Arbeit. Stück für Stück

zog er die abgetrennten Zehen aus der Tasche und begann mit einer kleinen Feile wie ein Wahnsinniger unter den Nägeln zu kratzen. Winzige Stäubchen, einige weiß, andere schwarzbraun glänzend, fielen in die Kiste. Sobald Ratz überzeugt war, jedes Stäubchen entfernt zu haben, warf er die Zehen zu den anderen auf den großen Haufen.

Zufrieden und gedankenverloren starrte er nach getaner Arbeit in die Kiste. Sie war zu Dreiviertel gefüllt mit dem, was er unter den Zehen hervorgekratzt hatte. »Meine schöne, fette Beute«, flüsterte er. »Eines Tages ist die Kiste ganz voll, bis unter den Deckel, vielleicht schon bald, wenn der Himmel will. Und an diesem wunderbaren Tag ist meine Mission zu Ende … vielleicht.«

Er stand auf, schlug den Deckel zu und trat ins Freie. Die lange Nacht war vorbei. Von links schoben sich tiefrote Wolken über den Himmel, die den herannahenden Sturm ankündigten. Rechts zog in weiter Entfernung die Silhouette eines Himmelsschiffes vor der aufgehenden Sonne vorbei.

Beide, Sturm und Himmelsschiff, kamen näher.

KAPITEL 7

Einwilligung
und Verrat

Unbehaglich sah Mutter Pferdefeder zu, wie der Alte auf Wolkenwolf zutrat. Sie wusste aus bitterer Erfahrung, wie verhängnisvoll es sein konnte, wenn die verschiedenen Partner eines Geschäfts – Angebot und Nachfrage gewissermaßen – zusammentrafen. Viel besser war es, zwischen beiden zu vermitteln, die Verhandlungen zu führen und selbst die Fäden zu ziehen. Doch Forficul hatte sie daran erinnert, dass sie Wolkenwolf nicht zu der Reise hatte überreden können und der letzte Ankömmling daher ihre letzte Hoffnung war.

Der Alte beugte sich hinunter und berührte Wolkenwolf mit seinem Stab an der Schulter. »Steht auf, Quintinius Verginix«, sagte er.

Twig sah, wie sein Vater aufstand und mit Ehrfurcht und Achtung zu dem Alten aufblickte. Im selben Augenblick wusste er mit absoluter Sicherheit, wer der Alte in den zerlumpten Kleidern war: der frühere Förderer und Lehrer seines Vater, der Professor des Lichts.

»Lang, lang ist's her, Quintinius«, sagte der Alte. »Ihr wart

der glänzendste Ritter der Akademie seit hundert Genera-
tionen, doch ...« Er brach ab, denn erst jetzt hatte er Twig
bemerkt. »Wer ist das, Pferdefeder?«, wollte er wissen.

»Der Junge gehört zu mir«, antwortete Wolkenwolf an ihrer Stelle. »Er kann alles hören, was Ihr mir zu sagen habt.«

»Seid Ihr sicher?«, fragte der Professor.

»Ganz sicher«, erwiderte Wolkenwolf höflich, aber bestimmt.

Der Professor nickte ergeben. »Wir haben Euch im Stich
gelassen, Quintinius Verginix, ich weiß. Jetzt kommen wir
als Bittsteller zu Euch. Wir brauchen Eure Hilfe.«

Twig merkte, wie verlegen sein Vater unter dem durchdringenden Blick des Professors wurde, und er fühlte sich
an sich selbst erinnert. Dann sprach Wolkenwolf und es
schien Twig, als höre er sich selbst stammeln.

»Ich ... ähm ... das heißt ... Mutter Pferdefeder hat das Problem schon ... angedeutet.«

»So?«, sagte der Professor überrascht. »Dann versteht Ihr
sicher den Ernst der Lage.«

»Sanktaphrax ist also wirklich gefährdet?«

»Es kann sich jeden Augenblick aus seiner Verankerung
losreißen«, sagte der Professor. »Wir brauchen Nachschub
an Sturmphrax.«

Wolkenwolf hörte ihm schweigend zu.

»Die Windfühler und Wolkengucker haben bereits bestätigt, dass ein großer Sturm bevorsteht. Wenn er kommt,
muss jemand bereit sein ihm zum Dämmerwald zu folgen
und nach dem Sturmphrax zu suchen, das im Sturm entsteht. Und dieser jemand, mein lieber Quintinius Verginix,
kann kein anderer sein als Ihr. Keiner sonst ist dieser Auf-

gabe gewachsen. Werdet Ihr uns helfen oder wollt Ihr zusehen, wie Sanktaphrax für immer in den endlosen Weiten des Himmels verschwindet?«

Wolkenwolf starrte ihn regungslos an. Twig hatte keine Ahnung, welche Gedanken seinem Vater durch den Kopf gingen. Ja? Oder nein? Was würde er antworten?

Schließlich nickte Wolkenwolf fast unmerklich. Twigs Herz machte einen Satz. Das Nicken mochte noch so klein gewesen sein, sein Vater hatte den Auftrag angenommen.

Sie würden auf Sturmjagd gehen.

Auf der anderen Seite der Tür hatte jemand lauschend das Ohr ans Holz gedrückt, jemand, der die Neuigkeit von der Reise zum Dämmerwald ebenfalls begierig in sich aufsog: Slyvo, der Maat des *Sturmpfeils*. Aufmerksam hörte er den Plänen zu, die drinnen geschmiedet wurden, und merkte sich alles genau. Er kannte Leute, die für solche Informationen sehr gut zahlten.

Sobald drinnen Stühle zurückgeschoben wurden, richtete er sich auf und glitt lautlos in den Schankraum zurück. Auf keinen Fall wollte er beim Lauschen erwischt werden. Der gute Captain würde noch früh genug merken, dass jemand das Gespräch belauscht hatte.

Gemessen an den Verhältnissen in Unterstadt war das Ligahaus prächtig – genauer gesagt, der Boden bestand aus Dielen statt festgestampfter Erde und die meisten Fenster waren verglast. Den größten Teil des Raumes beanspruchte ein riesiger, ringförmiger Tisch. An ihm saßen gewichtig die Ligabrüder, die dem kurzfristigen Aufruf hatten Folge leisten können.

In dem runden Loch in der Mitte des Tisches stand ein Drehstuhl und auf ihm saß Slyvo.

Simenon Xintax, der Ligameister, schlug laut mit seinem Hammer auf den Tisch. »Ruhe!«, brüllte er. »Ruhe!!«

Im Ligahaus wurde es still und alle Augen wandten sich Xintax zu. Der Ligameister stand auf.

»Dreispitzmitren auf!«, befahl er. Am Tisch entstand Bewegung. Alle langten nach ihrer Kopfbedeckung und setzten sie auf. Xintax nickte zufrieden. »Hiermit erkläre ich die Sondersitzung der Liga der freien Kaufleute von Unterstadt für eröffnet. Die Befragung möge beginnen.«

Schweigend warteten die Ligabrüder darauf, dass Xintax als Vorsitzender die erste Frage stellte. Sie war zugleich die wichtigste, sie gab die Richtung für alle folgenden Fragen vor. Denn die Wahrheit war, wie die Ligabrüder wussten, eine nur schwer fassbare Sache. Man musste sich ihr behutsam nähern, sonst verwandelte sie sich in etwas ganz anderes.

Xintax setzte sich wieder. »Wenn wir Euch fragen würden, Slyvo, ob Ihr ehrlich seid«, begann er mit der von der Tradition vorgeschriebenen, umständlichen Formel, »was würdet Ihr wahrheitsgemäß antworten?«

Slyvo schluckte. Das ist aber eine schwierige Frage, dachte

er. Natürlich wollte er die Fragen der Ligabrüder aufrichtig beantworten. Aber ob er selbst ehrlich war – eine ehrliche Person hätte zunächst einmal gar nicht an der Tür gelauscht. Er zuckte die Schultern und wischte sich die Schweißperlen von der Oberlippe. »Also, das ist so ...«, begann er.

»Ihr beantwortet die Frage mit Ja oder Nein«, fiel ihm Xintax ins Wort. »Wie Ihr überhaupt *alle* Fragen mit Ja oder

Nein und nichts anderem beantworten werdet. Habt Ihr verstanden?«

»Ja«, sagte Slyvo.

Xintax nickte. »Also, ich wiederhole: Wenn wir Euch fragen würden, Slyvo, ob Ihr ehrlich seid, was würdet Ihr wahrheitsgemäß antworten?«

»Nein«, sagte Slyvo.

Überraschung machte sich um den Tisch breit. Dann streckten alle Ligabrüder zugleich die Arme in die Luft und versuchten, die Aufmerksamkeit des Vorsitzenden auf sich zu lenken. »Ich, ich, ich, ich«, riefen sie durcheinander.

»Bitte, Leandus Bleibauch von den Rohrgießern und Feilenrasplern«, sagte Xintax.

Leandus, ein untersetzter, cholerisch aussehender Mann mit durchgehenden, buschigen Augenbrauen, die so breit waren wie seine niedrige Stirn, nickte Slyvo zu. »Wenn wir Euch fragen würden, ob Ihr uns über Euren Captain Wolkenwolf, vormals Quintinius Verginix, Auskunft geben könnt, was würdet Ihr wahrheitsgemäß antworten?«

Slyvo drehte sich dem Frager zu. »Ja.«

»Kleberecht Armdreher von den Leimtröpflern und Seilkremplern«, sagte Xintax.

»Wenn wir Euch fragen würden, ob der *Sturmpfeil* gegenwärtig himmelstüchtig ist, was würdet Ihr wahrheitsgemäß antworten?«

»Nein«, sagte Slyvo und drehte sich wieder zurück.

»Ellerex Klumpert von den Formern und Mischern.«

»Wenn wir Euch fragen würden, ob Ihr notfalls bereit wäret, ein Mitglied der Schiffsbesatzung zu töten, was würdet Ihr wahrheitsgemäß antworten?«

Slyvo sog scharf die Luft ein. »Ja.«

Und so ging es weiter. Die Ligabrüder stellten ihre Fragen und Slyvo beantwortete sie eine nach der anderen. Die Fragen kamen in keiner bestimmten Reihenfolge – oder wenn es eine gab, bemerkte Slyvo sie jedenfalls nicht. Aus seiner Sicht wäre es sinnvoller gewesen, wenn er ausführlich hätte berichten können, was er gehört hatte. Aber nein, das Verhör ging weiter und die Fragen folgten immer schneller aufeinander.

Dabei kam nach und nach alles zum Vorschein, nicht nur die bloßen Fakten. Durch ihre indirekte Befragung verschafften sich die Ligabrüder ein vollständiges Bild mit allen Details und deshalb wussten sie anschließend auch genau, was zu tun war.

Simenon Xintax stand zum zweiten Mal auf. Er hob die Arme. »Die Befragung ist hiermit beendet«, sagte er. »Wenn wir Euch fragen würden, Slyvo, ob Ihr bereit wäret der Liga der freien Kaufleute von Unterstadt die Treue zu schwören, Euch von allen anderen Bindungen zu lösen und Euch ganz unserem Willen zu unterstellen, was würdet ihr wahrheitsgemäß antworten?«

Slyvos Gedanken rasten. Aus den Fragen schloss er, dass ihm womöglich sehr viel Geld angeboten würde, außerdem ein eigenes Schiff und, am wichtigsten, die Mitgliedschaft in der Liga. Andererseits wusste er genau, was von ihm erwartet wurde. Und dafür wollte er mehr als nur Geld. Er wollte Macht.

»Ich beantworte diese Frage mit einer Gegenfrage, wenn Ihr gestattet«, sagte er. Xintax nickte. »Wenn ich Euch fragen würde, ob ich, wenn das gefährliche Unternehmen gelingt, neuer Ligameister der Liga der freien Kaufleute von Unterstadt werden könnte, was würdet *Ihr* wahrheitsgemäß antworten?«

Xintax Augen verengten sich. Er hatte durch die Befragung viel über Slyvo erfahren. Der Maat war habgierig, falsch und eingebildet. Seine Frage überraschte ihn keineswegs. »Ja«, sagte Xintax.

Slyvo lächelte. »In diesem Fall lautet meine Antwort ebenfalls Ja.«

Im Anschluss an diese Worte erhoben sich die Ligabrüder feierlich, drückten die Dreispitzmitren an die Brust und senkten die Köpfe. Wieder sprach der Ligameister stellvertretend für alle.

»Wir haben gefragt, Ihr habt geantwortet, und wir haben eine Übereinkunft getroffen«, sagte Xintax. »Aber seid versichert, Slyvo: Solltet Ihr versuchen uns zu täuschen, zu betrügen oder sonstwie zu hintergehen, werden wir nicht ruhen, bis wir Euch ausfindig gemacht und vernichtet haben. Habt Ihr das verstanden?«

Grimmig erwiderte Slyvo seinen Blick. »Ja, das habe ich. Doch wisst, Xintax: Was für den Eber gilt, gilt auch für die Sau. Wer sich mit mir anlegt, ist tot, noch bevor er einen Mucks getan hat.«

121

In dem stickigen Hinterzimmer der Schenke hatte sich die Stimmung aufgehellt. Sobald das Geschäft besiegelt war – mit zahlreichen doppelten Handschlägen, wie es der Brauch erforderte –, hatte Mutter Pferdefeder nach ihren Dienern geklingelt. Es war Zeit für das Festmahl, das sie zur Feier des erfolgreichen Abschlusses vorbereitet hatte.

Die überreich aufgetragenen Speisen schmeckten köstlich, das Waldbräu floss in Strömen. Twig saß zufrieden da und sagte kein Wort. Den Gesprächen der anderen hörte er nur mit halbem Ohr zu. Sie würden auf Sturmjagd gehen. Einen Sturm *jagen*. An nichts anderes konnte er denken und vor Aufregung schlug ihm das Herz bis zum Hals.

»Ich finde immer noch, dass es recht gewagt war von Ihnen, sicher anzunehmen, wir würden uns einigen«, hörte er Wolkenwolf lachend sagen. Sein Vater biss in sein saftiges Hammelhornsteak.

»Wer sagt denn, dass es nur bei einer Einigung etwas zu essen gegeben hätte?«, fragte Mutter Pferdefeder.

»*Ich*«, rief Wolkenwolf. »Ich kenne Sie doch, Mutter Pferdefeder. *Umsonst scharrt keine Henne,* geht das Sprichwort nicht so ...?«

Mutter Pferdefeder klackte vergnügt mit dem Schnabel.

»Ach Wolfie!«, rief sie. »Sie sind mir einer!« Sie stand auf und hob das Glas. »Da jedoch die Angelegenheit jetzt zur allgemeinen Zufriedenheit geregelt ist, möchte ich darauf anstoßen. Auf den Erfolg.«

»Auf den Erfolg!«, riefen alle begeistert.

»Ich bin so froh, dass Ihr Eure Zustimmung gegeben habt«, sagte der Professor des Lichts dankbar zu Wolkenwolf.

»Schließlich hätte ich eine so wertvolle Ladung ungern einem Geringeren anvertraut.«

»Ihr meint das Sturmphrax«, sagte Wolkenwolf. »Das müssen wir allerdings zuerst finden.«

»Nein, Quintinius, nicht das Sturmphrax.« Der Professor lachte. »Ich meinte mich selbst, denn ich werde Euch begleiten. Zusammen werden wir dank Eurer Fähgkeiten und meines Wissens mit so viel Sturmphrax zurückkehren, dass der Wahnsinn mit den Ketten, die wir fortwährend schmieden müssen, ein für alle Mal aufhört.«

Wolkenwolf runzelte die Stirn. »Aber schöpft Vilnix nicht Verdacht, wenn er davon Wind bekommt?«

»Das zu verhindern ist *unsere* Aufgabe«, sagte Mutter Pferdefeder und wies mit einem Nicken auf den Nachtschwärmer. »Forficul besucht morgen früh Sanktaphrax und gibt dort bekannt, dass der Professor des Lichts aufgrund eines tragischen Unfalls vorzeitig verstorben ist.«

»Ihr habt an alles gedacht, wie ich merke. Ich muss allerdings auch noch etwas sagen.« Wolkenwolf sah Twig an. »Ich weiß schon«, lachte Twig. »Aber keine Sorge, ich verspreche, dass ich diesmal aufpasse und nichts anstelle.«

»Du wirst gar nichts, Twig«, sagte Wolkenwolf streng. »Denn du wirst nicht mitkommen.«

Twig starrte ihn fassungslos und mit offenem Mund an. Wie konnte sein Vater das sagen? »A ... aber was soll ich dann tun?«, stotterte er. »Wo soll ich wohnen?«

»Keine Sorge, Twiggi«, hörte er Mutter Pferdefeder sagen. »Wir haben alles besprochen. Du bleibst bei mir.«

»Nein, nein, nein«, murmelte

124

Twig ohne zu begreifen, wie ihm geschah. »Das können Sie mir nicht antun. Das ist ungerecht.«

»Twig!«, rief sein Vater barsch. »Halte den Mund!«

Aber das konnte Twig nicht. »Sie vertrauen mir nicht, ja?«, schrie er. »Sie glauben, ich tauge zu nichts. Sie glauben, ich bin zu nichts zu gebrauchen ...«

»Nein, Twig«, unterbrach ihn sein Vater. »Das glaube ich nicht und ich bin überzeugt, eines Tages wirst du, wenn der Himmel es will, ein tüchtiger Himmelspiratenkapitän sein. Doch vorerst fehlt dir noch die Erfahrung.«

»Und wie soll ich Erfahrung sammeln, wenn ich hier bleiben muss?«, wollte Twig wissen. »Außerdem«, fügte er heftig atmend hinzu, »hat keiner von der Mannschaft mit der Sturmjagd Erfahrung, nicht einmal Sie.«

Wolkenwolf ging nicht darauf ein. »Ich habe mich entschieden«, sagte er fest. »Du kannst dich damit abfinden oder brüllen und toben wie ein Kind, jedenfalls kommst du nicht mit und damit basta.«

KAPITEL 8

Abfahrt

S etzen wir Segel?«, rief Tem Waterbork.

»Der Steinpilot rechnet fest damit«, erwiderte Zacke.

»Das ist doch wunderbar«, meinte Tem. »Nach all den Problemen mit dem Eisenholz und als wir dann auch noch das Ruder verloren haben, hatte ich wirklich schon Angst, der *Sturmpfeil* würde am Ende nie mehr auslaufen. Und jetzt sieh ihn dir an: hervorragend in Schuss und kaum noch zu bändigen. Ich kann mich nicht erinnern, dass die Beschläge je so geglänzt haben.«

»Und nicht nur die Beschläge«, sagte Klotzkinn. »Hast du die Segel und Taue gesehen? Die ganze Takelage? Alles brandneu.«

»Und die Ausgleichsgewichte funktionieren jetzt perfekt«, sagte Zacke.

»Offenbar brechen wir in Kürze zu einer wichtigen Fahrt auf.« Nachdenklich strich sich Tem Waterbork über den Bart.

»Um das zu merken muss man kein Genie sein«, sagte Klotzkinn. »Die Frage ist nur, wohin?«

Tem schüttelte den Kopf. »Der Captain sagt es uns bestimmt, wenn es so weit ist.«

»Schon«, meinte Klotzkinn, »nur *wenn* wir fahren, dann am besten jetzt gleich, im Schutz der Dunkelheit.«

»Im Gegenteil«, sagte Tem Waterbork. »Wir sollten bis morgen warten.«

»Damit die Patrouillen der Ligen uns sehen?«, fragte Klotzkinn. »Bist du verrückt geworden?«

»Ich nicht, Klotzkinn«, erwiderte Tem. »Du hast vergessen, dass wir mit dem *Sturmpfeil*, so wie er jetzt ist, sämtliche Ligaschiffe, die uns verfolgen, abhängen können.«

»Schon, aber ...«

»Außerdem sind die Modersümpfe selbst zur besten Zeit ein tückischer Ort. Sie im Dunkeln zu überqueren wäre Wahnsinn. Da können doch überall giftige Springquellen ausbrechen und bei Sturm hält dein Anker nirgends. Ganz zu schweigen davon, dass man nicht sieht, wo der Himmel aufhört und der Boden anfängt. Ich erinnere mich an einen Fall – ich muss damals noch ein junger Spund gewesen sein. Wir waren auf dem Rückweg von ...«

Zacke unterbrach ihn. »Der Captain«, zischte er. »Und noch jemand.«

Tem Waterbork verstummte und drehte sich mit Klotzkinn und Zacke zu den beiden Neuankömmlinge um, die über den Landungssteg an Bord kletterten.

»Captain«, rief Tem erfreut. »Genau Sie wollte ich sprechen. Vielleicht können Sie unseren kleinen Streit beilegen. Klotzkinn hier behauptet ...«

»Nein, Tem, kann ich nicht«, unterbrach Wolkenwolf ihn schroff. Er sah sich im Dämmerlicht um. »Wo ist Hubble?«

127

»Unter Deck, Captain«, antwortete Tem. »Bei Haudrauf. Ich glaube, die beiden helfen dem Steinpiloten bei der Feineinstellung des neuen Ruders.«

Wolkenwolf nickte. »Und Slyvo?«

Die Himmelspiraten hoben die Schultern. »Den haben wir nicht gesehen«, sagte Tem Waterbork. »Wir haben ihn in Unterstadt verloren. Er ist wahrscheinlich noch an Land.«

»Er ist was?«, fuhr Wolkenwolf ihn an. »Wie oft muss ich euch denn noch sagen, dass ihr Slyvo keinen Moment lang aus den Augen lassen dürft? Wer weiß, was er jetzt schon wieder im Schilde führt.«

»In der Schenke zur Bluteiche war er noch dabei«, erklärte Klotzkinn. »Dann war er plötzlich verschwunden.«

Wolkenwolf schüttelte fassungslos den Kopf. »Slyvo ist unser Maat«, erklärte er dem Professor des Lichts. »Ein

Schlitzohr und Intrigant. Ich hätte gute Lust ohne ihn zu fahren. Das Problem ist nur, er versteht seine Arbeit. Und da Twig schon in Unterstadt bleibt, hätten wir dann zwei Mann weniger.« Er schüttelte den Kopf. »Das ist zu riskant.«

»Twig bleibt hier?«, fragte Tem Waterbork überrascht. »Ist er krank?«

»Nein, er ist nicht krank, Tem«, erwiderte Wolkenwolf wütend. »Obwohl dich das nichts angeht.«

»Aber ...«

»Genug!«, brüllte Wolkenwolf. »Ich lasse mich im Beisein unseres Gastes nicht auf Diskussionen ein.« Er wandte sich an den Professor des Lichts. »Wenn Ihr mir bitte folgen wollt. Ich werde Euch persönlich in Euer Quartier geleiten.«

»Danke, das wäre nett«, sagte der Professor. »Ich muss noch einige letzte Berechnungen anstellen, bevor wir fahren.«

»Selbstverständlich.« Wolkenwolf schob den Professor weiter, ehe er zu viel über die bevorstehende Reise verraten konnte.

Die drei Himmelspiraten sahen einander verwirrt an. Wer war der Alte? Und warum kam Twig nicht mit? Wohin fuhren sie überhaupt? Plötzlich drehte sich Wolkenwolf noch einmal um. »Nur Narren vertreiben sich die Zeit mit müßigen Spekulationen«, rief er. Die Piraten schlugen schuldbewusst die Augen nieder. »Sobald Slyvo kommt, gebt mir Bescheid.«

»Aye, aye, Captain.«

Niedergeschlagen starrte Twig auf das Glas Waldsekt vor ihm. Mutter Pferdefeder hatte es ihm vor einer Ewigkeit hingestellt. »Damit seine Laune sich bessert«, wie sie zu Forficul gesagt hatte. Jetzt war der Sekt warm und abgestanden.

Um Twig herum war die Zecherei weiter voll im Gang. Gröhlendes Gelächter und laute Flüche ertönten, Geschichten wurden erzählt und Lieder gesungen und immer wieder brach heftiger Streit aus, da die Gemüter der Flachkopf- und Hammerkopfkobolde sich zunehmend erhitzten. Um Schlag Mitternacht begann eine Trollfrau einen Schlangentanz. Wenig später hatte sich die ganze Belegschaft der Stube zu einer langen Schlange formiert, die sich zwischen den Tischen hindurchwand.

»Schau nicht so trübsinnig, Kamerad«, hörte Twig jemanden sagen. »Vielleicht kommt es ja ganz anders.«

Twig drehte sich um und blickte in das grinsende Gesicht eines Pöbelgnoms, der hinter ihm stand. »Dazu ist es zu spät«, seufzte Twig.

Der Gnom sah ihn verständnislos an und kehrte dann achselzuckend zu den anderen Tänzern zurück. Twig drehte sich wieder um. Er stützte die Ellbogen auf den Schanktisch, legte den Kopf in die Hände, hielt sich mit den Fingern fest die Ohren zu und schloss die Augen.

»Warum fährst du ohne mich?«, flüsterte er. »Warum?«

Natürlich wusste er, was sein Vater ihm antworten würde. »Ich will nur, dass dir nichts passiert«, oder: »Eines Tages wirst du mir dafür danken«, oder, am schlimmsten: »Es ist alles nur zu deinem Besten«.

Twig spürte, wie sein Kummer sich allmählich in Wut verwandelte. Gar nichts war zu seinem Besten. Dazu hätte er auf dem *Sturmpfeil* sein müssen, zusammen mit seinem Vater, von dem er so lange getrennt gewesen war. Gemeinsam hätten sie die Lüfte befahren und Jagd auf Reichtümer gemacht. Doch in einer lärmenden Spelunke in Obhut von Mutter Pferdefeder zu sitzen, während der *Sturmpfeil* und seine Besatzung zu einer wunderbaren Reise aufbrachen, war unerträglich.

Twigs Kummer wuchs noch, als er sich ausmalte, was er versäumen würde. Wie es wohl war, im Sog eines großen Sturmes dahinzufliegen? Vor seinem geistigen Auge sah er den gewaltigen Blitz niederzucken, in der Luft erstarren und sich in festes Sturmphrax verwandeln. Er überlegte auch, wie es im berüchtigten Dämmerwald sein mochte. Der *Sturmpfeil* war zwar schon oft darüber hinweggeflogen, doch kein Himmelspirat hatte es je gewagt, dort zu landen.

Ob der Dämmerwald dem Dunkelwald seiner Kindheit ähnelte? Ein unendlich großer, üppiger Wald, berstend voll mit Leben, mit den verschiedensten Bäumen, vom summenden Wiegenliedbaum bis zur Fleisch fressenden Bluteiche, und Heimat zahlloser Völker und Stämme und der verschiedensten Kreaturen ...

Oder war der Dämmerwald wirklich so mysteriös und tückisch, wie die Legende erzählte? War er wirklich der Ort verwirrender Sinnestäuschungen und des Wahnsinns, wie ihn die Geschichtenerzähler in ihren mündlich überlieferten Geschichten beschrieben?

Twig seufzte. Er würde es nie erfahren. Was das größte Abenteuer seines Lebens hätte werden können, hatte sein

Vater ihm grausam verweigert. Auch wenn Wolkenwolf es um Twigs Sicherheit willen getan hatte, weil der Junge ihm angeblich »wichtig« war – selbst das änderte doch nichts daran, dass Twig sich wie bestraft fühlte.

»Es ist einfach ungerecht«, jammerte er.

»Was denn?«, fragte eine Stimme dicht neben ihm. Twig fuhr zusammen. Wenn der dämlich grinsende Pöbelgnom ihn schon wieder zum Tanzen überreden wollte, würde er ihm aber Bescheid geben! Wütend blickte er auf.

»Slyvo!«

»Master Twig«, sagte Slyvo und zwischen seinen gekräuselten Lippen wurden zwei Reihen fleckiger, krummer Zähne sichtbar. »Dachte ich mir doch, dass Ihr es seid. Eben Euch habe ich gesucht, obwohl es mich natürlich schmerzt, Euch so niedergeschlagen zu sehen.«

Twig runzelte die Stirn. »Du hast *mich* gesucht?«

»So ist es«, schnurrte Slyvo und rieb sich nachdenklich das Kinn. Twig schluckte beim Anblick von Slyvos Hand mit den fehlenden Fingern und der faltigen Haut. »Ich habe mitbekommen, dass Ihr bei den Gesprächen zwischen dem guten Captain und der Vogelfrau dabei wart.«

»Ja und?«, fragte Twig misstrauisch.

»Ich meine nur, äh ... obwohl der Captain mich natürlich über alle Einzelheiten unserer kleinen Reise unterrichtet hat ...«

Twig sah ihn überrascht an. »Hat er das?«

»*Natürlich.* Wir folgen dem großen Sturm zum Dämmerwald und suchen nach Sturmphrax ... Ich weiß alles. Nur dann, gegen Ende ... das Gedächtnis, Ihr wisst schon ... also ...«

Slyvo suchte nach Worten. Der Ligameister hatte mehr von ihm verlangt, als er erwartet hatte. Er sollte den *Sturmpfeil* unter sein Kommando bringen, Wolkenwolf töten und das Sturmphrax abliefern. Es war eine schwierige Aufgabe und er hätte sich ohrfeigen können, dass er die Schenke so vorschnell verlassen hatte. Schließlich musste er, wenn er Erfolg haben wollte, *alles* wissen – auch das, was besprochen worden war, nachdem er gegangen war.

»Dumm von mir, ich weiß«, fuhr er fort, »aber ich kann mich einfach nicht mehr daran erinnern, wie die Besprechung zu Ende ging.«

Twigs heftige Reaktion überraschte den Maat.

»Zu Ende ging?«, rief er wütend. »Das kann ich dir sagen. Ich soll hier in Unterstadt bei Mutter Pferdefeder bleiben, während ihr zum Dämmerwald fahrt.«

Slyvo runzelte die Stirn. »Hier bleiben?«, wiederholte er

leise. »Sagt mir alles, Master Twig. Schüttet mir Euer Herz aus.«

Twig kämpfte die Tränen zurück und schüttelte den Kopf.

»Aber Master Twig«, drängte Slyvo weinerlich. »Geteiltes Leid ist halbes Leid. Und falls *ich* etwas tun kann, irgendetwas ...«

»Es ist wegen des Captains«, sprudelte es aus Twig heraus. »Er sagt, er will nicht, dass mir etwas passiert, aber... aber... das glaube ich ihm nicht. Ich kann es nicht glauben. Er schämt sich für mich, das ist der Grund!« Twig schluchzte jetzt laut. »Er schämt sich, weil er einen solchen Trampel zum Sohn hat.«

Slyvos Augenbrauen fuhren überrascht in die Höhe. Wolkenwolf der Vater des Jungen? Wie interessant ... wie überaus interessant. Fieberhaft überlegte er, wie er die neueste Information zu seinem Vorteil nutzen konnte. Sobald er sich wieder in der Gewalt hatte, legte er Twig die Hand auf die Schulter.

»Der Captain hat ein gutes Herz«, sagte er beruhigend. »Ich bin überzeugt, er will nur Euer Bestes. Andererseits ...«

Twig schnupfte, hörte aber zu.

»Andererseits ist der Unterschied zwischen fürsorglich und überfürsorglich sehr gering.

Na ja, mit der Reise in den Dämmerwald wärt Ihr doch ein gemachter Mann.«

Twig sah ihn finster an. »Jetzt eben nicht mehr«, sagte er verdrossen. Er schüttelte Slyvos knochige Hand von der Schulter und wandte sich ab. »Warum gehst du nicht wieder?«

Für einen kurzen Augenblick spielte ein Lächeln um Slyvos Mundwinkel. »Master Twig«, sagte er. »Ich gedenke keineswegs allein zum *Sturmpfeil* zurückzukehren. Ich glaube – und ich will ganz offen sprechen –, ich glaube, dass Wolkenwolf die falsche Entscheidung getroffen hat. *Selbstverständlich* müsst Ihr uns in den Dämmerwald begleiten. Ich habe auch schon einen Plan, wie das geht.« Slyvos Gesicht tauchte dicht neben Twigs Kopf auf. Sein Atem roch schal und säuerlich. »Wir schmuggeln Euch an Bord. Ihr könnt Euch unter Deck in der Koje von Haudrauf verstecken. Dort sucht Euch niemand.«

Twig hörte ihm schweigend zu. Das alles klang zu gut um wahr zu sein. Dabei wusste er ganz genau, dass Wolkenwolf ihn irgendwann entdecken würde. Und dann wäre die Hölle los!

»Ihr werdet sehen, alles wird gut«, fuhr Slyvo näselnd fort. »Ich werde den Captain zum rechten Zeitpunkt über Eure Anwesenheit unterrichten. Ich kriege das hin. Ich überzeuge ihn davon, dass es so richtig ist. Lasst mich nur machen.«

Twig nickte. Slyvo drückte den Ellbogen des Jungen mit seinen harten, knochigen Fingern. »Dann kommt, lasst uns gehen, bevor ich meine Meinung ändere.«

An Bord des *Sturmpfeils* herrschte eine angespannte Stimmung. Die Mannschaft stand bereit, während der Captain dunkelrot vor Wut auf dem Achterdeck auf und ab marschierte.

Der Professor des Lichts, ausgerüstet mit einem langen Piratenmantel und Klappflügeln, hatte dem Captain mitgeteilt, der große Sturm könne »jeden Augenblick« losbrechen. Seitdem waren mehrere Stunden vergangen und das Himmelsschiff hatte immer noch nicht Segel gesetzt.

Wolkenwolf blieb stehen und packte die Reling. »SLYVO, DU ARMSELIGE MISSGEBURT EINES HIMMELSKÖTERS«, brüllte er in die Nacht hinaus. »WO BIST DU?«

»Stehe zu Diensten, Captain«, ertönte eine vertraute Stimme.

Wolkenwolf fuhr herum. Hinter ihm stieg der Maat aus der Achterlucke. Ungläubig starrte Wolkenwolf ihn an. »Slyvo!«, zischte er.

»Ich dachte, Sie hätten mich gerufen«, sagte der Maat unschuldig.

»Ich rufe dich schon seit mindestens drei Stunden!«, brüllte Wolkenwolf. »Wo warst du?«

»Bei Haudrauf«, erwiderte Slyvo. »Eine Wunde an seinem Fuß hat sich entzündet. Ganz eitrig und geschwollen ist sie. Der Arme liegt schon im Delirium.«

Der Captain sog scharf die Luft ein. Er hatte seinen Maat wieder gefunden, aber offenbar sollte er dafür seinen besten Kämpfer verlieren. Haudrauf war ein furchtloser Krieger und hatte dem Captain öfter aus der Klemme geholfen, als diesem lieb war.

»Wie geht es Haudrauf jetzt?«, fragte er.

»Als ich ging, schlief er«, erwiderte Slyvo. »Wenn der Himmel es will, ist er beim Aufwachen wieder der Alte.«

Wolkenwolf nickte. Ohne Haudrauf zum tückischen Dämmerwald aufzubrechen war riskant. Trotzdem, da der Sturm unmittelbar bevorstand, musste er das Risiko eingehen.

Er hob die Hand. »Kommt alle her. Ich habe euch etwas Wichtiges mitzuteilen.«

Der Captain erläuterte ihnen seine Pläne und die Himmelspiraten hörten mit offenen Mündern zu. »Wir gehen auf Sturmjagd«, flüsterte Tem Waterbork ehrfürchtig.

»Im Dämmerwald.« Zacke erschauerte.

»Und unser Auftrag ist unverändert«, fuhr Wolkenwolf fort. »Wir werden Sturmphrax für die Schatzkammer von Sanktaphrax holen.«

»Sturmphrax!«, rief Slyvo in geheuchelter Überraschung.

»Jawohl, Sturmphrax. Deshalb begleitet uns der Professor des Lichts. Er kennt die Eigenschaften von Sturmphrax und wird dafür Sorge tragen, dass wir mit unserer kostbaren Fracht wohlbehalten heimkehren.«

Slyvo runzelte die Stirn. *Das* war der Neuankömmling also. Wenn er es bloß früher gewusst hätte.

»Also dann, ihr räudiges Himmelspack«, brüllte Wolkenwolf. »Auf eure Plätze. Wir fahren sofort los.« Die Himmelspiraten zerstreuten sich eilends in alle Richtungen. Wolkenwolf ging zum Steuerrad. »Die Leinen los«, schrie er.

»Aye, aye«, rief Zacke zurück. »Leinen sind los.«

»Hakt die Entereisen los!«

»Entereisen sind losgehakt.«

»Lichtet den Anker.«

Der schwere Anker wurde eingezogen und mit einem Satz sprang der *Sturmpfeil* von seinem Liegeplatz zum Himmel hinauf.

»Auf, mein Braver«, flüsterte Wolkenwolf dem Himmelsschiff zu, das durch die Luft sprang und auf jede kleinste Berührung der steuernden Hebel reagierte. »Du bist mir vielleicht ein munterer Bursche. Genau wie damals, als du frisch von der Werft kamst. Verzeih mir die vielen Male, die ich dich als gemeinen Schleppkahn missbraucht habe. Ich hatte keine Wahl. Aber jetzt, mein wunderbarer *Sturmpfeil*, ist deine Zeit gekommen.«

Genau bei Anbruch der Dämmerung – worüber sowohl Tem Waterbork wie Klotzkinn sehr zufrieden waren – fuhr das Schiff majestätisch über Unterstadt. Niemand hielt es an. Rosa- und orangefarbene gefiederte Wolken breiteten sich fächerartig über den Morgenhimmel aus. Wenig später erschien am Horizont auf der Steuerbordseite die Sonne. Zitternd und leuchtend rot stieg sie langsam höher.

Wolkenwolf seufzte ungeduldig. Das Wetter sah leider sehr gut aus. Wo blieb der große Sturm, den die Windfühler und Wolkengucker prophezeit hatten und der Professor des Lichts persönlich bestätigt hatte?

Im selben Augenblick stieß Zacke im Ausguck einen gellenden Schrei aus. »Sturm Backbord voraus!«

Der Captain wirbelte herum und spähte in die Ferne. Zuerst konnte er im konturlosen Dunkel der schwindenden Nacht nichts Ungewöhnliches erkennen. Doch dann zuckte ein Blitz über den Himmel und dann noch einer, kurze, grelle Explosionen in Form eines Kreises – eines Kreises, der blieb, wenn der Blitz längst erloschen war, schwarz auf dunkelblau und von Sekunde zu Sekunde wachsend.

Wieder blitzte es und Wolkenwolf sah, dass der Blitz

kein Kreis war, sondern ein Ball, ein riesiger zischender und knisternder Ball elektrischer Energie, eine brodelnde Mischung aus Dunkelheit und Licht, die über den Himmel auf sie zugerollt kam.

»Das ist der große Sturm«, brüllte der Captain gegen das Heulen des zunehmenden Windes an. »Macht das Großsegel los, macht die Luken dicht und seilt euch an. Die Jagd beginnt!«

KAPITEL 9

Auf Sturmjagd

Twig hatte es zunächst eine geniale Idee gefunden, sich auf dem Himmelsschiff zu verstecken. Jetzt war er sich nicht mehr so sicher. Der *Sturmpfeil* stampfte und warf sich hin und her und Twig würgte mit leerem Magen. Schweiß stand ihm auf der Stirn, und über seine Wangen liefen Tränen. Haudrauf kicherte hämisch. »Ist dir etwa schlecht?«, spottete er. »So rau bist du's nicht gewohnt.«

Twig schüttelte den Kopf. Nicht der Flug war an seiner Übelkeit schuld, sondern die warme, stinkende Luft von Haudraufs Lager, die er einatmen musste. Flachköpfe waren nicht für ihre Reinlichkeit bekannt und Haudrauf war ein besonders schmutziger Vertreter seiner Gattung. Er wusch sich nie, sein Strohlager war feucht und verrottet und überall lagen Fleischreste vom Abendessen herum, die in verschiedenen Stadien vor sich hinfaulten.

Twig zog sich das Halstuch über die Nase und holte tief Luft. Ganz allmählich legte sich seine Übelkeit und das schreckliche Sausen in seinen Ohren ließ nach. Er atmete noch einmal tief ein.

Draußen hörte er die vertrauten Geräusche von Unterstadt. Der *Sturmpfeil* flog über die belebten Luftdocks, die frühmorgendlichen Märkte und die Gießereien und Schmieden. Das Geschrei der Händler schallte durch die Luft, quiekende Schweine, lautes Hämmern, gackerndes Gelächter, mehrstimmiges Gegröhle, eine gedämpfte Explosion – das ganze lärmende Treiben von Unterstadt, das so früh am Tag bereits in vollem Gang war.

Doch bald wurde der Lärm leiser, dann verstummte er ganz. Offenbar hatten sie das hektische Treiben hinter sich gelassen und steuerten auf die Sümpfe zu. Nur noch der *Sturmpfeil* selbst war zu hören, das Knarren und Ächzen der Balken und das Sausen der am Rumpf vorbeistreichenden Luft. Von weiter unten kam das Scharren und Kratzen der Rattenvögel, die im Bauch des Schiffes lebten. Über sich hörte Twig, wenn er angestrengt lauschte, Stimmengemurmel.

»Wenn ich doch droben bei den anderen sein könnte«, stöhnte er leise.

»Wo du dem Zorn des Captains ausgeliefert bist?«, knurrte Haudrauf. »Lieber nicht.«

Twig seufzte. Der Flachkopf hatte ja Recht. Wolkenwolf würde ihn bei lebendigem Leibe häuten, wenn er herausfand, dass Twig ihm nicht gehorcht hatte. Doch sich unter Deck zu verstecken war eine Tortur. Twig vermisste den Wind in seinen Haaren und das Dahingleiten durch die Luft, unter sich das Klippenland ausgebreitet wie eine unübersichtliche Karte und über sich den endlosen Himmel. Er war im Dunkelwald aufgewachsen und hatte sich die ganze Zeit danach gesehnt, über die Baumwipfel aufzusteigen und den Himmel zu erkunden – als hätte sein Körper schon damals gewusst, dass er in die Lüfte gehörte. Vielleicht war es ja tatsächlich so. Wolkenwolf selbst hatte schließlich bei mehr als einer Gelegenheit gesagt, die Himmelspiraterie müsse einem im Blut liegen, und bei so einem Vater ...

Twig hörte seinen Vater Befehle brüllen. Lächelnd stellte er sich vor, wie die Männer sich beeilten sie auszuführen. Denn Wolkenwolf führte ein eisernes Regiment. Er war streng, aber gerecht und es war sein Verdienst, dass es auf dem *Sturmpfeil* unter seinem Kommando weniger Opfer gegeben hatte als auf jedem anderen Himmelspiratenschiff. Andererseits trug sein strenges Regiment auch Schuld daran, dass Twig es nicht wagte, die Koje des Flachkopfs zu verlassen und nach oben zu gehen, bevor Slyvo sich für ihn verwendet hatte. Er stellte sich darauf ein, noch eine Weile warten zu müssen.

»Sturm auf Steuerbord kommt näher«, ertönte Zackes schriller Schrei. »Noch drei Minuten.«

»Skysegel festmachen«, brüllte Wolkenwolf. »Klampen überprüfen.«

Das Schiff neigte sich abrupt nach links. Twig klammerte sich an einem Balken fest. Er wusste, das Stampfen war ein bloßer Vorgeschmack auf das, was noch kommen würde. Unter normalen Umständen wäre der *Sturmpfeil* angesichts des nahenden Sturmes nach unten gegangen und hätte Anker geworfen und das Unwetter vorüberziehen lassen. Doch heute nicht.

Heute würde das Himmelsschiff geradewegs auf den Sturm zuhalten. Es würde gegen den Wind kreuzen, bis es von dem gewaltigen Sog des Sturmes erfasst und mitgerissen würde. Immer schneller würde der *Sturmpfeil* fliegen und sich langsam zum Kern des Sturmes vorarbeiten. Dann würde der Captain, wenn er den Augenblick für gekommen hielt, plötzlich wenden und in den Wirbelsturm eindringen.

Dies war der gefährlichste Moment. Flog der *Sturmpfeil* zu langsam, würde er im Sturm auseinander brechen. Flog er dagegen zu schnell, bestand die Gefahr, dass er durch den Sturm hindurchflog und auf der anderen Seite wieder herauskam. Dann mussten sie hilflos zusehen, wie der große Sturm ohne sie weiterzog. In beiden Fällen wäre die Suche nach Sturmphrax beendet.

Wie Twig wusste, gab es zumindest theoretisch nur eine Möglichkeit, sicher in das ruhige Auge des Wirbelsturms einzudringen: indem man nämlich das Schiff im Fünfunddreißig-Grad-Winkel gegen die Rotation der Sturmwinde richtete. Jetzt allerdings, angesichts der immer wilderen Sprünge des Schiffes, kam Twig der *Sturmpfeil* für ein so gewagtes Manöver lächerlich klein und zerbrechlich vor. Was sollte da ein bestimmter Winkel noch ausrichten können? Angstvoll klammerte er sich fest.

»Noch eine Minute«, schrie Zacke und versuchte das anschwellende Getöse zu übertönen.

»Spinnaker festmachen!«, brüllte Wolkenwolf. »Und Zacke, komm sofort vom Krähennest runter!«

Seine Stimme klang so angespannt, wie Twig sie noch nie gehört hatte. Wie er wohl aussah, der große Sturm, vor dem sogar sein Vater, der berühmte Quintinius Verginix, einen solchen Heidenrespekt hatte? Twig musste den Sturm unbedingt selber sehen.

An einem Querbalken hangelte er sich auf die Rumpfwand zu. Zwar gab es so tief unten keine Bullaugen mehr, doch waren die Ritzen zwischen den gekrümmten Luftholzplanken stellenweise so groß, dass man hindurchblicken konnte. Keile aus Licht fielen in das Dunkel. Twig war an den Planken angekommen, kniete hin und spähte durch eine Ritze.

Unter ihm erstreckte sich in allen Richtungen die konturlose Ödnis der Modersümpfe. Der bleiche Schlamm kräuselte sich im Wind, als hätte die Wüstenei sich in einen riesigen Ozean verwandelt. Inmitten des Sumpfes lag, wie um die Illusion zu vervollständigen, ein Schiff.

»Nur dass es nicht mehr fährt«, murmelte Twig und starrte zu dem fernen Wrack hinunter. »Und wahrscheinlich auch nie mehr fahren wird.«

Unaufhaltsam raste der *Sturmpfeil* weiter. Twig bemerkte, dass das Wrack unter ihm nicht verlassen war. Da stand jemand, eine aufrechte, hagere Gestalt, die die Faust zum

Himmel reckte. Die Gestalt war gut getarnt, denn sie war so farblos wie ihre Umgebung. Twig hätte sie gar nicht bemerkt, hätten nicht die Blitze des sich nähernden Sturms den Dolch, den sie in der Faust hielt, aufleuchten lassen.

Ob das seltsam fahle Wesen den Sturm verfluchte? Oder war es der Anblick des am Himmel dahinjagenden *Sturmpfeils*, der es mit solcher Wut erfüllte?

Im nächsten Augenblick waren die Gestalt und das Wrack verschwunden. Ein Blitz tauchte das faulige Lager des Flachkopfs für einen Moment in grelles Licht. Die aufgeladene Luft knisterte und zischte. Twig streckte sich und spähte durch eine weiter oben gelegene Ritze. Die hereinströmende Luft stach ihm in die Augen. Er wischte sich mit dem Ärmel die Tränen weg, dann starrte er wieder durch den Spalt.

»Beim Himmel!«, entfuhr es ihm.

Direkt vor dem Schiff versperrte eine wogende, rollende und stampfende Wand aus blutroten und schwarzen Wolken die Sicht auf alles andere. Der Wind heulte ohrenbetäubend wie eine endlose Explosion. Noch lauter war freilich das Knarren und Ächzen des *Sturmpfeils.*

Wie gebannt starrte Twig hinaus. Weitere Blitze entluden sich. Sie überzogen die zerfurchte Oberfäche des großen Sturmes mit einem Netz elektrischer Adern und implodierten in rosafarbenen und grünen Kreisen.

Das Getöse wurde noch lauter, die Blitze wurden noch greller. Der *Sturmpfeil* schüttelte sich, unaufhaltsam rückte der Aufprall näher. Twig schlang beide Arme um den Balken links von ihm und stemmte die Beine gegen die Planken.

Fünf ... vier ... drei ...

Der Wind pfiff gellend und steigerte sich zu einem dröhnenden Radau.

Zwei ...

Noch nie war das Himmelsschiff so schnell dahingerast. In Todesangst klammerte Twig sich fest.

Eins ... Und ...

WUSCHSCHSCH!!

Der *Sturmpfeil* wurde gepackt und vom Sturm weggeblasen wie ein fallendes Blatt von einer Herbstbö. Ein gewaltiger Ruck erschütterte das Schiff, dann kippte es nach Backbord. Twig wurde von dem Balken losgerissen.

»Neiiiin!«, schrie er und flog durch die Luft. Er landete mit einem dumpfen Schlag und krachte mit dem Kopf seitlich gegen Haudraufs Koje.

Dann wurde alles schwarz.

Haudrauf sah den bewusstlos daliegenden Jungen grinsend an. »So ist es recht, Bürschchen«, knurrte er. »Du bleibst hier bei mir, wo ich dich im Auge behalten kann.«

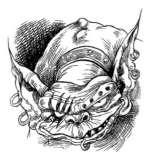

Oben an Deck hatten der Captain und seine Mannschaft alle Hände voll zu tun, damit der *Sturmpfeil* nicht abstürzte. Hubble hielt das Ruder in seinen mächtigen Pranken, Wolkenwolfs Finger sprangen über die Tastatur der Hebel.

Zwanzig Jahre war es her, dass er an der Ritterakademie studiert und sich mit den Anforderungen der Sturmjagd beschäftigt hatte – und zwanzig Jahre sind eine lange Zeit, in der man so manches vergisst. Mehr vom Instinkt als von der Erinnerung geleitet, hob Wolkenwolf ein Gewicht an und ließ ein Segel behutsam ein wenig herunter.

»Sturm, wir kommen!«, murmelte er ehrfürchtig.

Immer weiter wurden sie fortgerissen und rasten im Sog des heulenden Sturms über den Himmel. Langsam, ganz langsam arbeitete sich Wolkenwolf vom Rand des Sturms nach innen vor.

»Gut machst du das, mein Braver«, flüsterte er dem Schiff zu. »Bald haben wir es geschafft.«

Ganz langsam schob er den Hebel des Buggewichts nach vorn und senkte das Gewicht Millimeter für Millimeter ab. Das Himmelsschiff neigte sich nach vorn.

»Großsegel hissen!«, befahl er. Tem Waterbork und Klotzkinn sahen einander verwirrt an. Was war in den Captain gefahren, dass er bei diesem Sturm das Großsegel setzen wollte? Bestimmt hatten sie ihn nicht richtig verstanden. »HISST DAS VERDAMMTE GROSSSEGEL ODER ICH LASSE EUCH IN DEN HIMMEL SCHIESSEN!«, brüllte der Captain.

Tem und Klotzkinn machten sich hastig an die Arbeit. Knatternd füllte sich das Segel mit Wind und Wolkenwolf legte ein stummes Gelübde ab: Wenn das Segeltuch dem Sturm standhielt, würde er sich das Fluchen abgewöhnen.

»Jetzt wollen wir doch mal sehen«, murmelte er mit zusammengebissenen Zähnen und konzentrierte sich wieder auf die Hebel. »Die Perirumpfgewichte nach oben, die Backbordgewichte nach unten, zuerst das kleine ...« Der

Sturmpfeil erzitterte. »Dann das mittlere ... Das Schiff legte sich nach links. »Dann das große ...«

Sobald das dritte Backbordgewicht unten war, begann der *Sturmpfeil* sich langsam zu wenden. Das Großsegel hielt ihn in seiner Position am Rande des Sturms. Wolkenwolf starrte auf den Kompass. Ganz allmählich schwang das Himmelsschiff auf den Winkel von fünfunddreißig Grad herum, der erforderlich war um sicher in das Innere des Sturms einzudringen.

Noch fünfundvierzig Grad, noch vierzig, siebenunddreißig ... sechsunddreißig ...

»GROSSSEGEL NIEDERHOLEN!«, brüllte er.

Diesmal folgten Tem Waterbork und Klotzkinn seinem Befehl sofort. Sie machten das Tau los und das Segel fuhr herunter. Das Himmelsschiff verlangsamte seine Fahrt und wurde im nächsten Augenblick von gewaltigen, purpurroten und schwarzen Wolkenbergen verschluckt.

Die Luft war stickig und von grellen Blitzen erfüllt. Es knisterte und zischte und roch nach Ammoniak, Schwefel und faulen Eiern.

Der Wind tobte weiter und bearbeitete pausenlos den Rumpf. Der Mast ächzte und drohte jeden Moment zu brechen.

»Du musst noch ein wenig durchhalten, mein Braver«, spornte Wolkenwolf den *Sturmpfeil* an. »Du schaffst es. Du bringst uns sicher in die Mitte des großen Sturms.«

Doch er hatte noch nicht zu Ende gesprochen, da lief ein Beben durch das Schiff, als wollte es sagen nein, das sei nicht zu schaffen. Besorgt blickte Wolkenwolf auf den Kompass. Die Nadel war auf fünfundvierzig Grad zurückgefallen. Der Wind traf den *Sturmpfeil* mit voller Wucht, das Beben wurde immer heftiger. Es fehlte nicht viel und das Himmelsschiff würde zu Kleinholz verarbeitet.

Mit zitternden Händen hob Wolkenwolf die drei Steuerbordgewichte so hoch an wie möglich. Der *Sturmpfeil* schwenkte zurück und das furchtbare Beben ließ nach.

»Dem Himmel sei Dank.« Wolkenwolf nutzte die Gelegenheit sich den Schweiß von der Stirn zu wischen. Dann wandte er sich an Hubble, der neben ihm stand. »Halte das Rad gut fest«, befahl er. »Es kann jetzt jeden Moment ... JAWOHL!«, schrie er, denn in diesem Augenblick schwang die Kompassnadel auf fünfunddreißig Grad und der *Sturmpfeil* flog durch die rollenden violetten Sturmwolken in eine gespenstische Stille hinein.

»GROSSSEGEL HISSEN!«, brüllte Wolkenwolf. Seine Stimme hallte, als stünde er in einer riesigen Höhle. Wenn das Himmelsschiff nicht auf der anderen Seite aus dem Sturm hinausfliegen sollte, musste es jetzt seine Fahrt drosseln. Das Segel diente dabei – wenn er sich recht an das Gelernte erinnerte – als Bremse. »*ALLE* SEGEL HISSEN!«

Zunächst passierte gar nichts. Das Himmelsschiff raste weiter auf die hintere Sturmwand zu. Die gleißenden Blitze, die sich vor ihnen fächerförmig ausbreiteten, kamen immer näher. Tem Waterbork, Klotzkinn, Zacke und die anderen eilten an die Taue. Sogar der Professor des Lichts legte Hand an. Mit vereinten Kräften hissten sie ein Segel nach dem anderen. Die Segel blähten sich auf und jetzt endlich wurde der *Sturmpfeil* langsamer.

Bevor sie ganz stehen blieben, holte Wolkenwolf die Backbordgewichte ein, senkte die Steuerbordgewichte und zog,

nachdem sie auf Gegenkurs gedreht hatten, das Buggewicht wieder in seine ursprüngliche Position zurück.

Das Himmelsschiff zeigte jetzt in die Richtung, in die der
große Sturm sich fortbewegte, und fuhr im Innern des
Sturms mit. Die Besatzung brach erleichtert in Jubelrufe
aus, doch Wolkenwolf wusste, dass es noch zu früh zum
Feiern war. Äußerste Genauigkeit war notwendig, wenn
der *Sturmpfeil* den Kurs halten sollte. Ein Gewicht zu tief,
ein Segel zu hoch, und das Himmelsschiff würde in die
Sturmwand gerissen und auf der anderen Seite in den Himmel ausgespuckt werden.

»Halte den Kurs, Hubble«, befahl er. »Und Zacke, wann
stehen wir über dem Dämmerwald?«

»In etwa zwölf Minuten«, rief der Eichenelf zurück.

Wolkenwolf nickte grimmig. »Ihr müsst jetzt alle, jeder

Einzelne von euch, auf den großen Blitz Acht geben. Wenn wir das Sturmphrax finden wollen, müssen wir unbedingt wissen, wo genau er einschlägt.«

Unter Deck rutschte Twig mit jedem Ruck des bockenden *Sturmpfeils* über die harten Planken. Jede Erschütterung, jeder Stoß war im Bauch des Schiffes hundertmal stärker zu spüren als an Deck. Trotzdem blieb Twig wie tot liegen. Erst als der *Sturmpfeil* schlingernd und stampfend in den Wirbelsturm eindrang, begannen seine Lider unruhig zu flattern.

Hinter sich hörte er verschwörerisch gedämpfte Stimmen – Stimmen, die er kannte. Mit geschlossenen Augen lauschte er.

»... und ich glaube nicht, dass der Captain sich groß wehrt, sobald er weiß, dass wir seinen Sohn in unserer Gewalt haben«, flüsterte Slyvo gerade. »Deshalb muss der Junge zunächst weiter bei dir unten bleiben.«

»Unten bleiben«, wiederholte Haudrauf flüsternd.

»Jedenfalls bis ich ihn hole.« Slyvo machte eine Pause. »Entscheidend ist der richtige Zeitpunkt.«

»Richtige Zeitpunkt«, wiederholte Haudrauf.

»Eine Sturmjagd ist schließlich sehr gefährlich. Ich warte also ab, bis Wolkenwolf das Sturmphrax gefunden hat, und bringe ihn erst dann um.« Slyvo lachte hämisch. »Er macht die Drecksarbeit und ich fahre die Ernte ein.«

»Ernte ein.«

»Und was für eine Ernte!«, flüsterte Slyvo. »Kapitän eines Himmelspiratenschiffs *und* Ligameister!« Atemlos fügte er hinzu: »Halte dich an mich, Haudrauf, und du wirst mehr

Macht und Reichtum haben, als du dir in deinen kühnsten Träumen vorstellen kannst.«

»Vorstellen kannst.« Der Flachkopf kicherte.

»Jetzt muss ich gehen, sonst schöpft der Captain noch Verdacht. Also denk dran, Haudrauf, pass gut auf Twig auf. Ich verlasse mich auf dich.«

Die Schritte des Maats entfernten sich. Twig zitterte vor Schreck. Was für ein Narr war er gewesen, auf einen so skrupellosen Verbrecher hereinzufallen. Der Maat führte eine Meuterei im Schilde und wollte – wenn Twig ihn richtig verstanden hatte – ihn, Twig, gegen seinen Vater ausspielen, um seine finsteren Pläne in die Tat umzusetzen.

Damit es nicht dazu kommen konnte, musste Twig seinen Vater sofort warnen, auch wenn er sich damit den Zorn des Captains zuzog.

Er öffnete ein Auge und sah verstohlen zu dem bulligen Flachkopfkobold hinüber. Das Problem war nur wie.

KAPITEL 10

Beichte

Ein Geräusch, das sonst nicht im Allerheiligsten zu hören war, stieg zur vergoldeten Stuckdecke des Gemaches auf: ein vollkommen unmelodisches Summen, das jedoch freudig und zuversichtlich klang.

Die zahlreiche Dienerschaft, die dem wichtigsten Bewohner des Allerheiligsten jeden Wunsch erfüllte, hatte strikte Anweisung zu allen Zeiten strengstens Schweigen zu bewahren. Besonders Musik jeder Art, gesummt, gesungen oder gepfiffen, stieß auf Missbilligung. Erst vor einer Woche hatte man den alten Jervis, seit über vierzig Jahren ein getreuer Diener und vor kurzem Urgroßvater geworden, dabei erwischt, wie er leise ein Wiegenlied vor sich hingesummt hatte. Jervis war für diesen Moment selbstvergessenen Glücks sofort entlassen worden.

Diesmal kam das Summen jedoch nicht von einem Diener, es entsprang vielmehr den dünnen Lippen des Allerhöchsten Akademikers von Sanktaphrax höchstpersönlich. Denn Vilnix Pompolnius war außerordentlich zufrieden mit sich.

»Hmm, hmm, hmmm, pom, pom, pom, pom«, summte er geschäftig. »Pom, pom, pom ...« Der gestrige Abend fiel ihm ein und er brach ab und kicherte. Er hatte mit Simenon Xintax gespeist und ihr Gespräch war sehr aufschlussreich gewesen.

Dabei war der Ligameister sonst keineswegs sein liebster Essensgast. Vilnix Pompolnius hielt ihn vielmehr für einen ausgemachten Dummkopf mit miserablen Manieren, der die Suppe schlürfte, mit offenem Mund kaute und nach jedem Gang laut rülpste. Trotzdem war ihm daran gelegen, Xintax bei guter Laune zu halten. Wenn er nicht alle Ligen hinter sich hatte, würde sich seine eigene Macht rasch in nichts auflösen.

Xintax hatte wie immer zu viel gegessen und getrunken. Nicht dass Vilnix dagegen Einspruch erhoben hätte. Er bestärkte den Ligameister sogar in seiner Gefräßigkeit, häufte ihm von jedem Gang eine zweite und dritte Portion auf den Teller und füllte sein Glas ständig mit dem Waldbräu nach, das Xintax am liebsten mochte. *Ein voller Magen löst die Zunge*, pflegte Vilnix' Großmutter zu sagen. Die Zunge des Ligameisters hatte sich beim Dessert gelöst. Als Käse und Salzgebäck serviert wurden, lallte er bereits.

»Mutter Pferdefeder, das ist doch die, die ... hicks ... 'tschuldigung!« Xintax brach ab und wischte sich den Mund mit dem Ärmel ab. »Sie hat doch die Reise in den

Dämmerwald organisiert, nicht wahr? Sie, der Professor des Lichts und ein Kapitän der Himmelspiraten – sein Name fällt mir jetzt nicht ein ... Jedenfalls stecken die alle unter einer Decke. Sie wollen ... hicks ... Hoppla.« Xintax kicherte. »Sie wollen mit einer ganzen Ladung Sturmphrax zurückkehren.« Der Ligameister legte verschwörerisch den Finger an die Lippen. »Es soll ein Geheimnis sein.«

»Wie haben Sie dann davon erfahren?«, wollte Vilnix Pompolnius wissen.

Xintax klopfte sich viel sagend mit dem Finger an die Nase. »Ein Sprung in der Landschaft«, lallte er und kicherte wieder. »Nein, ich meine, ein Spion in der Mannschaft. Slyvo. Hat uns alles verraten, jawoll.« Xintax beugte sich vor, packte Vilnix am Ärmel und grinste hämisch. »Wir werden sagenhaft reich sein.«

»Pom, pom, pom, pom«, summte Vilnix, als er an dieses Essen zurückdachte. Sagenhaft reich! Zumindest *einer* von uns.

In diesem Augenblick klopfte es ehrerbietig und der Wuschelkopf seines Kammerdieners Minulis erschien in der Tür. »Wenn Seine Akademische Durchlaucht gestatten«, sagte er, »der Gefangene ist bereit und steht zu Eurer Verfügung.«

»Ach ja, richtig.« Vilnix nickte und lächelte tückisch. »Ich komme gleich.«

Minulis verschwand wieder. Vilnix rieb sich schadenfroh die Hände. »Zuerst plaudert Xintax, dann fällt uns dieser Forficul in die Hände – nein wirklich, Seine Akademische Durchlaucht ist ein richtiger Glückspilz!«

Er trat vor den Spiegel, den neuen Spiegel, und betrachtete

sich. Der Spiegel hing im Unterschied zum vorherigen nicht an einem Haken, sondern lehnte schräg gegen die Wand. Das war sicherer und schmeichelte zugleich. Sein Spiegelbild lächelte ihm entgegen.

»Nein«, schalt er sich, »so nicht! Was soll der Nachtschwärmer denken, wenn ich die Kammer des Wissens in so überschwänglicher Stimmung betrete?« Theatralisch fügte er hinzu: »Rüste dich, Vilnix!« Er ließ seinen Morgenmantel zu Boden fallen. »Mache dich bereit.«

Dann schlüpfte der Allerhöchste Akademiker von Sanktaphrax, wie er es vor jeder wichtigen Begegnung tat, in die speziell für sein hohes Amt angefertigten Kleider – Kleider, die ihm halfen sich geistig zu sammeln und die seine Sinne schärften und seine Stimmung verdüsterten.

Zuerst zog er das härene Hemd über die nackte, schuppige Haut seines Oberkörpers. Dann trat er in seine Sandalen und zuckte zusammen, als die hervorstehenden Nägel sich in seine Fußsohlen bohrten. Trotzdem band er sie fest zu. Als Nächstes rieb er seinen frisch rasierten Kopf mit einer brennenden Salbe ein und setzte eine stählerne Kappe auf, deren nach innen gerichtete Dornen in seine Kopfhaut stachen. Zuletzt legte er einen abgetragenen, aus grober Wolle gesponnenen Mantel um die Schultern und stülpte sich die Kapuze über den Kopf.

Mit jedem Kleidungsstück, das der Allerhöchste Akademiker anlegte, schwand seine gute Stimmung ein wenig mehr. Als der grobe Stoff der Kapuze an seinem wunden Nacken scheuerte, war seine Laune so finster wie die Schatzkammer von Sanktaphrax und er selbst zu jeder Grausamkeit bereit.

Wieder wandte er sich dem Spiegel zu und betrachtete sich billigend. Selten oder überhaupt noch nie hatte er eine so düstere Würde ausgestrahlt. Er hob eine Augenbraue.

»Nun, Forficul, mein kleiner Schwärmerling«, sagte er. »Jetzt bin ich für dich bereit. Ich freue mich schon auf deinen Gesang!«

Die Kammer des Wissens, wie das Verhörzimmer verharmlosend genannt wurde, lag im obersten Stock eines Turmes im Westflügel des riesigen Palastes. Die Kammer war nur über eine steinerne Wendeltreppe und eine Geheimtür zu erreichen.

Mit jeder Stufe, die Vilnix Pompolnius die Treppe hinaufstieg, bohrten sich die Nägel seiner Sandalen tiefer in seine Füße. Oben angekommen, fluchte er keuchend. Dann riss er die Tür auf und schritt hinein. »Wo ist der Jammerlappen?«

Minulis eilte ihm entgegen, schloss die Tür hinter ihm und ging durch das Zimmer voran. Das fensterlose Gelass war trotz seiner luftigen Lage dunkel und muffig wie ein Ker-

ker. Das einzige Licht kam von zwei in Haltern an der Wand steckenden brennenden Fackeln. Golden schimmerten die bereit gelegten Haken, Zangen und Pinzetten.

Forficul saß in einem Lehnstuhl, der so riesig war, dass er den Nachtschwärmer geradezu verschluckte. Seine Fußknöchel waren aneinander gefesselt, seine Handgelenke an die Armlehnen festgebunden und sein Kopf war mit einem Lederriemen an einer Kopfstütze befestigt. Er konnte sich nicht rühren. Vilnix Pompolnius trat vor ihn und Forficul blickte auf. Ein eisiger Schauer durchlief ihn.

»Da bist du ja«, sagte Vilnix. »Besten Dank für den Besuch.« Er kicherte höhnisch. »Hoffentlich sitzt du gut.«
Er trat noch dichter vor ihn. Forficul begann zu zittern. Hinter Vilnix' harmlosen Worten lauerten höchst verbotene Gedanken.

»Du bist also ein Nachtschwärmer«, fuhr Vilnix fort.
»Aber nein.« Forficul lachte nervös. »Diesen Fehler machen viele. Ich bin ein Eichenelf. Der Kleinste der Familie.«
Die Dornen der Stahlkappe stachen in Vilnix Pompolnius' Kopfhaut und er seufzte. »Sicher ist dir die interessante Konstruktion des Stuhls aufgefallen.« Er fuhr mit den Fingern über das schirmartige Dach aus poliertem Silber, das

161

über Forficuls Kopf hing. »Die Schale über deinem Kopf verstärkt den Schall.« Er schnippte dagegen.

Das Metall wummerte und Forficul, dessen Kopf sich genau dort befand, wo die Schallwellen zusammenliefen, zuckte vor Schmerzen zusammen.

»Ich gebe dir einen guten Rat«, sagte Vilnix. »Lüg mich nicht an.« Er schnippte ein zweites Mal an die Schale.

Forficul zitterte heftiger. »Aber ... ich verstehe nicht ganz. Warum habt Ihr mich herbringen lassen?« Langsam verklang das Dröhnen in seinen Ohren. »Ich bin guten Glaubens von Unterstadt nach Sanktaphrax gekommen um Euch über den tragischen Tod des Professors des Lichts zu unterrichten ...«

»Ach Forficul«, schnurrte Vilnix. »Es hat doch keinen Zweck.«

Er wandte sich ab und griff nach einer Kneifzange. Forficul, der in Gedanken genau mitbekam, was der Allerhöchste Akademiker damit vorhatte, sträubten sich die Haare vor Entsetzen. Immer schrecklicher wurden die ihm zugedachten Folterqualen, bis er es nicht mehr ertrug.

»Halt!«, flehte er mit zuckenden Ohren.

Vilnix drehte sich um, die Kneifzange in der Hand. Er klopfte sich damit auf die andere Hand. »Eichenelf, ja?«

Forficul schnupfte unglücklich. »Ich bin doch ein Nachtschwärmer.«

Vilnix Pompolnius nickte. »So ist es besser.« In Gedanken fügte er hinzu: Von jetzt an will ich von dir die Wahrheit hören und nichts als die Wahrheit. Er schwang die Zange und stellte sich vor, wie er sie laut gegen die Metallschale schlug. Hast du mich verstanden?

Forficul nickte stumm.

»Wer hat dich geschickt?«

»Ich kam aus eigenem Antrieb.«

Ohne ein weiteres Wort trat Vilnix vor ihn und schlug heftig gegen die Schale. Forficul heulte vor Schmerzen auf.

»Nicht«, wimmerte er, »nicht.«

»Dann sag es mir«, brüllte Vilnix. »Wer?«

»Mutter Pferdefeder. Sie meinte, Ihr solltet es wissen – schließlich war der Professor doch ein Akademiker von Sanktaphrax. Er ... er saß in ihrer Schenke, Zur Bluteiche, und da bekam er einen ... einen Anfall. Kippte um, einfach so. Wir versuchten mit allen Mitteln ihn wieder zu beleben.«

»Aber ihr hattet keinen Erfolg«, sagte Vilnix.

»Leider nein.«

Vilnix' Augen verengten sich zu Schlitzen. »Und wo befindet sich jetzt die Leiche des guten Professors?«

»Ich ... ähm ... also, weil es ja so heiß ist, meinte Mutter Pferdefeder, er müsste so schnell wie möglich begraben werden.«

»Ihr habt einen Professor von Sanktaphrax einfach so im Boden verscharrt?«, schrie Vilnix. »Wisst ihr denn nicht, dass jeder Akademiker unserer berühmten fliegenden Stadt das Anrecht hat, in den Steinernen Gärten aufgebahrt zu werden, wo die weißen Raben ihm dann das Fleisch von den Knochen picken? Wie soll sein Geist sonst zum Himmel aufsteigen können?«

»Ich ... wir ...«

»Aber das sind natürlich nur theoretische Überlegungen«, sagte Vilnix und hielt den Kopf so dicht vor Forficuls Gesicht, dass seine blitzende Kappe die Nasenspitze des Nachtschwärmers berührte. »Denn er ist ja gar nicht tot, stimmt's?«

»Doch, doch«, sagte Forficul. »Er ist tot.«

Vilnix fuhr hoch, hob die Zange und schlug damit gegen die Schale. »Lügen, Lügen, Lügen, Lügen!«, schrie er im Takt der ohrenbetäubenden Schläge. »Und immer noch mehr Lügen!«

Siebenmal schlug er zu, dann ließ er den Arm sinken. »Jetzt sag endlich die Wahrheit.«

Forficul antwortete nicht. Er hatte zwar die wütenden Bewegungen der Lippen gesehen, aber kein einziges Wort verstanden, so laut war das Klirren und Scheppern in seinem Kopf. Erst nach einigen Minuten konnte er wieder einzelne Laute unterscheiden, obwohl das Dröhnen im Hintergrund noch anhielt.

»DAS IST DEINE LETZTE CHANCE!«, brüllte Vilnix.

Forficul senkte den Blick. Er zitterte erbärmlich. Die emp-

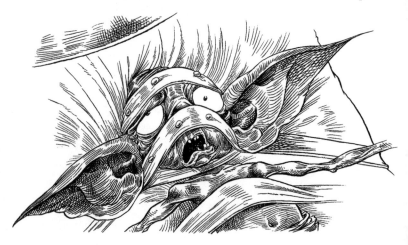

findsamen Nachtschwärmer hatten ein Sprichwort. *Lieber tot als taub.*

»Also gut«, wimmerte er. »Ich sage Euch alles, was ich weiß.«

Und das tat er dann auch. Er berichtete Vilnix in allen Einzelheiten von der Besprechung im Hinterzimmer der Bluteiche. Vom Besuch des Professors des Lichts und wie der Himmelspiratenkapitän auf die Knie gefallen war, von dem Plan, den die drei ausgeheckt hatten, und von dem Entschluss des Professors die Himmelspiraten auf der Fahrt in den Dämmerwald zu begleiten.

»Das Verräterschwein«, zischte Vilnix. »Und dieser Kapitän? Wie heißt er?«

»Wolkenwolf«, sagte Forficul sofort. »Der Professor sprach ihn allerdings mit einem anderen Namen an.«

»Und der wäre?«

»Quintinius Verginix.«

Vilnix nickte. »Endlich ein Name, mit dem sich etwas anfängen lässt«, sagte er nachdenklich.

Das verspätete, dafür aber umso ausführlichere Geständnis des Nachtschwärmers war für Vilnix hochinteressant. Es bestätigte nicht nur seinen Verdacht bezüglich des Professors. Der Allerhöchste Akademiker wusste jetzt auch, dass Xintax ihn am Abend zuvor angelogen hatte. Den Namen Wolkenwolf vergaß *niemand* – Wolkenwolf war schließlich ein berüchtiger Himmelspirat. Offenbar führte der Ligameister selbst etwas im Schilde.

Vilnix kicherte in sich hinein. Es gab viele ehrgeizige Ligabrüder, die sich glücklich schätzen würden mit Seiner Akademischen Durchlaucht ins Geschäft zu kommen.

Er wandte sich wieder an Forficul. »Und dieser Junge, von dem du gesprochen hast, dieser Twig. Was spielt er für eine Rolle?«

Forficul schluckte. Er kannte Twig noch nicht lange, aber die Gedanken, die er in Twigs Kopf gehört hatte, hatten ihm gefallen. Der Junge war anständig und ehrlich, treu und aufrichtig. Forficul wollte auf keinen Fall, dass Twig durch seine Aussage zu Schaden kam.

Vilnix ließ die schwere Zange vor seinem Gesicht baumeln. Forficul nickte, soweit der Lederriemen es zuließ. »Er gehört zur Mannschaft an Bord des *Sturmpfeils*«, sagte er.

»Und?« Vilnix Pompolnius spürte, dass eine weitere Enthüllung bevorstand.

»Er wurde im Dunkelwald geboren und ist dort aufgewachsen.«

»Und?«

Ein Schauer rann durch den Nachtschwärmer. Wenn er dem Allerhöchsten Akademiker klarmachen konnte, dass Twig in den Plänen der Piraten keine Rolle spielte, dann blieb der Junge vielleicht unbehelligt. »Er wird auf dieser Reise nicht mit den Piraten mitfahren«, sagte er. »Er soll bei Mutter Pferdefeder blei …«

»Du verschweigst mir doch etwas«, unterbrach ihn Vilnix und hob drohend die Kneifzange.

Forficul sah zu Boden. Tränen stiegen ihm in die Augen. Er war kein schlechter Kerl – aber auch nicht besonders tapfer. Drohend hing die Zange im Licht der Fackeln über der Schale. Lieber tot als taub.

»Der Junge … der Junge ist …«, stotterte er. »Also … Wolkenwolf ist sein Vater.«

166

Vilnix sog scharf die Luft ein. »Einen Sohn«, zischte er. »Quintinius Verginix hat einen Sohn. Und er hat ihn in Unterstadt zurückgelassen.« Er grinste hämisch. »Wie unvorsichtig.« Er wandte sich an Minulis. »Wir müssen sofort mit dem Jungen Kontakt aufnehmen. Wir laden ihn ein hierher nach Sanktaphrax zu kommen und mit uns auf die Rückkehr seines tapferen Vaters zu warten.«

»Das stärkt unsere Verhandlungsposition ungemein«, fuhr er an Forficul gewandt fort und legte die schwere Zange auf das Regal zurück. »Ich kann gar nicht sagen, wie dankbar wir dir sind.«

Forficul war am Boden zerstört. Sein Versuch Twig zu schützen war fehlgeschlagen und jetzt schwebte der Junge in Lebensgefahr. Trotzdem – der Himmel mochte ihm verzeihen! – war der Nachtschwärmer unwillkürlich erleichtert, dass der Allerhöchste Akademiker mit seinen Informationen offenbar so zufrieden war.

»Kann ich dann gehen?«, fragte er.

Vilnix musterte ihn spöttisch. Forficul erwiderte seinen Blick hoffnungsvoll. Er war immer noch ganz benommen vom Scheppern des Metalls, deshalb hörte er die finsteren Gedanken nicht, die hinter dem lächelnden Gesicht des Allerhöchsten Akademikers lauerten.

»Ob du gehen kannst?«, sagte Vilnix Pompolnius endlich. Seine Augen glitzerten. »Aber ja, natürlich.«

Forficul musste einen Freudenschrei unterdrücken.

Vilnix nickte Minulis zu. »Binde ihn los und wirf ihn raus.« Das härene Hemd juckte und die Dornen und Nägel gruben sich in Kopf und Füße Seiner Akademischen Durchlaucht. »Aber zuerst schneide ihm noch die Ohren ab.«

KAPITEL 11

Im Auge des Sturms

Twig lag einige Meter von Haudraufs verdrecktem Schlafplatz entfernt auf dem Boden. Er gab immer noch vor, bewusstlos zu sein. Jedes Mal, wenn der *Sturmpfeil* sich aufbäumte, ließ er sich ein Stück über den Boden rollen, in der Hoffnung, der Flachkopf würde die Bewegung des Schiffes dafür verantwortlich machen. Langsam, quälend langsam arbeitete er sich auf die Treppe zu. Die Chance zur Flucht bot sich nur einmal.

Wie dumm er gewesen war! Er hatte den Befehl seines Vaters missachtet und seinen Vater auf Gedeih und Verderb den Meuterern ausgeliefert, genauso wie Wolkenwolf es befürchtet hatte.

Das Himmelsschiff neigte sich abrupt nach links und Twig rollte zweimal um die eigene Achse. Die Treppe kam näher. Dabei hätte er sofort erkennen müssen, dass Slyvo nichts Gutes im Schilde führte. Slyvo hatte ihn nie gemocht. Er hätte Verdacht schöpfen müssen, als der Maat ihn auf einmal so freundlich behandelte! »Ach, beim Himmel«, murmelte Twig. »Was habe ich bloß getan?«

Das Himmelsschiff krängte nach Steuerbord und Twig musste sich am Boden festkrallen um nicht zu Haudraufs Koje zurückzurollen. Durch einen Spalt seiner Lider beobachtete er, wie der Flachkopf auf der Suche nach übrig gebliebenen Fleischstückchen schnüffelnd das dreckige Stroh durchwühlte.

So ein widerwärtiger Kerl, dachte er und fröstelte. Aber wahnsinnig stark ...

Im selben Augenblick bäumte der *Sturmpfeil* sich auf wie ein ungebärdiger Hungerlunger, warf sich nach Backbord und sackte ab. Zu Tode erschrocken, rollte Twig die letzten Meter zum Fuß der Treppe. Dort angekommen, blickte er verstohlen zurück. Wieder bäumte das Himmelsschiff sich auf. Haudrauf verlor das Gleichgewicht und schlug mit einem gewaltigen Krach auf den Boden.

Jetzt!, sagte Twig stumm. Das ist die Gelegenheit.

Er sprang auf, ergriff das hölzerne Geländer und kletterte die steilen Stufen so schnell hinauf, wie seine wackligen Beine es ihm erlaubten.

»He!«, brüllte Haudrauf, als er merkte, was Twig tat. »Was machst du da?«

Twig gab keine Antwort. Schneller!, dachte er verzweifelt. Die Hälfte der Treppe hatte er geschafft, doch schien die Luke am oberen Ende nicht näher zu kommen. Schneller!

Haudrauf hatte sich bereits aufgerappelt. In Windeseile setzte er über die Gitterstäbe, die seine Koje umgaben, und stürzte dem Jungen nach. Twig hatte noch sechs Stufen vor sich. Haudrauf war am unteren Ende der Treppe angelangt. Noch fünf ... noch vier ... Die Treppe erzitterte unter dem

Gewicht des hastig hinter ihm herkletternden Flachkopfs.
Noch drei ... noch zwei ...

»Gleich«, murmelte Twig. »Noch eine Stufe, dann ...« Er
spürte, wie die schwielige Hand des Kobolds nach seinem

Knöchel griff. »Nein!«, schrie er und trat mit beiden Beinen nach unten.

Mit zitternden Händen stemmte er den an Scharnieren hängenden Lukendeckel auf und schob sich durch die enge

Öffnung. Dann kniete er neben die Luke. Sobald Haudraufs spatelförmige Finger am Rand erschienen, packte Twig den Lukendeckel und schlug ihn mit aller Kraft zu.

Ein gellender Schrei ertönte. Die Finger verschwanden, ein dumpfes Poltern ertönte – Haudrauf fiel die Treppe hinunter. Twig hatte es geschafft! Er war entkommen, allerdings hörte er, dass der Flachkopf schon wieder die Treppe heraufkam.

Das Herz schlug ihm bis zum Hals. Hastig schob er die schweren Riegel über die Luke und zerrte noch um ganz sicher zu gehen ein großes Fass mit eingelegtem Wabbelkraut über den Deckel. Dann sprang er auf und eilte zur nächsten Treppe, die zum Deck hinaufführte. Er war erst wenige Stufen hinaufgestiegen, als unter ihm explosionsartig wütendes Hämmern und Fluchen ausbrach.

Lass die Riegel halten, betete Twig, bitte!

Der Captain und die Mannschaft bekamen von dem Drama, das sich unter ihnen abspielte, nichts mit. Sie hatten alle Hände voll zu tun den *Sturmpfeil* inmitten des gewaltigen Wolkenballs, der krachend und blitzend auf den Dämmerwald zuraste, auf Kurs zu halten.

»Taue doppelt belegen«, brüllte Wolkenwolf. Entscheidend war, den *Sturmpfeil* genau im Zentrum des Sturmes zu halten. »Leesegel niederholen. Fockfall entwirren!«

Die Luft knisterte vor elektrischer Spannung. Ein bläulich zischender Funkenregen hüllte das Himmelsschiff ein und ließ seine Umrisse verschwimmen. Die Funken tanzten auf jeder Oberfläche: vom Bugspriet bis zum Ruder, vom Krähennest bis zum Kiel, auf Segeln, Tauen und Decks. Sie tanzten auch auf den Himmelspiraten, auf ihren Bärten, ihren Kleidern und ihren Fingern und Füßen und erfüllten sie von Kopf bis Fuß mit einem Kribbeln.

Tem Waterbork drehte an einer Handspake. »Ein bisschen mulmig ist mir schon«, brummte er. Das Funken sprühende, blaue Licht umspielte seine Hände.

Klotzkinn blickte vom Skysegel auf, das er gerade reparierte. »Für meinen *ah* Kiefer ist es *ah* ganz beso*ah*nders schlimm«, ächzte er.

Tem grinste.

»Das ist überhau*ah*pt nicht lu*ah*stig!«, sagte Klotzkinn empört.

»Doch!«, kicherte Tem Waterbork. Der Unterkiefer seines Kameraden klappte ständig von selbst auf und zu.

Klotzkinn hatte seinen Unterkiefer vor Jahren in einer erbitterten Schlacht gegen zwei Ligaschiffe verloren. Ein für seine Grausamkeit berüchtigter Ligabruder namens Ulbus

Pentephraxis hatte sich mit einem Beil von hinten an ihn herangeschlichen und ihm einen fürchterlichen Hieb versetzt. Der Hieb hatte ihn seitlich getroffen, direkt unter dem Ohr.

Nach seiner Genesung hatte Klotzkinn sich aus einem Stück Eisenholz einen Ersatzkiefer gefertigt. Solange er nicht vergaß, die Bolzen einzuölen, tat der künstliche Kiefer auch seinen Dienst – oder wenigstens war das bis jetzt so gewesen. Seit der *Sturmpfeil* allerdings in den großen Sturm hineingefahren war, klappte der Kiefer aufgrund seltsamer elektrischer Kräfte in einem fort auf und zu, ohne dass Klotzkinn das Geringste dagegen hätte tun können.

»Wie *ah* lange geht das denn *ah* noch so weiter?«, stöhnte er.

»Wahrscheinlich bis wir im Dämmerwald sind«, erwiderte Tem Waterbork.

»Was in etwa ... neun Minuten der Fall sein wird«, rief Zacke von oben herunter.

»Neun Minuten«, flüsterte Slyvo und rieb sich die Hände. Der Maat hatte überprüfen sollen, ob die Belegklampen hielten. Jetzt lehnte er gegen das Geländer der Treppe, die zum Achterdeck hinaufführte, und starrte wie hypnotisiert in das Wolkengebrodel. Er hob den Kopf.

»Nur weiter so, Quintinius Verginix«, flüsterte er höhnisch. »Lande du schön im Dämmerwald und hole das Sturmphrax. Dann bin ich dran. Und wehe dem, der ...« Er brach erschrocken ab. »Aber was ist denn das, beim Himmel?«

In der Tür des kleinen Häuschens über dem Treppenaufgang stand Twig. Blinde Wut überkam Slyvo. Wenn Wolkenwolf den Jungen sah, war alles verloren. Ohne nachzudenken stürzte der Maat auf Twig zu.

Twig sah sich aufgeregt um. Er war dem Flachkopfkobold nur knapp entkommen. Seine Sinne waren aufs Äußerste gespannt und sein Herz pochte laut. Er versuchte sich zu orientieren.

Die Luft war dunkelrot und stank nach Schwefel und angebrannter Milch. Das Himmelsschiff war in ein Wolkengebirge eingehüllt, aus dem knatternd und krachend Blitze fuhren. Blaue Flämmchen züngelten um Twigs Arme und

Beine, sein Körper kribbelte und seine Haare stellten sich auf.

Das war also die Sturmjagd! Unter der Besatzung war fieberhafte Geschäftigkeit ausgebrochen. Hubble, der weiße Banderbär, war am Ruder festgebunden. Wolkenwolf stand bei den Hebeln für die Segel und Gewichte und versuchte angestrengt Geschwindigkeit und Auftrieb konstant zu halten. Ausgerechnet jetzt musste

174

Twig enthüllen, dass er sich als blinder Passagier an Bord geschlichen hatte und dass eine Meuterei drohte.

»Aber ich habe keine Wahl«, murmelte er grimmig. Schon hörte er unter sich die hölzerne Luke splittern. Es war nur eine Frage der Zeit, bis Haudrauf auf dem Deck erschien. Twig wusste, wenn er nicht sofort etwas sagte, war sein Vater so gut wie tot. Er fror auf einmal jämmerlich. »Und daran bin dann ich schuld!«

Er nahm seinen ganzen Mut zusammen und wollte gerade den kurzen, aber gefährlichen Gang von der Treppe zum Ruder antreten, als sich eine schwere Hand auf seine Schulter legte und ihn zurückkriss. Eine kalte Klinge drückte gegen seinen Hals.

»Eine Bewegung und ein Laut, *Master* Twig, und ich schneide Euch die Kehle durch«, zischte Slyvo. »Kapiert?«

»Ja«, flüsterte Twig.

Er hörte, wie hinter ihm eine Tür aufging. Slyvo stieß ihn grob in eine Kammer, in der Eimer, Scheuerlappen, Taue und Ersatzsegel aufbewahrt wurden. Twig stolperte rückwärts hinein und landete unsanft in einer Ecke. Die Tür wurde zugeknallt.

»Noch fünf Minuten!«, schrie Zacke.

Twig stand zitternd auf und drückte das Ohr gegen die verschlossene Tür. Draußen konnte er neben dem Lärmen des Sturms mit Mühe zwei verschwörerisch tuschelnde Stimmen ausmachen. Die eine gehörte Slyvo, die andere Haudrauf.

»Ich bin nicht schuld«, jammerte der Flachkopf leise. »Er war weg, bevor ich ihn festhalten konnte.«

»Du hättest ihn eben fesseln müssen«, erwiderte Slyvo wütend. »Dieser verfluchte Bengel. Er wird bestimmt entdeckt, noch bevor das Sturmphrax an Bord ist ...«

»Ich könnte ihn jetzt gleich kaltstellen«, sagte Haudrauf heiser.

»Nein. Wir brauchen ihn lebend, nicht tot.« Slyvo steigerte sich immer mehr in seine Wut hinein. »Der kleine Wadenbeißer zwingt mich zu handeln, so viel steht fest. Aber noch ist nicht alles verloren, Haudrauf. Komm mit. Wir wollen sehen, ob wir unseren Plan nicht doch noch in die Tat umsetzen können.«

Die beiden entfernten sich. Twigs Herz hämmerte wie wahnsinnig. Da raste er nun inmitten des großen Sturms dem Dämmerwald entgegen. Endlich tat er, wovon er so lange nur geträumt hatte. Doch seinetwegen war aus dem Traum ein Alptraum geworden.

Twig hörte, wie sich Slyvo und Haudrauf in Richtung Ruder entfernten. Er konnte allerdings nicht verstehen,

was der Maat sagte. Er schluckte aufgeregt und hämmerte gegen die Tür.

»Lasst mich raus!«, schrie er. »Tem! Zacke! Klotzkinn! Warum hört ihr denn nicht? Lasst mich ...«

In diesem Augenblick ertönte Wolkenwolfs Stimme. »Was?«, brüllte der Captain. »Das ist Meuterei!«

Den Tränen nahe gab Twig auf und senkte den Kopf.

»Ach Vater«, wimmerte er. »Wenn wir hier lebend herauskommen, wirst du mir dann je verzeihen können?«

Slyvo begegnete der Wut der Captains mit eisiger Kälte. Von den Augen abgesehen, die hinter den stahlgefassten Brillengläsern tückisch funkelten, zeigte sein Gesicht nicht die leiseste Regung.

»Das ist keine Meuterei«, sagte er und zog seinen Säbel aus der Scheide. »Nur eine Umverteilung der Macht.«

Hubble brummte drohend.

»Ligageschwätz«, rief Wolkenwolf höhnisch. »Bist du wirklich so tief gesunken, Slyvo?«

In diesem Augenblick sackte der *Sturmpfeil* nach links ab und verlor schlagartig an Geschwindigkeit. Das Ende des Sturmes kam hinter ihnen näher. Wolkenwolf senkte das Heckgewicht und zog die vorderen und hinteren Segel höher. Das Schiff machte einen Satz nach vorn.

Er wandte sich wieder an Slyvo. »Bildest du dir wirklich ein, du könntest den *Sturmpfeil* fahren? Ja?«

Slyvo zögerte.

»Du bist ein Narr, Slyvo! Was nützt den Ligen denn das Sturmphrax? Kannst du mir das sagen? Die brauchen doch Phraxstaub und wie man den herstellt, ohne dass es eine Katastrophe gibt, weiß keiner.«

»Im Gegenteil«, erwiderte Slyvo. »Die Liga der freien Kaufleute will für eine Ladung Sturmphrax sogar einen hohen Preis bezahlen. Einen sehr hohen. Und da Sie die Kaufleute offenbar nicht beliefern wollen, werde *ich* das tun. Sie werden sehen, Ihre Leute werden zu mir überlaufen, wenn sie erst hören, um wie viel Geld es geht.«

Haudrauf machte einen Schritt nach vorn. Hubbles Ohren zuckten, Wolkenwolf legte die Hand an seinen Säbel.

»Beim Himmel!«, rief er. »Hast du mir nicht zugehört? Die Ligen können mit dem Sturmphrax nichts anfangen. Sie wollen nur verhindern, dass es in die Schatzkammer von Sanktaphrax gelangt, denn dann könnte die fliegende Stadt sich nicht mehr losreißen und die profitable Zusammenarbeit mit den Regenschmeckern wäre zu Ende.«

Slyvo packte seinen Säbel fester.

»Die haben dich reingelegt, Slyvo. Die wollen doch, dass wir alle abstürzen.«

»Du lügst!«, schrie Slyvo. Und an Haudrauf gewandt, schrie er noch einmal: »Er lügt!«

Wolkenwolf nutzte die Gelegenheit. Er zog den Säbel und stürzte sich auf Slyvo. »Du miese Ratte!«, brüllte er.

Doch Haudrauf kam ihm zuvor. Er hob seinen Speer – eine schwere Waffe, wie es sich für einen starken Flachkopfkobold gehörte – und sprang zwischen Slyvo und den Captain. Metall klirrte auf Metall und schon war zwischen dem Captain und dem Flachkopf ein mörderischer Zweikampf entbrannt.

Immer schneller und heftiger flogen die Hiebe hin und her. Wolkenwolf schäumte.

»Blut und Donner!«, brüllte er. »Ich lasse euch beide in den Himmel schießen!« Er parierte Haudraufs ungestüme Angriffe. »Ich schlitze euch den Magen auf, ich reiße euch das Verräterherz aus dem Leib ...«

»Waa-waa!«, rief der Banderbär und zerrte an den Tauen, mit denen er am Ruder festgebunden war.

Der *Sturmpfeil* stampfte und rollte. Wenn das Schiff der

äußeren Zone zu nahe kam, in der der Sturm am schlimmsten wütete, würde es in tausend Stücke zerschlagen.

»Nein, Hubble«, rief Wolkenwolf beschwörend. »Ich ... ich kann mich allein wehren. Du musst den Kurs halten.«

Das wütende Gebrüll des Captains, das Geklirr der Waffen und das Getrampel – Twig konnte nicht fassen, was er da hörte. Kämpfte sein Vater etwa ganz allein? Wo war der Rest der Mannschaft? Warum kamen die anderen dem Captain nicht zu Hilfe?

»TEM WATERBORK!«, brüllte er und trommelte verzweifelt mit den Fäusten gegen die abgesperrte Tür. »KLOTZKINN!«

Völlig unerwartet flog die Tür auf. Twig taumelte hinaus, und sofort hatte ihn Slyvo gepackt. »Ich habe dir doch gesagt, du sollst den Mund halten«, zischte er. Er drehte Twig mit einer Hand den Arm auf den Rücken, mit der anderen drückte er ihm das Messer an die Kehle.

»W ... was ist denn los?«, stammelte Twig.

»Das erfährst du früh genug.« Slyvo zerrte ihn über das Funken sprühende Deck. »Du tust genau, was ich dir sage, dann passiert dir nichts.«

In panischer Angst stolperte Twig vor dem Maat über das Deck und den engen Aufgang zum Ruder hinauf. Entsetzt starrte er auf den Anblick, der sich ihm dort bot.

Wolkenwolf und Haudrauf trugen einen tödlichen Zweikampf aus. Mit blitzenden Augen und zusammengebissenen Lippen kämpften sie um ihr Leben und mit solcher Gewalt schlugen ihre Waffen aufeinander, dass sich in das zischelnde Blau grellgelbe Funkenregen mischten.

Twig wollte auf seinen Vater zustürzen und an seiner Seite kämpfen. Er wollte den heimtückischen Flachkopf töten, der es wagte, die Hand gegen Captain Wolkenwolf zu erheben.

»Immer mit der Ruhe«, flüsterte Slyvo ihm ins Ohr und drückte den Dolch fester an seinen Hals. »Wenn Euch Euer Leben lieb ist.«

Twig schluckte aufgeregt. Der Zweikampf ging weiter. Der Junge konnte nicht hinsehen, er konnte sich aber auch nicht abwenden. Einmal schien Haudrauf der Stärkere, dann wieder hatte Wolkenwolf die Oberhand. Zugleich tobte der Sturm um sie immer erbarmungsloser. Ununterbrochen zuckten Blitze nieder und tauchten die Wolkengischt in grelles Licht. Die Säbelklingen funkelten.

Geschicklichkeit und Gewandtheit spielten bei diesem Kampf keine Rolle. Haudrauf, der Stärkere der beiden, drosch blindwütig drauflos um den Captain in die Knie zu zwingen. Aufgeregt beobachtete Twig, wie der Kobold seinen Vater auf die rückwärtige Wand zutrieb.

Aus Angst, der Junge könnte schreien, drückte Slyvo ihm die Hand auf den Mund. »Ganz ruhig«, flüsterte er. »Bald ist es vorbei und dann bin ich Kapitän des *Sturmpfeils*, wie es mir zusteht. *Captain* Slyvo. Klingt nicht schlecht.« Der Kampf ging weiter. Ach Vater, dachte Twig unglücklich. Ich bin an allem schuld!

»Tem!«, schrie Wolkenwolf über dem rumpelnden Donner und dem Klirren der Waffen. »Klotzkinn! Zacke!«

Doch die Himmelspiraten hörten ihn nicht. Sie waren zu sehr damit beschäftigt, das immer heftiger schlingernde Himmelsschiff in der Luft zu halten.

»Die Segel reißen sich los«, brüllte Tem und drehte mit beiden Armen an dem Schlüssel zum Feststellen der Segel. »Trimm den Spinnaker, Klotzkinn, während ich versuche das Großsegel zu sichern. Zacke, du kümmerst dich um die verhedderten Leinen dort drüben.«

»Die Flugsteinsicherung klemmt«, schrie Zacke zurück. Das Himmelsschiff stampfte und krängte. »Kannst du mir helfen, Klotzkinn?«

»Ich habe *ah* auch nur ein Paar *ah* Hände«, rief Klotzkinn unwirsch. »Und wenn ich *ah* die Kette an diesem Rumpfgewicht *ah* nicht gleich entwirre, sind wir alle *ah* verloren.«

Eine besonders heftige Bö traf den Bug von Backbord. Das Himmelsschiff neigte sich heftig, Klotzkinn schrie auf und die Kette wurde ihm aus den Händen gerissen. Am anderen Ende des Himmelsschiffes verlor Wolkenwolf das Gleichgewicht und taumelte über Deck.

»Waa!«, brüllte der Banderbär. Wenn die anderen dem Captain nicht zu Hilfe kamen, dann musste er das doch tun.

»Nein, Hubble!«, keuchte Wolkenwolf. Das Himmelsschiff fiel nach Steuerbord zurück. »Halte das Ruder fest, sonst gehen wir alle zugrunde. Das ist ein Befehl.«

Twig stiegen Tränen in die Augen. Wolkenwolf dachte selbst jetzt noch, da seine Arme immer schwächer wurden, mehr an seine Mannschaft als an sich selbst. Wie tapfer er war, wie ritterlich. Er, Twig, hatte einen solchen Vater gar nicht verdient.

Unaufhörlich krachte und klirrte es. So schnell und heftig schlug Haudrauf mit seinem Speer zu, dass Wolkenwolf alle Mühe hatte, die Schläge abzuwehren. Wieder tauchte ein Blitz den Himmel in gleißendes Licht und der *Sturmpfeil* tat einen gewaltigen Satz nach vorn.

»Der Mast bricht!«, schrie Zacke.

»Großsegel runterlassen!«, brüllte Tem. »Alle Segel runter!«

Wolkenwolf stolperte nach hinten, das Gesicht dem Heck zugewandt. Sofort nutzte Haudrauf seinen Vorteil. Mit erhobenem Speer sprang er auf Wolkenwolf zu.

Wolkenwolf duckte sich und die massive Eisenspitze verfehlte ihn um Haaresbreite. In blinder Wut stieß Haudrauf erneut zu. Twig hielt die Luft an … und atmete erleichtert aus. Wolkenwolf hatte den Speer des Flachkopfs im letzten Moment noch wegstoßen können. Dann griff er selbst an. Blitzend fuhr sein Säbel durch die Luft.

Los!, dachte Twig. Gib's ihm!

Doch es sollte nicht sein, denn in diesem Augenblick ertönte ein grässliches Splittern. Der Mast brach und der obere Teil stürzte herunter.

Die Stange krachte auf das Deck, kippte über den Rand und blieb auf der Backbordseite in der Luft hängen. Das Schiff neigte sich dramatisch nach links und drohte umzuschlagen.

»Kappt die Taue«, brüllte Tem und begann das Großschot durchzuschneiden. »LOS!«

Klotzkinn und Zacke eilten herbei und stachen wie wild auf das Gewirr von Tauen und Takelage ein. Sie hatten die Hälfte der Taue gekappt, als der Rest unter dem schweren Gewicht des Mastes riss und samt dem Mast hinunterfiel. Der *Sturmpfeil* rollte nach Steuerbord zurück.

Twig und Slyvo stolperten rückwärts. Twig entfuhr ein gedämpfter Aufschrei. Sofort spürte er, wie das Messer in die weiche Haut seiner Kehle schnitt. Seinen Vater hatte es noch schlimmer erwischt. Er hatte Haudrauf mit dem Säbel verfehlt, weil der Flachkopf durch den plötzlichen Ruck zur Seite geschleudert wurde. Auch Wolkenwolf selbst verlor das Gleichgewicht und taumelte auf den Kobold zu. Hilflos fuchtelte er mit dem Säbel. Der Kobold packte wieder seinen Speer und hob ihn hoch. Twig erstarrte. Gleich würde sein Vater in das große, gezackte Blatt laufen und sich aufspießen.

»WAAA!«, tobte Hubble, als er sah, was dem Captain drohte, und riss wie wahnsinnig an den Tauen, mit denen er am Ruder festgebunden war.

Haudrauf hörte sein Gebrüll. Er blickte auf und bemerkte zu seinem Entsetzen, wie nahe er dem angebundenen Banderbären gekommen war. Hubble hatte einen seiner mächtigen Arme gehoben. Er brüllte noch einmal, dann schlug er zu. Haudrauf versuchte im letzten Augenblick nach links auszuweichen – schnell, aber nicht schnell genug.

Der Prankenhieb erwischte ihn am Arm. Der Speer schlitterte über Deck, Haudrauf selbst schlug auf die Planken. Sofort stand Wolkenwolf über ihm, ließ den Säbel mit aller Wucht niederfahren und trennte den Kopf des Kobolds vom Rumpf. Dann fuhr er mit dem bluttriefenden Säbel in

der Hand zu Slyvo herum. Seine Augen glitzerten mord-
lustig.

»Jetzt zu dir«, brüllte er. »Du …« Er verstummte und riss
die Augen auf. Der Unterkiefer fiel ihm herunter. »Twig!«,
flüsterte er entsetzt.

Slyvo zog die Klinge vorsichtig an Twigs Kehle entlang und kicherte. »Lassen Sie den Säbel fallen, sonst ist Ihr Sohn tot.«

»Nein«, schrie Twig. »Nimm keine Rücksicht auf mich. Das darfst du nicht.«

Wolkenwolf warf den Säbel weg und ließ die Arme sinken. »Lass den Jungen los. Er hat dir nichts getan.«

»Vielleicht lasse ich ihn los, vielleicht auch nicht.« Slyvo grinste hämisch. Er steckte den Dolch weg, zog aber zugleich seinen Säbel. »Vielleicht ...«

Wieder spaltete ein Blitz den Himmel und der *Sturmpfeil*

warf sich zuerst auf die eine, dann auf die andere Seite. Das Himmelsschiff trieb gefährlich nahe am Rand des Sturms, doch Hubble konnte nichts dagegen tun.

Slyvo ließ Twig unversehens los, stieß ihn von sich weg und stürmte mit gezücktem Säbel und wildem Gebrüll auf den Captain zu.

Das Himmelsschiff erzitterte, und sämtliche Balken, Planken und Fugen ächzten wie aus Protest.

»Noch zwei Minuten«, hörte Twig Zacke rufen. Und dann, alarmiert: »Tem! Klotzkinn! Der Captain ist in Gefahr!«

Endlich hatten die anderen bemerkt, was los war, leider zu spät, viel zu spät. Slyvos Säbel sauste bereits durch die Luft. Wolkenwolfs Nacken war ihm schutzlos preisgegeben.

Unten am Rumpf löste sich aufgrund der ständigen Erschütterungen eins der Backbordgewichte. Das Gewicht fiel hinunter. Der *Sturmpfeil* schlug nach Steuerbord um.

Der Säbel verfehlte zwar sein Ziel, doch grub er sich tief in Wolkenwolfs Arm – den Arm, mit dem er kämpfte. Slyvo verzog höhnisch die Lippen. »Diesmal hast du noch Glück gehabt«, schrie er. »Jetzt nicht mehr.« Er holte mit dem Säbel aus. »Jetzt bin *ich* der Kapitän!«

»Hubble!«, schrie Twig verzweifelt. »Tu doch was!«

»Wu, wu!«, bellte der Banderbär und packte das Steuerrad noch fester. Der Captain hatte gesagt – ihm *befohlen* –, er solle sich nicht von der Stelle rühren.

Sein Blick traf den des Jungen. »Wu, wu«, sagte Twig.

»WAAA!«, brüllte Hubble entschlossen. Seine Augen funkelten und seine Haare sträubten sich. Er riss die Taue aus ihrer Verankerung und zerfetzte sie, als bestünden sie aus Papier. »WAAA!«

Wie ein zotteliger weißer Berg stürzte er sich mit gefletschten Zähnen und ausgefahrenen Krallen auf Slyvo. Er
packte den dreisten Maat um die Hüften, hob ihn hoch und
schleuderte ihn auf die Planken. Dann, noch bevor Slyvo
einen Mucks tun konnte, ließ der Bär sich brüllend mit seinem ganzen Gewicht auf den Rücken des Maats fallen.

Ein dumpfer Schlag war zu hören, dann ein Knacken und
Slyvo lag mit gebrochenem Rückgrat tot da.

Mit weichen Knien stand Twig auf. Das vom Sturm gebeu-
telte Himmelsschiff war inzwischen völlig außer Kontrolle
geraten. Twig klammerte sich an der Reling fest. Die Meu-
terer waren tot und sein Vater lebte. Doch ihre Lage war
verzweifelt.

Das Steuerrad begann, von niemandem festgehalten, zu
kreiseln, die letzten noch gehissten Segel knallten nutzlos

im Wind. Wieder rissen sich zwei Ausgleichsgewichte vom Rumpf los. Der *Sturmpfeil* rollte und stampfte, bäumte sich auf, sackte ab und drehte sich immer schneller im Kreis. Er drohte jeden Moment ganz umzukippen. Seine glücklose Besatzung würde dann in den sicheren Tod stürzen.

Wolkenwolf versuchte sich stöhnend vor Schmerzen mit seinem gesunden Arm aufzurichten. Tem Waterbork und die anderen hatten sich endlich zur Kommandobrücke durchgearbeitet.

»Lasst mich!«, schrie Wolkenwolf heftig.

Ein Blitz zuckte grell über den Himmel und beleuchtete das Schiff. Erst jetzt wurde das ganze Ausmaß der Verwüstung sichtbar. Das Himmelsschiff konnte jeden Augenblick vollends auseinander brechen. Wolkenwolf funkelte den Rest seiner Mannschaft an.

»VERLASST DAS SCHIFF!«, brüllte er.

Tem und die anderen starrten ihn ungläubig an. War er jetzt wahnsinnig geworden? So kurz vor dem Ziel das Schiff aufzugeben?

Im selben Moment brach um sie herum ohrenbetäubendes Geschrei aus. Tausende kleiner Vögel quollen aus dem Bauch des Schiffes. Schwarz hoben sich ihre flatternden Dreiecksflügel und peitschenförmigen Schwänze von den hellen Wolken ab. Die Vögel bewegten sich in vollkommenem Gleichklang wie ein einziger Vogel. Wenn einer die Richtung änderte, änderten auch alle anderen die Richtung. Piepsend, schreiend und kreischend schwenkte der Schwarm wie auf das Kommando eines unsichtbaren Choreographen im Zickzack hierhin und dorthin.

»Ratten-
vögel«, mur-
melte Twig
erschrocken.
Er wusste wie
alle Himmelspiraten,
dass Rattenvögel ein
Himmelsschiff erst dann
verließen, wenn der Untergang
nicht mehr abzuwenden war. Er starrte
die anderen Piraten an. »Ihr habt den
Captain gehört«, rief er. »Verlasst das Schiff!«

190

»Und gebt dem Steinpiloten und dem Professor Bescheid«, brüllte Wolkenwolf.

»Aye, aye, Captain«, sagte Tem Waterbork und entfernte sich stolpernd um den Befehl auszuführen.

Zacke war als Erster an der Reihe. Er sprang von der Reling und rief im Fallen noch hinauf: »Gleich sind wir über dem Dämmerwald ... jetzt!«

Die anderen folgten ihm einer nach dem anderen. Obwohl jeder Augenblick, den sie länger auf dem *Sturmpfeil* blieben, eine tödliche Gefahr bedeutete, knieten sie zuerst noch nieder und küssten das Deck. Erst dann kletterten sie widerstrebend auf das Geländer und sprangen in die purpurnen Wolken – Klotzkinn, der Steinpilot, Tem Waterbork und der Professor des Lichts. Die erste Bö löste den Federmechanismus der Klappflügel aus. Die Kammern der Flügel füllten sich mit Luft und die Männer schwebten nach unten und verschwanden in den Wolken.

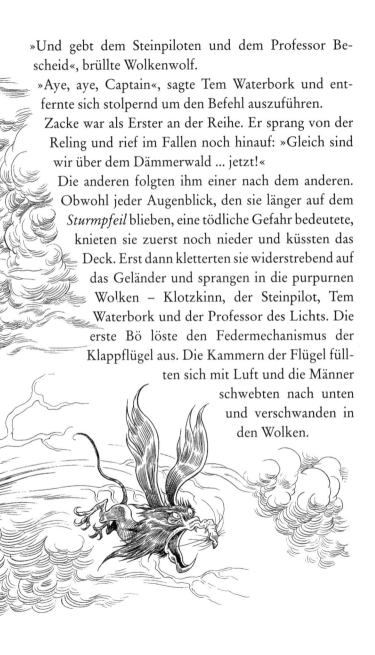

Das Himmelsschiff bockte und sprang. Oben auf der Kommandobrücke arbeitete Wolkenwolf sich qualvoll Schritt für Schritt zum Ruder vor.

»Du auch, Hubble«, befahl er dem standhaft ausharrenden Banderbären. »Verlass deinen Posten. Geh!« Der gewaltige Bär betrachtete ihn kummervoll. Über ihm knatterten und schlugen die Segel. »Los!«, brüllte Wolkenwolf. »Bevor wir abstürzen.«

»Wu, wu«, rief der Bär und trottete gehorsam zur Reling. Erst jetzt sah Wolkenwolf, dass der Bär sich schützend vor ein weiteres Mitglied der Besatzung gestellt hatte, das das Himmelsschiff noch nicht verlassen hatte.

»Twig!«, brüllte er. »Ich habe gesagt, du sollst gehen.«

Das Wolkengebrodel um sie herum wurde immer dichter, der *Sturmpfeil* knarrte und ächzte.

»Ich kann nicht!«, schrie Twig. »Ich verlasse dich nicht. Bitte verzeihe mir, Vater. Es ist alles meine Schuld.«

»Deine Schuld?«, keuchte Wolkenwolf und versuchte das kreisende Steuerrad anzuhalten. »Es ist *meine* Schuld, ich habe dich nicht vor diesem Schurken Slyvo beschützt.«

»Aber ...«

»Genug!«, brüllte Wolkenwolf. »Verlass das Himmelsschiff!«

»Komm mit!«, flehte Twig.

Wolkenwolf schwieg. Er brauchte nichts zu sagen. Twig wusste, dass seinem Vater das eigene Leben weniger bedeutete als sein Schiff.

»Dann bleibe ich bei dir!«, sagte der Junge trotzig.

»Twig!«, schrie Wolkenwolf. »Twig!« Seine Stimme war im Toben des Sturmes kaum zu hören. »Vielleicht verliere ich mein Schiff, vielleicht auch das Leben. Dann ist das eben so. Aber wenn ich dich verliere ... das wäre ...« Er verstummte. »Twig, mein lieber Sohn, du musst das Schiff verlassen, deinetwegen und meinetwegen. Verstehst du das?«

Twig nickte. Tränen stiegen ihm in die Augen.

»Braver Junge.« Wolkenwolf schwankte unsicher. Hastig schnallte er den Gürtel ab, an dem sein Säbel hing, wickelte den Säbel darin ein und hielt ihn dem Jungen hin. »Nimm meinen Säbel.«

Twig streckte den Arm aus. Seine Finger streiften die Hand des Vaters. Er schluckte. »Wir sehen uns doch wieder?«

»Du kannst dich drauf verlassen«, sagte Wolkenwolf. »Sobald ich den *Sturmpfeil* unter Kontrolle habe, komme ich euch alle holen. Jetzt geh.« Er wandte sich abrupt ab und legte die Hände auf die Hebel für die Gewichte und Segel. Traurig wandte sich Twig zum Gehen. An der Reling sah er sich noch einmal nach seinem Vater um. »Glück mit dir!«, rief er durch den heulenden Wind, dann sprang er.

Entsetzt schrie er auf. Er fiel wie ein Stein. Offenbar waren die Klappflügel beschädigt worden, als Slyvo ihn in die Kammer gestoßen hatte. Die Flügel klemmten und wollten nicht aufgehen.

»Vater!«, schrie er gellend. »VATER!«

KAPITEL 12

Im Dämmerwald

Twig kniff die Augen fest zu. Immer schneller fiel er hinunter. Wenn er den Raupenvogel je gebraucht hatte – und der Raupenvogel hatte versprochen auf ihn aufzupassen, weil Twig bei seiner Geburt dabei gewesen war –, dann jetzt. Doch er purzelte weiter durch die Luft und kein Raupenvogel tauchte auf.

Der Wind sauste Twig in den Ohren und verschlug ihm den Atem. Der Junge wollte die Hoffnung schon aufgeben, da hörte er plötzlich ein lautes Klicken. Der Mechanismus der Klappflügel war ausgelöst worden, die Flügel klappten auseinander und die seidenen Taschen blähten sich auf. Twig spürte einen Ruck und wurde wie ein Blatt wieder nach oben gewirbelt.

Er öffnete die Augen und versuchte sich in der Luft aufzurichten. Noch nie zuvor hatte er einen Notabsprung machen müssen. Er streckte die Beine nach hinten und die Arme nach vorn aus, wie er es gelernt hatte, und auf einmal flog er mühelos mit dem Wind dahin. »Ich fliege«, schrie er begeistert. Der Wind blies ihm die Haare aus dem Gesicht.

»Ich flie-hiiiege!«
Um ihn knisterte
und summte es.
Etwas Neues,
Ungeheuerliches
geschah. Die Blitze,
die bisher auf die
Wolkenwand am
Rand des Sturmes
beschränkt gewe-
sen waren, schos-
sen auf einmal in
langen, fasrigen Büscheln ins Zentrum des Sturmes. Sie bogen sich zu Spiralen und verdichteten sich zu einer Kugel
elektrischen Lichts.

Staunend beobachtete Twig die Erscheinung. »Das muss es
sein«, flüsterte er aufgeregt. »Der große Sturm entlädt sich
in einem einzigen, gewaltigen Blitz.« Seine Haare stellten
sich auf, ein Prickeln durchlief ihn. »Das ist also der Höhe-
punkt des Sturms und deshalb sind wir hergekommen …
so entsteht Sturmphrax.«

Die Lichtkugel wuchs unaufhaltsam. Twig kniff die Augen
zusammen. Er konnte sich nicht von dem Anblick losreißen, aber zugleich konnte er nicht in das helle Licht
schauen ohne zu zwinkern. Er blinzelte und dabei bemerkte er in der Mitte der rosa-grünen Lichtkugel einen kleinen,
dunklen Fleck.

»Der *Sturmpfeil*«, rief er erschrocken.

Wieder zwinkerte er. Kein Zweifel, genau in der Mitte
des großen Sturms fuhr das Himmelsschiff. Und auf ihm

stand im Zentrum des Geschehens sein Vater Wolkenwolf, Quintinius Verginix, und lenkte unverdrossen seinen geliebten *Sturmpfeil* durch den Aufruhr. Stolz erfüllte Twigs Brust.

Das Summen wurde lauter und höher, das Licht heller. Die aufgeladene Luft selbst schien ahnungsvoll zu beben. Und jetzt?

Twig spürte, wie er von heftigen Wirbeln erfasst wurde, die das Ende des Sturmes ankündigten. Böen fuhren ihm in den Rücken und warfen ihn hinauf und hinunter. Die Klappflügel knarrten unter dem Druck des Windes. Twig konnte nichts anderes tun als sie festzuhalten und zu beten, dass sie ihm nicht von den Schultern gerissen wurden.

Die Blitze über ihm ließen nach, die Wolken hörten auf zu knistern. Seine Haare legten sich wieder. Die gesamte Energie des Sturmes war jetzt in dem kugelförmigen Blitz eingeschlossen, der pulsierend in der Luft hing.

Twig hielt den Atem an. Langsam glitt er abwärts. Sein Herz raste, seine Handteller waren feucht. »Der Himmel schütze mich«, flüsterte er ängstlich.

Dann ganz plötzlich, ohne jede Vorwarnung, explodierte die Kugel mit einem gewaltigen Schlag und einem grellen Blitz.

Druckwellen schossen über den Himmel. Twig zitterte am ganzen Leib. Er wurde von einem heftigen Stoß nach hinten geschleudert in eine Wolkenbank.

»Aaaaaah!«, schrie er in das Brüllen des Windes hinein. Verzweifelt strampelte er mit den Beinen und versuchte die Arme auszubreiten, doch vergeblich, zu stark war der

Wind. Er blies, als wollte er Twig in Stücke reißen, zumindest schien es dem Jungen so. Es blieb ihm nichts anderes übrig, als sich dem tosenden Sturm zu ergeben.

Twig schlug in der Luft Purzelbäume. Das Innere der seidenen Flügeltaschen wurde nach außen gedrückt. Er drehte sich um die eigene Achse und fiel zugleich durch das dunkelrote Wolkengebrodel.

»NEIIIIIN!«

Immer tiefer stürzte er mit schlenkernden Armen und Beinen hinunter. Er wagte nicht, die Flügel wieder auszubreiten, aus Angst, ein Windstoß könnte sich in ihnen verfan-

gen und sie zerbrechen. Der Wind drückte ihm den Kopf
auf die Brust.

»Aufhören!«, wimmerte Twig. »Ich kann nicht mehr.«

Im selben Moment hörte der Sturm tatsächlich auf. Am unteren Ende der Wolkenbank angekommen, wurde Twig
von den entfesselten Elementen ausgespuckt wie der Kern
eines Saftholzes. Die schreckliche Tortur konnte insgesamt
nicht länger als ein paar Sekunden gedauert haben. Twig
kam es vor, als seien es hundert Jahre gewesen.

»Dem Himmel sei Dank!«, flüsterte er.

Eine gespenstische Stille trat ein, als habe der vorüberziehende Malstrom alle Luft aufgebraucht. Twig drehte sich auf den Bauch. Die Klappflügel füllten sich wieder mit Luft und er setzte den Sinkflug langsam fort. Vor ihm entfernte sich der große Sturm. Majestätisch glitt das Wolkenungetüm über den klaren, blauen Himmel, purpurrot leuchtend wie ein riesiger Lampion.

»Und das Sturmphrax?«, murmelte Twig. »Habe ich den großen Blitz versäumt?«

Enttäuscht blickte er zum Dämmerwald hinunter. Da hörte er plötzlich etwas anderes, ein Geräusch wie zerreißendes Papier oder Händeklatschen. Twig hob den Kopf und starrte geradeaus. Aus der Gewitterwolke schob sich ganz langsam etwas Helles hervor.

»Das ist er!«, rief Twig erregt. »Der Blitz, das Sturmphrax!«

Immer länger wuchs der gezackte Pfeil, doch wie in Zeitlupe, als wollten die Wolken ihn nicht loslassen. Twig begann schon daran zu zweifeln, dass der Blitz sich überhaupt entladen würde, als ein ohrenbetäubender Donnerschlag ertönte. Der Blitz hatte sich losgerissen.

Sengend fuhr er über den Himmel. Es knisterte und sprühte, heulte und pfiff. Ein Geruch wie von gebrannten Mandeln stieg Twig in die Nase. Er schnupperte unwillkürlich.

»Oh ... wie wunderbar«, seufzte er.

Im Zickzack schnitt der Blitz durch die Luft und brach prasselnd und splitternd durch die Baumkronen. Mit einem dumpfen Schlag bohrte er sich in die weiche Erde. Eine Dampfwolke stieg auf. Unverwandt starrte Twig hinunter. Der Blitz stand aufrecht zwischen den Bäumen.

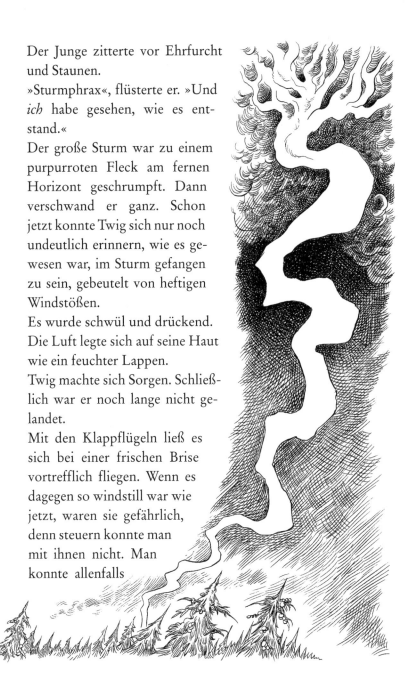

Der Junge zitterte vor Ehrfurcht und Staunen.

»Sturmphrax«, flüsterte er. »Und *ich* habe gesehen, wie es entstand.«

Der große Sturm war zu einem purpurroten Fleck am fernen Horizont geschrumpft. Dann verschwand er ganz. Schon jetzt konnte Twig sich nur noch undeutlich erinnern, wie es gewesen war, im Sturm gefangen zu sein, gebeutelt von heftigen Windstößen.

Es wurde schwül und drückend. Die Luft legte sich auf seine Haut wie ein feuchter Lappen.

Twig machte sich Sorgen. Schließlich war er noch lange nicht gelandet.

Mit den Klappflügeln ließ es sich bei einer frischen Brise vortrefflich fliegen. Wenn es dagegen so windstill war wie jetzt, waren sie gefährlich, denn steuern konnte man mit ihnen nicht. Man konnte allenfalls mit viel Geschick bewirken, dass die Seidenkammern mit Luft gefüllt blieben. Eine ungeschickte Bewegung und die Flügel fielen in sich zusammen und man stürzte ab wie ein Stein.

»Man muss damit fliegen wie mit einem Himmelsschiff«, hatte sein Vater einmal gesagt. »Möglichst waagrecht und ruhig.«

»Vater!«, stöhnte Twig schuldbewusst. Er hatte ihn ganz vergessen. Der *Sturmpfeil* hatte den gewaltigen Blitzschlag sicher nicht überstanden. »Und doch, vielleicht ...«, murmelte der Junge hoffnungsvoll, auch wenn es unwahrscheinlich schien. »Schließlich habe ich noch kein Wrack gesehen und es sind keine Trümmer heruntergefallen ...«

Twig trieb immer tiefer und immer näher kam das Sturmphrax. Unfähig zu lenken, hatte er gehofft mit etwas Glück doch noch in der Nähe des kostbaren Stoffes zu landen, doch sah er sich enttäuscht. Mit großem Abstand schwebte er darüber hinweg. Der erstarrte Strahl zog unter seinen Füßen vorbei und verschwand hinter ihm. Twig seufzte.

Er wagte es nicht, sich im Sturzflug fallen zu lassen oder sich auch nur nach dem Sturmphrax umzudrehen. So konnte er nur abwarten, die Flügel festhalten und sich möglichst wenig bewegen. Das in goldenes Dämmerlicht getränkte Meer von Baumwipfeln kam nun rasch näher. Bald musste er landen. Er tastete nach den Talismanen und Amuletten um seinen Hals.

»Jetzt bin ich im Dämmerwald«, flüsterte er. Was ihn dort erwartete, wagte er sich nicht vorzustellen.

Je tiefer er sank, desto drückender wurde die Luft. Es wurde noch wärmer und schwüler – er bekam geradezu

Atemnot. Seine Haut war über und über mit glitzernden Wasserperlen besetzt. Immer schneller sackte er nach unten. Die Klappflügel begannen Unheil verkündend zu flattern. Dann merkte Twig plötzlich entsetzt, dass er gar nicht mehr schwebte ... Er stürzte ab.

»Nein«, schrie er. Das durfte nicht sein, nicht jetzt, nicht nach allem, was er durchgemacht hatte. »NEIN!«

Doch seine Stimme verhallte ungehört. Trudelnd fiel er durch das goldene Licht. Krachend schlug er durch die Baumkronen, stieß gegen Äste und ...

Unsanft landete er auf dem Boden und schürfte sich die Schläfe an einer Baumwurzel auf. Das Dämmerlicht erlosch und um Twig wurde es Nacht.

Er hätte nicht sagen können, wie lange er bewusstlos dagelegen hatte. Zeit bedeutete im Dämmerwald nichts.

»Vorwärts«, hörte er eine Stimme sagen. »Gleich sind wir da.«

Er schlug die Augen auf. Über sich sah er die knorrigen Äste eines hohen, uralten Baumes. Er hob den Kopf. Das Bild vor ihm verschwamm. Er rieb sich die Augen, doch umsonst. Die dicke, sirupartige Luft verzerrte alles.

Wacklig stand er auf und bekam einen neuen Schreck. Wenige Schritte vor ihm saß auf einem Hungerlunger, der in einem ledernen Geschirr einen Meter über dem Waldboden schwebte, ein Ritter.

Twig ließ den Blick über die rostige Rittergestalt, die verhedderten Riemen bis zum verwitterten Rumpf eines Schiffes wandern, das aufgespießt auf einem gezackten Baumwipfel saß. An der Seite des Schiffes ragte ein kaputter Flaschenzug hervor, wie eine wütend geballte eiserne Faust. Der Ritter schwankte in der schwülen Luft.

»W ... wer sind Sie denn?«, stotterte Twig.

Wieder erklang die Stimme hinter dem Visier des Ritters.

»Vorwärts, Vinchix«, sagte sie. »Gleich sind wir da. Vorwärts.«

Weiß stachen die Knochen des Hungerlungers durch die papierne, mumifizierte Haut, leere Augenhöhlen starrten Twig unter dem eisernen Stirnband entgegen, auf dem in verwitterten goldenen Buchstaben das Wort *Vinchix* zu erkennen war. Der Hungerlunger wieherte jämmerlich.

Twig schluckte schwer. »Hören Sie mich?«, fragte er den Ritter. Seine Stimme klang piepsig und unsicher.

»Vorwärts, Vinchix«, wiederholte die Stimme.

Twig streckte die Hand aus und berührte das Visier. Rotbrauner Rost löste sich in großen Flocken. Der Junge hielt den Atem an und schob ganz vorsichtig das Visier nach oben.

Entsetzt schrie er auf und sprang zurück, dann rannte er von Panik getrieben in die goldenen Tiefen des schwülen Dämmerwalds hinein. Doch er mochte noch so schnell und lange rennen, der Anblick des verwesenden, aber noch lebenden Ritters hatte sich unauslöschlich in sein Gehirn gebrannt – die straff über den grinsenden Schädel gespannte pergamentene Haut, die stumpfen starrenden Augen und, am schlimmsten, die sich bewegenden dünnen, blutleeren Lippen. »Gleich sind wir da, vorwärts.«

Twig lief immer weiter durch den Wald. Er suchte nach dem Sturmphrax und hoffte inständig, dass die anderen Besatzungsmitglieder dasselbe taten.

Das Zwielicht des Dämmerwalds brachte ihn ganz durcheinander. Einmal erglühte es in tiefem Goldgelb, dann wieder schimmerte es in Schwarz und Weiß. Tiefe, kohl-

schwarze Schatten wechselten mit kreideweißen Lichttümpeln und es war dieses Helldunkel aus Schatten und Licht, das die Sinne verwirrte.

Uralte Bäume mit knorrigen Stämmen und bizarr verdrehten Ästen schienen sich in der flüssigen Luft zu krümmen und die Gestalt von Kobolden, Ungeheuern und schrecklichen Riesen anzunehmen.

»Das sind doch nur Bäume«, ermahnte sich Twig. »Nur Bäume, nichts anderes.« Die Worte klangen angenehm und seltsam beruhigend, deshalb redete er weiter. »Nur Bäumelein klein und fein, nur Bäumelein ...«

»Twig!«, rief er und schüttelte heftig den Kopf. Er musste auf den Weg achten und durfte nicht träumen.

Den Blick auf den Boden gerichtet, ging er über weiche Blätterpolster. Der Boden war mit winzigen, funkelnden Kristallen bedeckt, die wie Salzkörner aussahen oder wie ein Sternenhimmel. Twig lächelte versonnen. »Wie sie glänzen«, flüsterte er. »Wie sie glitzern, glimmen, gleißen ...«

»TWIG!«, schimpfte er sich wieder. »Lass das!« Und er schlug sich ein-, zwei-, drei-, vier-, fünfmal auf beide Wangen. Er schlug zu, bis seine Backen feuerrot glühten und wehtaten. »Konzentriere dich auf deine Aufgabe«, sagte er energisch. »Lass dich nicht ablenken.«

Das war allerdings leichter gesagt als getan, denn der Dämmerwald war ein bezaubernder, verführerischer Ort, erfüllt von lockendem Raunen und Wispern. Immer tiefer drang Twig in den Wald ein und er musste dabei zu seinem Entsetzen feststellen, dass er bei jeder Gelegenheit ins Träumen kam ... an andere Dinge dachte ... sich zu exotischen Phantasien verstieg ...

»Du bist Twig«, rief er sich energisch ins Gedächnis, »der Sohn des Himmelspiratenkapitäns Wolkenwolf. Der große Sturm hat dich in den Dämmerwald verschlagen. Du suchst nach Sturmphrax, nach der Besatzung des *Sturmpfeils* und nach einer Möglichkeit wieder nach Hause zurückzukehren.«

Solange er das im Gedächtnis behielt, konnte ihm nichts passieren. Allerdings fiel es ihm mit jedem Schritt schwerer. Immer unerbittlicher wurde er vom Wald umschlossen, der seine Sinne vereinnahmte, seine Augen mit verschwimmenden Formen füllte, seine Ohren mit Raunen und Wispern, seine Nase und seinen Mund mit faulig-süßen Düften.

Ihm war, als hätte er aus den Augenwinkeln etwas gesehen. Er blickte ängstlich über die Schulter und runzelte die Stirn. Da war nichts.

»Aber ich hätte schwören können ...«, flüsterte er.

Immer wieder hatte er dasselbe Gefühl. Da musste etwas sein, davon war er überzeugt. Doch egal wie schnell er sich umdrehte, nie bekam er es zu Gesicht.

»Das gefällt mir nicht«, murmelte er mit einem Schauer. »Überhaupt nicht.«

Hinter sich hörte er ein vertrautes Klacken. Bevor er sich versah, saß er wieder in der Trollhütte seiner Kindheit. Spelda Schnapphold, die Trollfrau, die ihn wie einen Sohn aufgezogen hatte, eilte geschäftig hin und her und ihre Rindensandalen klackten über die Dielen. Mit dem Geräusch kamen andere lebendige Erinnerungen in ihm hoch. Er sah wieder das Luftholz im Ofen brennen und roch das Wabbelkraut in Speldas Atem. »Du bist mein Mütterlein«, flüsterte er. »Und du bist Twig, mein Allerbester«, erwiderte Spelda flüsternd.

Beim Klang seines Namens zuckte Twig zusammen. Er starrte geradeaus und für einen Moment konnte er in dem flirrenden Zwielicht überhaupt nichts mehr unterscheiden. Waren da Augen, die ihn anstarrten, sobald er den Kopf abwandte? Waren das Klauen und Zähne, die knapp  außerhalb seines Gesichtsfeldes aufblitzten?

»Du bist Twig, der Sohn Wolkenwolfs«, sagte er wieder. »Du befindest dich im Dämmerwald. Du suchst nach deinen Kameraden und nach einer Möglichkeit, wie du hier wieder rauskommst.« Er seufzte. »Aus diesem Alptraum.«

Ein leises Quietschen erfüllte seinen Kopf. Eisen auf Eisen ohne Öl dazwischen. Twig lächelte. Es war Abendessenszeit an Bord des *Sturmpfeils* und die Himmelspiraten saßen um einen langen Tisch und fielen hungrig über eine Mahlzeit aus gebratenen Schneevögeln und Erdapfelbrei her. Die Stille wurde nur durch das regelmäßige Quietschen unterbrochen, das Klotzkinns eiserner Kiefer beim Kauen verursachte. »Klingt, als hätten wir eine Waldratte unter uns«, sagte Tem Waterbork lachend. »Was, Twig? Klingt, als hätten wir ...«

Twig schnitt eine Grimasse. Schon wieder hatten seine Gedanken sich verselbstständigt. Wie lange dauerte es noch, bis der Wald ihm endgültig den Verstand raubte? »Du bist Twig«, sagte er unsicher. »Du bist im Dämmerwald. Du suchst nach ... nach ...«

Im selben Augenblick hörte er von rechts unmissverständlich das Wiehern eines Hungerlungers. Twig stöhnte. Offenbar war er im Kreis gegangen. Er hatte sich ganz umsonst auf den Weg konzentriert, nur um an derselben Stelle wieder herauszukommen.

Er suchte die Baumwipfel nach dem Schiffswrack ab, fand es aber nicht. Verwirrt und beklommen kaute er auf einem Zipfel seines Halstuchs. Vielleicht habe ich mir das nur eingebildet, dachte er. Vielleicht ...

Panik stieg in ihm auf.

»G ... ganz ruhig«, sagte er. »Konzentriere dich auf das, was vor dir liegt. Sieh dich nicht um, dann passiert dir nichts.«

»Vorwärts, Bolnix, dir passiert nichts«, schnarrte eine Fistelstimme.

Twig hob den Blick und – sein Herzschlag stockte.

KAPITEL 13

Der Sepia-Ritter

Twig stand einem zweiten Ritter gegenüber. Der Ritter steckte von Kopf bis Fuß in einer verrosteten Rüstung und saß auf einem Hungerlunger. Immer wenn er sich im Sattel bewegte, klapperten und klirrten die schweren Metallteile. Auf seiner Brust klickten Messgeräte und aus den Röhren pfiff es leise.

»Vorwärts, Bolnix«, zischelte der Ritter heiser.

Hinter dem Visier funkelten zwei Augen. Fröstelnd wandte Twig den Blick ab. Der Hungerlunger, vom Alter sichtlich gezeichnet, trat erregt von einem Bein aufs andere.

»Vorwärts«, sagte der Ritter wieder. »Nicht zu dicht ran.« Keuchend vor Anstrengung streifte er einen seiner gepanzerten Handschuhe ab. Twig blickte auf die Hand, die darunter zum Vorschein kam. Sie war so krumm wie die Äste von verwitterten, alten Bäumen. Klirrend hob der Ritter den Arm und begann an seinem Visier herumzufummeln.

»Ganz ruhig«, sagte er.

Das rostige Visier quietschte und klappte langsam nach oben. Twig stand da wie versteinert und starrte gebannt auf

211

zwei verblüffend blaue Augen, die wie Edelsteine tief in das alte, verrunzelte Gesicht eingesunken waren.

»Bist du's, Garlinius? Ich habe dich so lange gesucht.«

Die Stimme wirkte so alt wie das Gesicht und unendlich traurig.

»Nein«, erwiderte Twig und trat näher. »Bitte, Herr Ritter, ich habe Schiffbruch erlitten. Der *Sturmpfeil*, mit dem wir den Sturm gejagt haben ...«

Der Ritter fuhr zurück und die an seinem Brustpanzer angebrachten Röhren und Instrumente klapperten Besorgnis erregend. Der Hungerlunger schnaubte unruhig.

»Du sprichst mir von Sturmjagd, Garlinius?«, sagte der Ritter betrübt. »Du, der du mir die *Sturmkönigin* geraubt hast und nie zurückgekehrt bist? Ach Garlinius, wenn du wüsstest, wie lange ich nach dir gesucht habe.«

»Bitte.« Twig trat noch einen Schritt näher. »Ich bin nicht Garlinius. Ich heiße Twig und ich ...«

»Garlinius!«, schrie der Ritter und alle Melancholie schien schlagartig von ihm abgefallen. Er zog den Handschuh

wieder an, sprang vom Hungerlunger und packte Twig an
der Schulter. »Wie es mich freut, dich zu sehen! Wir sind
im Unfrieden geschieden. Das sollten Ritter nie. Was habe
ich seitdem durchlitten, Garlinius. Immer im Wald unterwegs, immer auf der Suche.«

Der Ritter starrte Twig ins Gesicht und seine blauen Augen
flackerten. Der eiserne Handschuh grub sich in Twigs
Schulter.

Twig ging in die Knie und versuchte sich loszumachen.
»Ich bin nicht Garlinius«, beteuerte er. »Ich heiße Twig. Ich
suche meine Kameraden und …«

»Immer auf der Suche«, heulte der Ritter. »Ich doch auch,
ich doch auch. Aber das spielt jetzt keine Rolle mehr, denn
wir sind wieder vereint, Garlinius, du und ich.« Er packte
Twigs Schulter noch fester. »Ich und du.«

»Sehen Sie mich doch an!«, rief Twig verzweifelt. »Hören
Sie zu, was ich Ihnen sage. Ich bin *nicht*
Garlinius.«

»Wenn du wüsstest, wie lange ich
herumgeirrt bin«, seufzte der
Ritter. »Immerzu, die ganze Zeit
gesucht.«

»Lassen Sie mich in Ruhe!«,
schrie Twig. »Lassen Sie mich los!«
Doch der Ritter wollte ihn nicht
loslassen. Und so sehr Twig sich
auch wand und krümmte, er
konnte sich aus dem eisernen
Griff des schweren Hand-
schuhs nicht befreien.

213

Stattdessen zog der Ritter Twig immer näher an sich heran, bis der Junge den warmen, stinkenden Atem des Greises im Gesicht spürte. Der Ritter hob die andere Hand. Vor Ekel zitternd spürte Twig, wie die knochigen Finger seinen Kopf abtasteten.

»Garlinius«, flüsterte der Ritter. »Die Adlernase, die hohe Stirn. Wie gut, dass wir wieder vereint sind.«

Von nahem sah Twig, dass die Rüstung des Ritters mit einer dünnen Schicht eines sepiabraunen Staubs bedeckt war. Der Staub glitt über die eisernen Beschläge, als sei er flüssig. Manchmal sah Twig sein Spiegelbild auf dem Metall, dann war sein Gesicht wieder verschwunden.

»Wenn du wüsstest, wie einsam ich war, Garlinius«, jammerte der Ritter.

In Twig wuchs die Panik. »Ich muss ihn loswerden«, murmelte er mit zusammengebissenen Zähnen. »Ich muss mich vor ihm in Sicherheit bringen.«

Er hob den Arm, ergriff die behandschuhte Hand, die immer noch seine Schulter festhielt, und drückte sie mit aller Kraft weg.

»Garlinius!«, schluchzte der Ritter.

Twig hob das Knie und stieß mit einem dumpfen Schlag gegen den Brustpanzer des Ritters. Der Ritter fiel nach hinten und schlug mit blechernem Getöse auf den mit Kristallen bedeckten Boden. Eine bräunliche Staubwolke wirbelte auf. Twig ging heftig hustend in die Knie.

»Garlinius!«

Der Ritter war wieder aufgestanden. In der Hand hielt er einen langen rostigen Säbel mit gezahnter Klinge, der trotz seines Alters höchst gefährlich aussah.

»Garlinius«, rief er noch einmal und es klang auf einmal kalt und drohend. Er starrte Twig mit seinen blauen Augen unverwandt an und Twig war wie versteinert und hypnotisiert von seinem durchdringenden Blick. Der Ritter hob den Säbel.

Twig hielt erschrocken die Luft an.

Auf dem zerknitterten Gesicht des Ritters erschienen tiefe Falten. »Garlinius?«, rief er verwirrt. »Wo bist du?«

Seine Augen blickten direkt in Twigs Augen.

»Komm zurück, Garlinius«, flehte er. »Lass uns wieder Freunde sein. Bitte ...«

Twig hatte plötzlich Mitleid. Der Ritter war stockblind. Der Dämmerwald hatte seine Sinne ausgelöscht und auch seinen Verstand – nur das Leben hatte er behalten. Nie würde er zur Ruhe kommen, nie Frieden finden, er war dazu verdammt, in alle Ewigkeit weiterzusuchen. Dagegen war der Dunkelwald weit weniger grausam, dachte Twig. Ich muss hier raus! Ich lasse nicht zu, dass der tückische Dämmerwald mir den Verstand und das Augenlicht raubt ... Ich fliehe!

Der Ritter wandte sich traurig ab, da ihm niemand antwortete. »Fast«, flüsterte er. »Immer fast dran und trotzdem ...«

Er pfiff leise durch die verfaulten Zähne und der Hungerlunger trottete gehorsam an seine Seite. Mit rasselndem Atem stieg der Ritter in den Sattel.

»Ich finde dich, Garlinius«, kreischte er mit seiner schrillen Fistelstimme. »Die Suche geht weiter bis in alle Ewigkeit. Wohin Vinchix dich auch trägt, Bolnix und ich werden dir folgen.«

Twig hielt den Atem an und verharrte regungslos. Der Ritter schüttelte die Faust, dann zog er an den Zügeln und verschwand in den Tiefen des Dämmerwalds. Golden schimmerte das Licht auf seinem gepanzerten Rücken, dann verschmolz er mit dem Gewirr aus Licht und Schatten. Das Quietschen wurde leiser, der Hufschlag erstarb.

Endlich konnte Twig erleichtert ausatmen. Keuchend schnappte er nach Luft. Dabei spürte er, wie ihn etwas schmerzhaft in die Schulter kniff. Dort hing immer noch der Handschuh des Sepia-Ritters.

KAPITEL 14

Lautes Geraune und
leises Geflüster

I. IM MODERSUMPF

Ratz Zehenschneider strich sich über den Bauch. Die Schlickfische hatten so scheußlich geschmeckt wie immer – ranzig, bitter und mit vielen Gräten –, aber wenigstens war sein schlimmster Hunger gestillt. Er beugte sich vor und ließ die Gräten ins Feuer fallen. Knisternd und knackend verbrannten sie. Die Köpfe und Schwänze warf er den gefräßigen weißen Raben vor, die begierig um das Schiffswrack hüpften, seit die ersten, nach Fisch stinkenden Rauchfäden aufgestiegen waren.

»Da habt ihr was, meine Süßen«, krächzte Ratz.

Die Vögel zankten sich laut kreischend um die Reste und hackten blutrünstig aufeinander ein, bis alle sich ein Stück gesichert hatten und schwerfällig aufflogen, um es an einem anderen Ort in Sicherheit zu verzehren.

»Schlickfische«, schnaubte Ratz höhnisch und spuckte ins Feuer.

Die ausgebleichte Sumpfwüste war zwar schon seit Jahren

sein Zuhause, doch hatte er sich nie an den Geschmack der Nahrung gewöhnen können, die der Sumpf zu bieten hatte. Gelegentlich tat er sich an dem Proviant gütlich, den die glücklosen Kobolde, Trolle und anderen Wesen, die er in den Tod führte, mitbrachten. Doch schmeckte ihr altbackenes Brot und ausgetrocknetes Fleisch kaum besser. Nein, wovon Ratz Zehenschneider träumte, war das Essen, das er einst täglich genossen hatte: Hammelhornsteaks, Tilderwürstchen, gebratene Schneevögel ... Das Wasser lief ihm im Mund zusammen und sein Magen knurrte.

»Eines Tages vielleicht«, seufzte er. »Eines Tages.«

Er nahm einen langen Stock vom Boden auf und stocherte gedankenverloren in der Glut. Es war ein ruhiger Morgen, kaum Wind und keine Wolken – anders als am Tag zuvor, als brodelnd und donnernd ein schweres Unwetter am Himmel vorübergezogen war, vielleicht ein großer Sturm.

Ihm fiel ein, dass er ein Himmelsschiff pfeilgerade darauf hatte zufliegen sehen.

»Sturmjagd«, brummte er höhnisch. »Wenn die wüssten!« Er lachte meckernd. »Na ja, jetzt wissen sie es bestimmt. Arme Narren!« Er lachte noch lauter.

Die Sonne stieg höher. Sengend brannte sie herunter und von dem stinkenden Sumpf stiegen Dunstschwaden auf.

»Na denn«, sagte Ratz und wischte sich den Mund am Ärmel ab. »Kann ja nicht den ganzen Tag hier rumsitzen.« Schwerfällig stand er auf, schob mit den Füßen Schlamm über Glut und Asche und beschattete mit der Hand die Augen. Aufmerksam starrte er über die dunstigen Sümpfe zum Dämmerwald. Ein Lächeln breitete sich auf seinem Gesicht aus.

Wer kam da als Nächster und suchte verzweifelt nach einem Führer durch die Sümpfe? Er kicherte hämisch. »Fette Beute«, flüsterte er, »ich komme!«

II. IM PALAST DES ALLERHÖCHSTEN AKADEMIKERS

Kreischend vor Schmerzen fuhr Vilnix Pompolnius hoch. »Idiot!«, schrie er.

»Ich bitte tausend-, nein eine Million Mal um Entschuldigung«, rief Minulis ängstlich. »Ich bin ausgerutscht.«

Vilnix beäugte den verletzten Finger und leckte einen Blutstropfen ab. »Ist nicht so schlimm«, sagte er dann lächelnd. »Ein wenig Schmerzen haben noch niemandem geschadet.«

»Aber nein, Durchlaucht«, beeilte sich Minulis zu sagen. Vilnix ließ sich auf das Sofa zurücksinken und schloss die Augen. »Du kannst weitermachen.«

»Jawohl, Durchlaucht, danke, Durchlaucht, sofort …«, plapperte Minulis drauflos. »Und seid versichert, es wird nicht wieder passieren, Durchlaucht.«

»Das will ich dir auch raten«, knurrte Vilnix. »Viele würden sich die Finger danach ablecken, Kammerdiener Seiner Akademischen Durchlaucht von Sanktaphrax zu werden – sollte die Stelle plötzlich frei sein. Habe ich mich klar ausgedrückt?«

»*Kristall*klar, wenn ich mir die Bemerkung gestatten darf«, sagte Minulis geflissentlich.

Mit äußerster Behutsamkeit hob er die knochige Hand wieder etwas hoch und fuhr mit der Maniküre fort. Der Allerhöchste Akademiker pflegte sich die Nägel nadelspitz zufeilen zu lassen, damit er sich besser am Rücken kratzen konnte.

»Minulis«, sagte Vilnix Pompolnius nach einer Weile, die Augen immer noch geschlossen. »Träumst du?«

»Nur wenn ich schlafe, Durchlaucht«, erwiderte der Kammerdiener.

»Eine gute Antwort, die zugleich den Unterschied zwischen dir und mir verdeutlicht.«

Minulis fuhr schweigend fort zu feilen. Seine Akademische Durchlaucht mochte es nicht, wenn sie in ihren Gedanken gestört wurde.

»*Ich* träume nämlich nur, wenn ich wach bin.« Vilnix öffnete die Augen. »Das alles hier habe ich geträumt.« Er machte mit der freien Hand eine Bewegung, die in weitem Bogen das geräumige Allerheiligste einschloss. »Und siehe da, schon sind meine Träume wahr geworden.«

Minulis nickte. »Der Rat von Sanktaphrax kann sich in der Tat glücklich schätzen, von einem so weisen und tugendhaften Gelehrten wie Eure Durchlaucht geleitet zu werden.«

»Gewiss«, tat Vilnix die Bemerkung ab. »Doch seit ich auf dem Gipfel des Erfolges angelangt bin, träume ich nicht mehr.«

Minulis schnalzte mitfühlend mit der Zunge.

Vilnix setzte sich abrupt auf und beugte sich verschwörerisch vor. »Und jetzt verrate ich dir ein kleines Geheimnis«, flüsterte er. »Nach dem Abendessen mit dem Ligameister und der kleinen Unterhaltung mit diesem Nachtschwärmer habe ich zum ersten Mal wieder geträumt.« Versonnen fügte er hinzu: »Wunderbare Träume, lebendiger als alles, was ich je geträumt habe.«

III. IN DEN GASSEN VON UNTERSTADT

Taub, mittellos und ohne Dach über dem Kopf war Forficul so tief gesunken, wie man nur sinken konnte. Niemand wollte etwas mit ihm zu tun haben, am allerwenigsten Mutter Pferdefeder, die sich keinen Pfifferling mehr um ihn scherte. Den Kopf in blutige Binden gewickelt, saß er im Schneidersitz auf einer zerschlissenen Decke, während die braven Bürger von Unterstadt an ihm vorbeieilten ohne ihn eines Blickes zu würdigen.

»Haben Sie einen Groschen für mich?«, rief er immer wieder und klapperte mit dem Blechnapf. »Helfen Sie einer armen Seele, die weniger Glück hatte als Sie.«

Doch seine Worte fielen auf Ohren, die genauso taub waren wie seine eigenen. Acht Stunden saß er schon bettelnd da und in dem Blechnapf lag immer noch lediglich der Messingknopf, den er selbst am Morgen hineingeworfen hatte. Es wurde Abend und Forficul wollte gerade gehen, als endlich jemand stehen blieb.

»Haben Sie einen Groschen für mich?«, fragte er.

»Einen Groschen?«, wiederholte der Neuankömmling. »Komm mit mir und ich mache dich so reich, dass dir Hören und Sehen vergeht.«

Forficul sagte nichts, er hatte ja kein Wort gehört. Knitz, der sein Angebot nicht noch lauter wiederholen wollte, ging in die Hocke und rieb Daumen und Mittelfinger aneinander. Forficul konnte vom Mund des Kobolds ablesen.

»Geld«, sagte Knitz stumm mit den Lippen. »Reichtum. Komm mit.«

Wenn Forficul die Gedanken oder auch nur die Stimme des Kobolds hätte hören können – er hätte in ihm sofort den skrupellosen Geschäftemacher erkannt, der am Tod des unglücklichen Flechser schuld war. Doch da Forficul nichts mehr hörte, musste er den lächelnd vorgetragenen Worten des Kobolds wie ein kleines Kind Glauben schenken. Er stand also auf, klemmte sich sein armseliges Bündel unter den Arm und ließ sich willig wegführen.

Doch Forficul war nicht nur taub, er war – trotz seiner gesunden Augen – auch blind, vielleicht aus Verzweiflung. Oder er wollte sich gar nicht an das erinnern, was er bereits gesehen hatte. Jedenfalls erinnerte er sich nicht an die Szene in der Hütte mit Mörser, Stößel und Kristall.

»Sturmphrax«, gab Knitz ihm stumm zu verstehen. Lächelnd reichte er dem Nachtschwärmer den Stößel.

Forficul nickte.

»Warte noch einen Augenblick.« Knitz holte ein Fläschchen mit einer dunkelgelben Flüssigkeit vom Regal. »Feuchtsamenöl«, erklärte er und zog den Stöpsel heraus. »Davon gießen wir jetzt ein wenig in die Schale mit dem

Kristall und dann …« Er brach ab. »Was tust du da? NEIN!« Schreiend stürzte er sich auf den Nachtschwärmer.

Doch zu spät. Forficul hatte, den Blick starr auf die glitzernden Kristallscherben gerichtet, Knitz' Erklärungen gar nicht beachtet, sondern den Stößel fest mit beiden Händen gepackt. »Jetzt«, flüsterte er und schlug zu.

Das Sturmphrax explodierte mit einer solchen Gewalt, dass die Explosion gleich die ganze Hütte wegfegte. Das Dach flog in die Luft, die Wände flogen auseinander und der Boden verwandelte sich in einen tiefen Krater. Am Grund des Kraters waren, als der Staub sich legte, zwei Leichen zu sehen, die sich einander in tödlicher Umarmung umklammert hielten.

IV. VOR DER SCHENKE
ZUR BLUTEICHE

Beim Himmel«, rief der Professor der Dunkelheit, »was war das?«

Mutter Pferdefeder schüttelte den Kopf. »Ihr Akademiker«, schalt sie. »Immer den Kopf in den Wolken bei euren Luftschlössern. Wissen Sie wirklich nicht, was das war?«

Die beiden unternahmen einen frühabendlichen Spaziergang. Sie hatten dringende Dinge zu besprechen und da sie, wie sich herausgestellt hatte, in der Schenke leicht belauscht werden konnten, unterhielten sie sich lieber im Freien.

»Sagen Sie es mir doch«, bat der Professor. »Was war das für ein Lärm? Es klang wie eine Explosion.«

»Vollkommen richtig«, erwiderte Mutter Pferdefeder und ihre Federkrause sträubte sich. »Jedes Mal, wenn so ein armer Narr versucht aus Sturmphrax Phraxstaub herzustellen, gibt es eine Explosion.«

Der Professor der Dunkelheit starrte sie überrascht an. »Aber woher bekommen diese Leute überhaupt Sturmphrax?«

Die Vogelfrau klackte ungeduldig mit dem Schnabel. »Der Schwarzmarkt ist voll davon. Angeblich sorgt der Allerhöchste Akademiker höchstpersönlich für Nachschub in der Hoffnung, dass doch noch jemand das Geheimnis lüftet, wie man Phraxstaub herstellen kann, ohne in die Luft zu gehen. Obwohl ...«

»Aber ... aber das ist ja unerhört!«, stammelte der Professor. »Ich wusste ja gar nicht ... Kein Wunder, dass die

Schatzkammer leer ist.« Er schüttelte den Kopf. »Ich verfluche den Tag, an dem ich dem Verräter Vilnix Pompolnius zum ersten Mal begegnet bin.«

»Das ist Schnee von gestern«, sagte Mutter Pferdefeder kurz. »Beschäftigen wir uns lieber mit morgen.«

»Sie haben Recht«, sagte der Professor. »Aber was können wir denn tun? Ich habe Ihnen ja schon gesagt, sowohl Vilnix wie der Ligameister wissen inzwischen, dass Wolkenwolf sich auf die Suche nach Sturmphrax begeben hat. Beide warten auf seine Rückkehr. Beide haben Mittel, seine Fracht sofort zu beschlagnahmen – wenn der eine scheitert, hat sicher der andere Erfolg.«

»Von wegen!« Mutter Pferdefeders Augen glitzerten. »Beide werden scheitern, merken Sie sich das. Wolkenwolf ist ein alter Himmelsfuchs. Er wird, während seine beiden Gegner sich streiten, zwischen ihnen hindurchschlüpfen und das Sturmphrax zu mir bringen, wie ich es mit ihm vereinbart habe.« Sie kniff misstrauisch die Augen zusammen. »Aber woher wissen *Sie* das eigentlich alles? Vertraut Seine Akademische Durchlaucht Ihnen seine Gedanken an?«

»Nein, ich ...«, setzte der Professor an. »Wie ich sehe, wissen Sie so wenig von Sanktaphrax wie ich von Unterstadt. Intrigen, Gerüchte, Klatsch – davon ist der Schwarzmarkt unserer schönen fliegenden Stadt leider überschwemmt!« Er lächelte.

»Hat vielleicht Forficul ...«

»Forficul hat Vilnix alles gesagt.«

Mutter Pferdefeder räusperte sich geräuschvoll und spuckte aus. »Kein Wunder, dass der kleine Gauner sich nicht mehr getraut hat bei mir aufzutauchen.«

»Er wurde gefoltert, bis er ausgesagt hat«, erklärte der Professor. »Ihm blieb nichts anderes übrig. Aber nein, ich weiß nicht über Forficul von den Plänen Seiner Durchlaucht.«

»Von wem dann?«

»Von jemandem, der sich der Macht mehr verpflichtet fühlt als ihren jeweiligen Trägern. Er heißt Minulis und ist Vilnix Pompolnius' Kammerdiener. Minulis spürt, dass Veränderungen in der Luft liegen.«

Mutter Pferdefeder gackerte vergnügt. »Dann lass uns dafür sorgen, dass er damit Recht behält!«

KAPITEL 15

Tot oder lebendig

Twig blieb abrupt stehen und starrte zum goldenen Himmel hinauf. Hatte sich dort nicht etwas bewegt, war nicht etwas über seinen Kopf geflogen? Oder war es wieder nur Einbildung gewesen, hatte er sich von dem wässrigen Licht wieder täuschen lassen?

»Vater«, schrie er. »Bist du das?«

»Das ... das ... das ...«, schallte das Echo durch den Wald.

Twig begann jämmerlich zu zittern. Da war niemand ... da war *nie* jemand. Die höhnischen Fratzen, die er aus den Augenwinkeln sah, verschwanden, sobald er sich nach ihnen umdrehte. Zurück blieb nichts außer geisterhaften Nebelschwaden. Er war allein. Mutterseelenallein.

Doch wenn er seinen einsamen Marsch dann fortsetzte, verfolgte ihn beharrlich das Gefühl beobachtet zu werden und er kam nicht zur Ruhe.

»Hierher«, flüsterte es. »Zu mir! Zu mir!« Oder war es nur das Wispern der lauen Brise, die zähflüssig um die alten Bäume strich?

Twig schwindelte, er hatte die Orientierung verloren und

228

er traute seinen Augen und Ohren nicht mehr. Die Bäume schwankten, die Äste streckten sich ihm entgegen und zerrten mit langen, hölzernen Fingern an seinen Kleidern und Haaren.

»Lasst mich los!«, heulte Twig.

»Los ... los ...«, antwortete der Wald.

»Ich bleibe hier nicht ewig!«, schrie er.

»Ewig ... ewig ...«

Twig schlüpfte mit der Hand in den Handschuh des Ritters und zog den Säbel seines Vaters aus der Scheide. Der Griff in der Hand half ihm sich zu erinnern, wer er war: Twig, der Sohn Wolkenwolfs. Allein das im Kopf zu behalten kostete im Dämmerwald schon ungeheure Anstrengung. Mit dem Säbel stiegen allerdings auch Schuldgefühle und peinliche Erinnerungen in ihm auf.

Wolkenwolf hatte Slyvo vorgeworfen, er habe Twig entführt und gegen dessen Willen an Bord des *Sturmpfeils* geschleppt. Twig dagegen wusste, dass das nicht stimmte. Er war freiwillig mitgekommen. Mehr noch, er hatte dem aufrührerischen Maat verraten, dass Wolkenwolf sein Vater war, und Wolkenwolf damit an seiner schwächsten Stelle verwundbar gemacht. Genauso gut hätte er seinem Vater gleich ein Messer in den Rücken stoßen können.

»Das wollte ich nicht«, jammerte er leise, »bestimmt nicht. Ach Vater, ich war so blind, so dumm, so gedankenlos, bitte verzeih mir ...«

Wieder tauchten funkelnde Augen und schimmernde Zähne aus den Schatten auf und blieben am Rand seines Blickfelds stehen. Twig hob die behandschuhte Hand und gab sich eine schallende Ohrfeige. Über *Gedankenlosigkeit* durfte man im Dämmerwald nicht nachdenken.

Er ließ den Arm wieder sinken und beobachtete, wie die feine Staubschicht über das blanke Metall des Handschuhs floss und wie eine Flüssigkeit von den Fingerspitzen tropfte. Der Handschuh des Ritters war der einzige Beweis, dass er sich die Begegnung mit ihm nicht eingebildet hatte.

»Du suchst Sturmphrax«, schärfte Twig sich erneut ein. »Du suchst die Mannschaft des *Sturmpfeils* – und du möchtest wieder nach Hause zurückkehren.«

Immer weiter stolperte er durch den Wald. Jegliches Zeitgefühl war ihm abhanden gekommen. Er hatte keinen Hunger, er hatte keinen Durst und er war nicht müde. Von einer angenehmen Trägheit erfüllt, die er nicht abschütteln konnte, wanderte er durch Licht und Schatten. Doch zugleich wuchs seine Angst.

»Von wegen Dämmerwald«, schnaubte er verächtlich. »*Alptraum*wald wäre passender.«

Der Wind fuhr durch die Baumkronen und raschelte im Laub und die winzigen Kristalle, die die Blätter bedeckten fielen auf den glitzernden Boden herunter. Fasziniert betrachtete Twig das funkelnde Schauspiel. Zugleich hörte er ein ganz leises, feines Geräusch wie das Klingeln eines Windspiels.

Das Geräusch wurde lauter. Twig blieb stehen und neigte lauschend den Kopf zur Seite. Woher kam die wohltönende Musik? Offenbar von links.

»Ich bin Twig«, rief er sich ins Gedächtnis und hob die Hand mit dem Säbel. »Ich muss von hier weg. Ich will nicht wie der Ritter werden.«

»... Ritter werden ...«, erwiderte der Wald flüsternd.

Twig folgte der leisen Musik durch Büsche und Bäume. Die sonderbaren Schreie, die gedämpft durch den Wald hallten, versuchte er möglichst zu ignorieren. Vor ihm schien silbern ein helles Licht durch die Schatten. Er begann zu rennen. Ungeduldig hieb er mit dem Säbel auf das Gestrüpp ein. Mit dem Handschuh schob er nadelspitze Dornenranken aus dem Weg. Das Licht kam näher. Ein süßer Duft wie nach Mandeln umfing ihn. Das Licht wurde stärker, das Klingeln lauter.

Und dann sah er vor sich auf einer Lichtung ... einen Kristall.

Die untere Seite hatte sich tief in die Erde gegraben, die obere, gezackte ragte hoch in die Luft auf – ein wunderbarer Anblick. Es handelte sich um den erstarrten Blitz, dessen Entladung Twig während des großen Sturms beobachtet hatte.

»Sturmphrax«, flüsterte Twig andächtig.

Von nahem war der Blitz noch ungewöhnlicher, als er sich vorgestellt hatte. Der Kristall war ohne den geringsten Makel und so glatt wie Glas und glühte reinweiß. Das Klingeln kam von der Spitze des Blitzes, hoch über Twigs Kopf.

»Der Blitz bröckelt«, flüsterte Twig beunruhigt. »Er ... bricht auseinander.«

231

Im selben Moment hörte er etwas wie Glockenläuten. Ein gewaltiger Kristallbrocken kam inmitten einer glitzernden Splitterwolke direkt über seinem Kopf herunter. Twig sprang zurück, fiel hin und sah entsetzt, dass der Brocken genau an der Stelle aufschlug, an der er eben noch gestanden hatte. Brauner Staub wirbelte auf.

Wieder erklang das Geläute und zwei noch größere Brocken Sturmphrax landeten neben dem ersten. Auch sie gruben sich tief in die Erde. Bald waren alle drei Brocken verschwunden.

»Sie vergraben sich selbst«, murmelte Twig.

Ihm fiel ein, dass ein fingerhutvoll Sturmphrax bei völliger Dunkelheit so viel wog wie tausend Eisenholzbäume. Jetzt sah er, was das konkret bedeutete. Der Teil des Kristallbrockens, der in der schwarzen Erde steckte, war so schwer, dass er den Rest nach unten zog.

Wieder hörte er in rascher Folge dumpfe Schläge. Weitere Kristallstücke fielen herunter. Twig entfernte sich hastig auf Händen und Füßen. Er hatte schreckliche Angst, einer der Brocken könnte ihn treffen. Einige waren klein, andere riesig. Alle gruben sich auf der Stelle tief in die Erde ein.

Dann ging, begleitet von einem schrecklichen Mahlen und Knirschen, ein Ruck durch den Blitz und Twig sah, wie der ganze Kristall in der Erde versank. Die Spitze zersplitterte und brach und je tiefer der Kristall in der Erde verschwand, desto stärker wurde der Sog nach unten.

Twig schüttelte unglücklich den Kopf. Selbst wenn sie mit dem *Sturmpfeil* direkt über der Lichtung geankert hätten, wäre es so gut wie unmöglich gewesen, die Sturmphraxstücke an Bord zu holen. Mit einem schmatzenden Geräusch verschwand der letzte Teil in der Erde.

»Weg«, flüsterte Twig.

Er stand auf und blickte sich um.

Nur noch die verkohlten und abgebrochenen Äste wiesen darauf hin, dass hier ein Blitz aus Sturmphrax eingeschlagen hatte. Fernes Gelächter hallte durch den Wald.

»Weg«, sagte Twig noch einmal. Er konnte immer noch nicht fassen, was er gesehen hatte.

Jahrelang hatten sie auf den großen Sturm gewartet. Auf der Sturmjagd hatten sie zahllose Gefahren bestehen müssen. Der Mast war gebrochen, sie hatten vom Himmelsschiff springen müssen, sein Vater war verschollen. Und wozu das alles? Für einen Blitz, der wenige Stunden nach dem Einschlag verschwunden war – und dabei fast noch ihn, Twig, getötet hätte!

Obwohl, dachte Twig fröstelnd, vielleicht hätte er mich gar nicht getötet. Ein Stück hätte mir die Wirbelsäule gebrochen oder den Schädel eingeschlagen, aber ich wäre nicht daran gestorben. Bei dem Gedanken, was alles hätte passieren können, liefen ihm kalte Schauer über den Rücken.

»Und jetzt ist nur noch das übrig.« Ärgerlich trat er auf die glitzernden Kristalle, die zu klein waren, um im Boden zu versinken, und wie Reif alles bedeckten. Eine glitzernde Staubwolke stieg in die schimmernde Luft auf. Twig wurde schlecht. Am liebsten hätte er losgeheult und geschrien.

»Sturmjagd!«, schimpfte er bitter. »Das ist doch was für Idioten.«

»Trotzdem geht eine seltsame Faszination von ihr aus«, krächzte hinter ihm eine heisere Stimme.

Twig erschrak und blickte auf. Dem Sepia-Ritter wollte er auf keinen Fall noch einmal begegnen.

»Twig«, ertönte die Stimme wieder. »Du bist doch Twig, oder?«

»Ja«, sagte Twig unwirsch und drehte sich um. »Ich ...« Er brach ab. Hinter ihm stand nicht der Ritter. Genauso wenig handelte es sich um einen Geist oder ein Ungeheuer oder eine optische Täuschung. »SIE!«, rief er.

»Ja, ich«, erwiderte der Professor des Lichts und sah ungeschickt zu ihm auf. »Wenn auch leider etwas ramponiert. Ich bin mit den Klappflügeln nicht zurechtgekommen und ziemlich hart auf dem Boden gelandet.«

Twig starrte ihn mit aufgerissenem Mund an.

»Sieht es wirklich so schlimm aus?« Der Professor seufzte schicksalergeben. »Gut, ich kann es nicht ändern.«

Twig hatte einen dicken Kloß im Hals. »Ihr Genick«, flüsterte er. »Es ist ...«

»Gebrochen«, erwiderte der Professor. »Ich weiß.« Mit den Händen richtete er seinen Kopf wieder auf, bis er einigermaßen gerade stand. »Ist es so besser?« Er lächelte schwach.

Twig nickte. Doch dann bekam der Professor Staub in die Nase und musste niesen und sein Kopf fiel wieder nach vorn. Twig versuchte die in ihm aufsteigende Übelkeit durch energisches Schlucken zu bekämpfen.

»Wir müssen Ihren Kopf irgendwie festbinden«, sagte er und blickte sich um, als suche er nach einem dafür geeigneten Gegenstand, während er in Wirklichkeit nur dem Anblick des herunterhängenden Kopfes ausweichen wollte. »Irgendeinen Stock«, murmelte er geschäftig. »Augenblick mal.« Er verschwand zwischen den Bäumen.

Wenig später kehrte er mit einem langen und für die alten Bäume des Dämmerwalds relativ geraden Ast zurück, den er von einem nahen Baum abgebrochen hatte.

»Damit müsste es eigentlich gehen. Ich halte den Stock an Ihren Rücken, so, und binde ihn mit einer Schnur fest ... so. Fertig.«

Er trat einen Schritt zurück und betrachtete sein Werk. Von hinten sah es aus, als wachse dem Professor ein kleiner Baum aus dem Rückgrat.

»Und jetzt der Kopf«, redete Twig weiter und zog eine Verbandsrolle aus der Tasche. »Die müsste reichen. Probieren wir es.«

Der Professor blickte – mit dem Kinn auf der Brust – auf, so gut er konnte. »Was hast du vor?«

»Das zeige ich Ihnen gleich. Wenn Sie den Kopf bitte noch einmal hochhalten, binde ich ihn an dem Stock fest. Dann kann er nicht mehr nach vorn fallen.«

»Eine wunderbare Idee«, rief der Professor begeistert. Er

hob seinen Kopf hoch und lehnte ihn
vorsichtig gegen den Ast.

Twig wickelte die Binde um die Stirn
des Professors und die improvisierte
Stütze, bis beides fest miteinander
verbunden war. Dann riss er das
Ende der Binde in zwei Streifen
und band sie mit einem Doppel-
knoten zusammen. »So, das hätten wir«, sagte er schließlich.
Der Professor ließ los. Sein
Kopf blieb aufrecht stehen.
Twig seufzte erleichtert.
»Geniale Improvisation«,
rief der Professor. »Ich muss
sagen, Tem Waterbork hatte
Recht. Du bist wirklich ein aufgeweckter junger Mann.«

Twig sah ihn freudig überrascht an. »Tem?«, fragte er. »Ist
Tem etwa auch hier?« Die Luft flimmerte tückisch und hä-
misches Gelächter hallte durch die Bäume. Twigs Freude
fiel in sich zusammen. Er hatte den Professor sicher falsch
verstanden. »Oder haben Sie auf dem *Sturmpfeil* mit ihm
gesprochen?«

»Aber nein«, erwiderte der Professor. »An Bord haben
wir nur ein, zwei Worte gewechselt. Nein, er ist hier, im
Dämmerwald ...« Verwirrung breitete sich auf seinem Gesicht aus. »Eben waren wir noch zusammen. Wir ... ich sah,
wie ...« Er starrte Twig an. »Ich weiß nicht mehr, was ich
gesehen habe.«

Twig nickte beklommen und folgte mit den Augen den

Schatten, die sie umschwirrten. »Dieser Wald ist unberechenbar«, sagte er leise. »Irgendwas geht hier nicht mit rechten Dingen zu. Ich sehe Gesichter, die verschwinden, sobald ich den Kopf drehe, und ich höre Stimmen, die verstummen, wenn ich hinhöre.«

»So ist es«, sagte der Professor träumerisch. »Fragen, die Antworten verlangen, Theorien, die bewiesen werden müssen ...«

»Wenn ich diese beiden Dinge nicht hätte ...« Twig hob mit der behandschuhten Hand den Säbel. »Der Säbel erinnert mich daran, woher ich komme und wer ich bin, und der Handschuh warnt mich davor, was ich nie werden darf. Ohne diese beiden Dinge würde ich wahrscheinlich ganz durcheinander kommen. Professor, wir müssen den Wald auf dem schnellsten Wege verlassen.«

Der Professor seufzte, machte aber keine Anstalten, sich in Bewegung zu setzen. »Twig«, sagte er leise, »ich habe mir beim Absturz das Genick gebrochen. Ich lebe nur noch, weil ich im Dämmerwald gelandet bin. Sobald ich die Unsterblichkeit des Dämmerwalds verlasse, ist mein Leben dahin.«

Twig schüttelte traurig den Kopf. Der Professor hatte natürlich Recht.

»Andererseits ist das gar nicht so schlimm. Jetzt kann ich mich in alle Ewigkeit mit Sturmphrax beschäftigen.« Der Professor lächelte. »Und was könnte es für einen Professor des Lichts Schöneres geben?«

Twig erwiderte das Lächeln, doch bei den Worten des Professors überlief ihn ein Frösteln. Wenn der Professor nicht gehen konnte, was sollte er selbst dann tun? War er dann

wieder allein? Von allen verlassen? Eine unerträgliche Vor-
stellung.

»Professor«, sagte er zögernd, »Sie helfen mir doch, die anderen zu suchen?«

Der Professor blickte ihn ernst an. »Selbstverständlich
helfe ich dir. Wir Akademiker von Sanktaphrax sind nicht
alle so verdorben wie diese Pestbeule, dieser Parvenü von
Scherenschleifer Vilnix Pompolnius – auch wenn du noch
so viel Schlechtes über uns gehört hast.«

»Entschuldigung, ich wollte Sie nicht ... Es ist einfach so,
dass ... Ich könnte nicht ... kann nicht ...«

»Immer mit der Ruhe, Twig«, sagte der Professor.

»Ich muss hier raus!«, rief Twig verzweifelt. »Ich muss
weg. Bevor es zu spät ist.«

»... spät ist ... spät ist ...«, spottete der Wald.

Der Professor legte Twig ungeschickt den Arm um die
Schultern. »Ich verspreche dir, ich
werde dich nicht verlassen.« Und
mit einer Handbewegung nach
hinten zu dem Ast, der seinen
Kopf stützte, fügte er hinzu:
»Schließlich bin ich dir das
schuldig.«

»Danke«, sagte Twig und
schnupfte. »Ich ...«

Der Professor starrte ins Leere
und um seine Lippen spielte ein
Lächeln. Wieder hatten ihn die
gespenstischen Erscheinungen
und Truggebilde, die in den

dunklen Schatten des Waldes lauerten, in ihren Bann gezogen. Die Kristalle glitzerten. »Zu Materie gewordenes Licht«, flüsterte er hingerissen. »Aufhebung des Welle-Teilchen-Dualismus.«

»Professor«, rief Twig besorgt. »Professor! Sie haben es mir versprochen!«

KAPITEL 16

Captain Twig

Professor!«, schrie Twig seinem Gefährten ins Ohr. »Ich bin's, Twig. Sie müssen mir helfen.«

Doch der Professor drehte den Kopf weg, hob den Arm und betrachtete seinen Handrücken. »Sieh nur, wie an jedem Härchen Kristalle hängen«, sagte er andächtig. »Und wie das ganze Haar von der Wurzel bis zur Spitze leuchtet.« Twig nickte. Die Härchen auf dem Handrücken des Professors leuchteten tatsächlich. Trotzdem! »Professor«, versuchte er es noch einmal, »hören Sie mir zu.«

»Du hast Recht, mein alter, treuer Freund und Rivale«, sagte der Professor. »Das Haar scheint das Licht förmlich aufzusaugen. Sieh dir nur die braunen Stäubchen an. Eine solche Substanz muss fürwahr reinigende Eigenschaften haben ...«

Kopfschüttelnd wandte Twig sich ab. Zuerst hatte der Sepia-Ritter ihn für seinen Landsmann Garlinius gehalten, jetzt verwechselte der Professor des Lichts ihn mit dem Professor der Dunkelheit. Es war aussichtslos, vollkommen aussichtslos.

Er kämpfte die Tränen nieder. »Sie kommen jetzt mit mir«, sagte er und nahm den Professor vorsichtig an der Hand und führte ihn weg. »Kommen Sie. Zwei Köpfe sind mehr als einer ... auch wenn einer davon abgebrochen und leer ist.«

Sie waren noch kein Dutzend Schritte gegangen, als der Professor des Lichts stehen blieb und Twig anstarrte. »Was genau soll das eigentlich heißen, ›abgebrochen und leer‹?«, wollte er empört wissen.

Twig musste lachen. »Professor!«, rief er. »Schön, dass Sie wieder zurück sind!«

»Ach Twig«, seufzte der Professor des Lichts. »Was ist das doch für ein bemerkenswerter Ort.«

Twig lächelte unsicher. Gemeinsam setzte das ungleiche Paar die Suche nach der restlichen Besatzung des *Sturmpfeils* fort. Twig schwieg, der Professor dozierte ausführlich über Sturmphraxkristalle.

»Zu Materie gewordenes Licht«, sagte er schwärmerisch, »fest gewordene Energie. Kannst du dir das vorstellen, Twig? Im Licht flüchtig, im Zwielicht stabil und im Dunkeln unendlich schwer. Wirklich eine faszinierende Substanz, dieses Sturmphrax.«

Twig nickte. Wenigstens dem konnte er aus eigener Erfahrung zustimmen.

»Aber das Gewicht ist natürlich relativ, wie schon Ferumix so schön gezeigt hat«, fuhr der Professor fort. »X ist gleich y plus z geteilt durch Pi. X steht dabei für das Gewicht, y für die Oberfläche des Kristalls und z für seine Lichtdurchlässigkeit.« Er runzelte die Stirn. »Oder für seine Strahlung?«

Twig musterte ihn unbehaglich. Waren die Berechnungen, die der Professor anstellte, der Beweis dafür, dass er noch klar denken konnte, oder war das alles nur sinnloses Geplapper? Der Junge sah sich um. »Rumliegen tut hier von dem Zeug jedenfalls eine Menge«, sagte er.

»Das will ich meinen!«, rief der Professor. Steif wandte er sich Twig zu. In seinen Augen brannte ein flackerndes Licht. »Ich werde die Kristalle zählen, alle, bis auf das letzte Stäubchen. Daraus kann ich dann berechnen, wie viele große Stürme nötig waren, um diese Anzahl von Kristallen zu erzeugen, und wie lange es gedauert hat.« Seine Stimme war nur noch ein ehrfürchtiges Flüstern. »Jahrhunderte, Jahrtausende, Äonen.«

Twig schüttelte den Kopf. Die Ausführungen des Professors über so lange Zeiträume waren ihm nicht geheuer. Die Luft flimmerte, aus dem Schattengewirr lockten sanfte Stimmen.

»Du bist Twig«, wisperten sie, »du bist erst sechzehn Jahre alt. Wie viel du in dieser kurzen Zeit schon erlebt und getan hast ...«

Wie gebannt starrte Twig auf das Wechselspiel von Licht und Schatten. Vor seinen Augen zogen Szenen aus seiner Kindheit vorüber, Orte und Menschen, die er kannte. Er sah Taghair, den Eichenelf, der ihm zu seinem Namen verholfen hatte, und Hoddergrob, den Nachbarsjungen, er war mit den Himmelspiraten an Bord des *Sturmpfeils* und er saß im Hinterzimmer der Waldschenke neben Mutter Pferdefeder, Forficul und – Wolkenwolf.

»Wie viel mehr hat doch der Dämmerwald zu bieten, in dem die Zeit stillsteht«, raunten die Stimmen.

Twig starrte auf das Gesicht vor ihm. »Vater?«, murmelte er und ging einen Schritt nach vorn.

Die schemenhaften Umrisse Wolkenwolfs glitten zurück und blieben immer knapp außer Reichweite. »Hier bin ich«, sagte die tiefe Stimme des Captains leise. »Bleib noch eine Weile hier, Twig. Suche mich und du wirst mich eines Tages finden. Du musst immer weitersuchen und irgendwann ...«

»NEIN!«, brüllte Twig. »Du bist nicht mein Vater, wenigstens nicht mein *wirklicher*.« Er riss den Säbel aus der Scheide. »Wer immer du bist, lass mich in Ruhe!« Wie wild begann er um sich zu schlagen.

Die schwüle Luft knisterte, die Gesichter wichen zurück, schnitten höhnische Fratzen und streckten ihm die Zunge heraus.

»Noch hier bleiben?«, schrie Twig. »Niemals!«

»... niemals ...«

»Fort mit euch«, brüllte er. »Fort!«

»... fort ...«

Die Gesichter verschwanden, und Twig blickte in die besorgten Augen des Professors. Der Professor hielt ihn mit seinen krummen Fingern an den Schultern fest.

»Hörst du mich, Junge?«, rief er. »Twig!«

»Ja«, wimmerte Twig, »ich höre Sie ... Ach Professor, wenn ich hier nicht bald rauskomme, muss ich bestimmt für immer im Dämmerwald bleiben.« Er packte den Säbel noch fester und schwang ihn durch die Luft. »TEM!«, schrie er. »ZACKE! KLOTZKINN! HUBBLE! WO SEID IHR?«

Das Echo seiner Worte erstarb in der Ferne. Twig senkte den Kopf. Es war vollkommen aussichtslos ... doch halt! Lauschend neigte er den Kopf.

»Was ist?«, fragte der Professor.

»Pst!«, zischte Twig und schloss die Augen um sich besser konzentrieren zu können. Und da hörte er ihn wieder, tief und klagend – den leisen, aber unverwechselbaren Ruf eines Banderbären.

Als Kind hatte Twig oft abends im Bett gelauscht, wie sich die Banderbären, die Einzelgänger waren, einander im Dunkelwald über riesige Entfernungen riefen. Soweit er wusste, gab es im Dämmerwald keine Banderbären bis auf einen.

»HUBBLE!«, schrie er und erwiderte das Heulen, so gut er konnte. »Wa-ha-ha-ha!«

»Wa-ha-ha-ha!«, kam die Antwort schon näher.

Twig zog den Säbel – nur für den Fall – und begann zu rennen.

»Wu, wu!«, rief er aufgeregt.

»Wu, wu!« Die Stimme war noch näher gekommen. Es krachte und splitterte, dann brach Hubble, der gewaltige Albino, durch die Bäume und stürmte auf den Jungen zu.

»Hubble!«, rief Twig.

»T-wu-g!«, brüllte der Banderbär. Die beiden fielen einander in die Arme und hielten sich lange fest.

Endlich löste Twig sich aus der Umarmung. »Ich hatte schon Angst, ich würde dich nie mehr sehen«, sagte er. Erst jetzt bemerkte er, dass sie nicht allein waren. So wie der Professor ihm gefolgt war, war der Rest der Mannschaft Hubble gefolgt. Twig wischte sich die Tränen weg und lächelte in die Runde der grinsenden Gesichter.

»Tem«, sagte er, »Zacke, Klotzkinn, Steinpilot … wie ich mich freue, dass ihr wieder da seid.«

»Und wie ich mich erst freue, dass dir nichts passiert ist, Twig«, sagte Tem Waterbork. Er machte eine Pause. »Ich … das heißt wir hofften den Captain bei euch anzutreffen.«

Twig schüttelte den Kopf. »Wolkenwolf wollte den *Sturmpfeil* nicht verlassen. Als ich ihn zuletzt sah, hatte er das Himmelsschiff wieder in der Gewalt und steuerte es genau in die Mitte des großen Sturms hinein.«

»Der gute alte Captain«, sagte Tem Waterbork. »Er ist wirklich der tapferste Himmelspirat, den ich kenne. Warte nur ab, der hat uns schnell gefunden.«

Twig nickte, schwieg aber. Jetzt war nicht der richtige Moment von dem Kugelblitz zu sprechen, der das Himmelsschiff eingehüllt hatte, und von der anschließenden Explosion. Warum sollte er den Himmelspiraten die Hoffnung rauben? Wenn sie allerdings hier warteten, bis Wolkenwolf zu ihnen stieß, begaben sie sich in tödliche Gefahr. Der Professor des Lichts kam ihm schließlich zu Hilfe.

»Ihr müsst so schnell wie möglich weg von hier«, sagte er. Die Himmelspiraten sahen ihn an. »Ohne den Captain?«, rief Tem erschrocken.

»Wir wissen nicht, wo er ist«, erwiderte der Professor. »Ich schlage deshalb vor für die Zeit seiner Abwesenheit einen neuen Captain zu wählen. Jemanden, dem wir alle Treue schwören und der uns aus dem Dämmerwald führt.«

Tem trat unschlüssig von einem Bein aufs andere. »Wen denn?«, brummte er.

»Natürlich Twig«, sagte der Professor, »wen sonst? Als Sohn und Erbe unseres bisherigen Captains ist er ...«

Die Himmelspiraten starrten ihn an wie vom Donner gerührt. Ungläubig schüttelte Tem Waterbork den Kopf. »Sohn und Erbe?«, rief er. »Wer, Twig? Unmöglich.«

»Du glaubst mir also nicht«, sagte der Professor steif.

»Nein ... doch ... Ich meine doch nur ...«, stotterte Tem.

»Quintinius, also Wolkenwolf, hat es mir selbst gesagt«, erklärte der Professor. »Deshalb wollte er den Jungen doch in Unterstadt lassen. Damit ihm nichts passiert.«

Tem pfiff durch die Zähne. »Ich weiß noch, wie der Captain uns einmal erzählte, er und die gnädige Frau Maris hätten ein Kind bekommen, und wie sie das Kind im Dunkelwald seinem Schicksal überlassen mussten.« Er sah Twig an.

Twig nickte. »Das Kind war ich.«

Tem starrte einen Augenblick lang wie betäubt vor sich hin, dann zog er seinen Säbel und fiel auf die Knie. »Ich gelobe Ihnen, Captain Twig, Sohn des Wolkenwolf, Treue bis in den Tod.«

Zacke, Klotzkinn und der Steinpilot folgten seinem Beispiel. Twig wurde rot. Alles ging so schnell. Himmelspiratenkapitän – dabei hatte er nicht einmal ein Himmelsschiff! Trotzdem zog er, wie der Brauch es vorschrieb, ebenfalls seinen Säbel und kreuzte ihn nacheinander mit den erhobenen Klingen der Himmelspiraten.

248

»Und ich gelobe euch Treue bis in den Tod«, sagte er.

Die Himmelspiraten steckten die Säbel wieder ein und riefen dann im Chor: »Captain Twig, wir erwarten Ihre Befehle.«

»Tja, ich ...«, stotterte Twig und wurde noch röter im Gesicht.

»Über uns leuchtet ein Stern«, kam ihm der Professor zur Hilfe. »Der Oststern. Er ist ein Fixpunkt und wandert

nicht wie andere Sterne über den Himmel. Außerdem ist er so hell, dass man ihn auch bei Dämmerlicht sieht.« Er bückt sich und sah umständlich zum Himmel hinauf. »Dort«, rief er mit ausgestrecktem Finger. »Seht ihr ihn?«

Die Himmelspiraten reckten die Hälse und blickten nach oben. Und dort sahen sie den Oststern weich im goldenen Dämmerlicht leuchten. Twig nickte. Seine erste Bewährungsprobe als Kapitän war gekommen. »Wenn wir den Stern immer vor uns haben, können wir nicht im Kreis gehen«, sagte er. »Früher oder später müs-

sen wir deshalb zum Rand des Dämmerwalds kommen.
Versteht ihr, was ich meine?«

»Aye, aye, Captain«, riefen die Himmelspiraten.

»Dann los«, sagte Twig. »Professor, Sie gehen hinter mir.
Hubble, du machst den Schluss. Achte darauf, dass keiner
zurückbleibt oder vom Weg abkommt.«

»Wu, wu«, erwiderte der Banderbär.

Sie setzten sich in Marsch. Twig war so zuversichtlich wie
noch nie, seit er den Dämmerwald betreten hatte. Er hatte
jetzt ein Ziel vor Augen und wusste, was er wollte. Außerdem war er nicht mehr nur für sich selbst verantwortlich.
Verstohlen sah er sich nach den Himmelspiraten um, die
durch die flimmernde Luft hinter ihm herstapften.

Alle hatten sich beim Absprung vom Himmelsschiff Verletzungen zugezogen. Zacke hatte sich Arme und Gesicht schlimm aufgeschürft, Tem Waterbork schien sich die Nase gebrochen zu haben, der Steinpilot humpelte ganz erbärmlich und Klotzkinn hatte seinen künstlichen Unterkiefer verloren und sein offen klaffender Mund war zu einem blöden Grinsen erstarrt. Am schlimmsten hatte es aber Hubble erwischt.

Twig hatte sich so gefreut ihn zu sehen, dass ihm das zunächst gar nicht aufgefallen waren. Erst jetzt bemerkte er, in was für einem bedauerlichen Zustand der Banderbär war. Das weiße Fell auf seiner Brust war blutverkrustet, sein Atem ging pfeifend. Twig konnte nur hoffen, dass die Verletzungen nicht so schlimm waren, wie es den Anschein hatte.

Er drehte sich wieder nach vorne um und vergewisserte sich, dass sie dem Stern folgten. »Vielen Dank, dass Sie mit uns kommen«, sagte er zum Professor.

»Nun«, erwiderte dieser, »ich habe nicht ganz uneigennützig gehandelt. Auch ich muss wissen, wo der Dämmerwald endet.«

»Aber ich dachte, Sie wollten hier bleiben.«

»Das will ich ja auch. Doch um die Gesamtzahl aller großen Stürme zu berechnen, muss ich zuerst die Fläche des Dämmerwalds überschlagen und das kann ich nicht, solange ich mittendrin stehe.«

»Nein«, sagte Twig in Gedanken bereits woanders. »Wohl kaum.«

Ihm war etwas eingefallen – etwas, das ihn zutiefst beunruhigte. Angenommen, sie schafften es bis zum Rand des

Dämmerwalds, was dann? Dann kamen die berüchtigten Modersümpfe. Schon über sie zu fliegen war gefährlich. Wie viel gefährlicher mochte es dann erst sein, sie zu Fuß zu durchqueren. Als Captain war Twig aber für das Wohl seiner Mannschaft verantwortlich. Von bösen Vorahnungen getrieben, schaute er zurück, um den Professor um Rat zu fragen.

»Was zum ...!«, rief er. Der Professor war verschwunden. Twig überkam panische Angst, doch dann sah er ihn einige Schritte zurück steif auf einer Böschung neben einem Baum knien.

»Die Welt in einem Körnchen Sturmphrax zu erkennen«, deklamierte er. »Unendlichkeit zu halten in der offenen Hand ...«

»Professor!«, schrie Twig und rüttelte ihn an den Schultern.

Der Professor des Lichts starrte Twig an. Ganz allmählich kam er wieder zur Besinnung. »Twig«, sagte er stockend. »Es ... es tut mir Leid ... Lass uns weitergehen.«

»Danke, Professor«, sagte Twig. »Ich ...« Er brach ab, dann fuhr er, an die anderen gewandt, fort: »So ist das zu gefährlich. Wir müssen sicherstellen, dass wir uns nicht verlieren.«

»Mit einem Seil«, schlug Zacke vor.

»Natürlich!«, fiel Tem Waterbork begeistert ein. Er griff nach dem Seil, das ihm über die Schulter hing. »Wir binden uns aneinander fest.«

Twig nickte und sorgte dafür, dass die Piraten sich in der richtigen Reihenfolge aufstellten. Hubble ging als Letzter. Er band sich das Seil um seinen gewaltigen Bauch. Dann knüpfte Twig in regelmäßigen Abständen Schlaufen in das Seil. Die Himmelspiraten steckten nacheinander die linke Hand durch die Schlaufe und zogen sie um das Handgelenk fest. Zuerst Tem Waterbork, dann Zacke, Klotzkinn, der Steinpilot und der Professor des Lichts. Das Ende des Seils schlang Twig sich um die Hüften.

»Fertig«, sagte er. »Vorwärts marsch!«

Aneinander gebunden marschierten die lädierten Himmelspiraten durch den Dämmerwald immer auf den Stern zu, der weit vor ihnen am Himmel blinkte. Twig fröstelte.

»Hoffentlich ist es nicht zu weit«, flüsterte er.

»... zu weit ...«, flüsterte das Echo.

Hinter ihm brach plötzlich Unruhe aus. Er drehte sich um und ließ den Blick über die Reihe der Himmelspiraten wandern. Jemand fehlte.

»Wo ist Klotzkinn«, fragte er und ging ärgerlich zu der leeren Schlaufe.

»Weg«, sagte Zacke.

»Was heißt hier weg?«

»Er schimpfte die ganze Zeit vor sich hin, er wolle seinen kostbaren Kiefer auf keinen Fall im Wald zurücklassen. Und dann verschwand er auf einmal in den Büschen.« Zacke streckte den Arm aus. »In diese Richtung.«

Twig schüttelte wütend den Kopf. »Wie konntet ihr das zulassen?«

»Wu, wu, wu«, erklärte der Banderbär.

Erst jetzt bemerkte Twig, dass Hubble nicht einfach neben Tem Waterbork stand, sondern diesen festhielt. Tem hatte wie Klotzkinn die Hand aus der Schlaufe gezogen.

»Was soll denn das?«, rief Twig. »Tem? Was ist los?«

Doch Tem wollte seinen Blick nicht erwidern. »Lasst mich in Ruhe!«, knurrte er. »Ich muss weg.« Er sah plötzlich nach links. »Rik!«, rief er. »Geh nicht ohne mich.«

Twig sah ebenfalls nach links, aber da war niemand – wenigstens niemand, den er hätte sehen können.

»Rik!«, rief Tem. »Warte auf mich. Ach, mein lieber Bruder ... endlich.« Er schlug um sich, doch Hubble ließ nicht los. »LASS MICH SOFORT GEHEN!«, brüllte Tem.

Twig starrte den großen, rotgesichtigen Himmelspiraten an, der in Hubbles Armen strampelte wie ein kleines Kind, das einen Wutanfall hat. Traurig schüttelte er den Kopf. Der Dämmerwald verwirrte die Köpfe der Himmelspiraten schneller, als er für möglich gehalten hätte.

»Mein Bruder«, tobte Tem. »Ich habe dich so lange gesucht ...«

»Das ist eine Täuschung, Tem«, sagte Twig. »Du bildest dir das nur ein. Da ist niemand.«

»Rik!«, rief Tem. »So antworte mir doch, Rik.« Er strampelte noch heftiger. »LASS MICH LOS!«

Twig biss sich auf die Unterlippe. Seit er bei den Himmelspiraten lebte, war Tem Waterbork immer sein Freund gewesen. Durfte er ihn jetzt an den Dämmerwald ausliefern? Andererseits war Tem in seinem jetzigen Zustand eine Gefahr für sie alle. Der verletzte Hubble konnte ihn gewiss nicht mehr lange festhalten.

»Lass ihn los, Hubble«, sagte Twig traurig.

Hubble gehorchte und sofort beruhigte sich Tem. Er sah sich um, ohne etwas zu sehen, dann lächelte er. »Rik«, rief er und lief schwerfällig den Weg zurück, den sie gekommen waren. »Rik, warte auf mich.«

Twig sah ihm mit Tränen in den Augen nach. Da ging der alte Tem Waterbork, auf den er sich immer hatte verlassen können. »Leb wohl, mein Freund«, rief er. »Und hoffentlich findest du den, den du suchst.«

Er spürte eine weiche, schwere Hand auf der Schulter. Sie gehörte Hubble. »Wu, wu«, brummte der Riese leise.

»Ich weiß«, sagte Twig. »Wir werden ihn alle vermissen.«

Niedergedrückt gingen sie ohne die beiden weiter: Zacke, der Steinpilot und Hubble und voraus der Professor und Twig. Keiner sagte etwas, jeder ging für sich. Das Seil ließen sie liegen. Es war bereits von einer Staubschicht bedeckt. Twig fasste nach seinem Säbel und biss die Zähne zusammen.

Warum gab es überhaupt einen so schrecklichen Ort wie den Dämmerwald? Betrübt blickte er über die Schulter zurück. »Los«, drängte er die anderen, »nicht zurückbleiben. Es kann nicht mehr weit sein.«

»Bin schon da, Captain.« Zacke begann zu laufen.

»Wu, wu«, fügte Hubble hinzu und trottete keuchend hinterher.

Der Steinpilot dagegen hatte Twig offenbar nicht richtig

verstanden. Er blieb stehen und winkte mit den Armen und stampfte mit den Beinen auf, soweit es der schwere Übermantel und die noch schwereren Stiefel zuließen. Wolken von braunem Staub stiegen um ihn auf. Die in seine Kapuze eingelassenen gläsernen Fenster blitzten golden.

»Nein«, seufzte Twig, »nicht auch noch du.«

Offenbar war auch der Steinpilot, der tüchtigste und treueste aller Himmelspiraten, dem Wahnsinn des Dämmerwalds verfallen.

»Wu, wu?«, fragte Hubble.

»Ich weiß nicht«, erwiderte Twig. Vorsichtig näherte er sich dem Steinpiloten. Dessen Gesicht war vollständig unter der schweren Kapuze verborgen, es war deshalb schwer zu sagen, was in seinem Kopf vorging. »Hörst du mich?«, brüllte Twig. »Fehlt dir was?«

Ein dumpfes Knurren ertönte aus der Kapuze. Dann stieß der Steinpilot Twig grob zur Seite und streckte die Hand aus.

»Ich weiß schon«, sagte Twig. »Ich habe es doch auch gesehen, und ...«

»DRRT!«, grunzte der Steinpilot ungeduldig. Er drehte Twig herum und packte seinen Kopf.

»Was soll denn das!«, rief Twig. »Bist du verrückt? Hubble! Hilfe!«

Der Steinpilot grunzte wieder und drehte Twigs Kopf, bis er in die Richtung zeigte, in die der Arm des Steinpiloten wies. Hubble stürmte auf ihn zu. WU!«, brüllte er.

»Drrrt!«, beharrte erstickt die Stimme des Steinpiloten.

»Ach so!« Endlich hatte Twig begriffen, was er meinte. Hubble wollte sich auf den Steinpiloten stürzen.

»Halt!«, schrie Twig. »Seht doch dort!«

Sie drehten sich um und starrten geradeaus. Und dort, in einer Lücke zwischen den Bäumen und direkt unter dem Oststern, schien hell etwas Weißes.

»Die Modersümpfe«, flüsterte Twig aufgeregt. »Wir haben es geschafft! Wir sind am Rand des Dämmerwalds angekommen und ...« Er brach ab. Spielten seine Augen ihm schon wieder einen Streich oder war da tatsächlich jemand?

Er kniff die Augen zusammen. Doch, kein Zweifel, eine hagere Gestalt hob sich als schwarze Silhouette vor dem fahlen Hintergrund ab. Mit gespreizten Beinen stand sie da, die Hände hatte sie in die Hüften gestützt.

Hubble hob witternd den Kopf und brummte ängstlich. Seine kleinen Ohren zuckten erregt. Doch Twig achtete nicht auf ihn. Hastig ging er mit dem Professor des Lichts weiter.

»Jetzt verlasse ich euch!«, rief er in das tanzende Gewirr aus Licht und Schatten hinein. »Und ich komme nie mehr zurück.«

»... zurück ... zurück ...«, lockte das Echo des Waldes.

Benommen starrte Twig auf die gebeugte Gestalt vor ihm. Um ihn raunte und flimmerte es und geisterhafte Nebelschwaden hüllten ihn ein um ihn für immer festzuhalten.

»... zurück ... zurück ...«, lockten sie.

»Weg«, schrie Twig und tastete aufgeregt nach seinem Säbel. »Lasst mich doch!«

»... doch ... doch ... doch ...«, antwortete der Wald.

KAPITEL 17

Der Sumpf fordert
seinen Tribut

Ratz Zehenschneider hatte die Hand über die Augen gelegt und sah der näher kommenden Gruppe entgegen. Seine dünnen, weißen Lippen verzogen sich halb belustigt, halb verächtlich.

»Na«, schnarrte er, »wen haben wir denn da?«

Die Reisenden, die für gewöhnlich des Weges kamen, gehörten in der Regel derselben Art an, wie eine Rotte Schwarzkammkobolde, eine Herde Borkenelfen oder eine Familie von Waldtrollen oder – Ratz grinste selbstgefällig – Schniffkobolden.

Aber ein solches Sammelsurium!

Er beugte sich vor und kniff die Augen zusammen. Voraus ging ein Junge, gefolgt von einem weiß gekleideten Greis, vielleicht seinem Großvater, aus dessen Nacken eine Art Baum zu wachsen schien. Dann kam ein kleines Geschöpf, dem Aussehen nach ein Eichenelf, danach eine Gestalt in einem schweren Mantel und mit einer Kapuze und als Letzter ... Ratz stöhnte. »Ein Banderbär«, knurrte er heiser.

Vor Banderbären hatte er größten Respekt und das mit gutem Grund. Sie waren nicht nur ungeheuer stark, sondern hatten auch einen seltsam wachen Instinkt. Ratz hatte erst einmal versucht, einem Banderbären die Zehen abzuschneiden. Der Versuch hätte ihn beinahe das Leben gekostet.

Er grinste. »Aber nur beinahe!«, flüsterte er, denn wie immer hatte er sein Opfer in der Nacht doch noch überwältigen können. »Doch aufgepasst«, ermahnte er sich, »der Banderbär damals war nicht halb so groß und stark wie der hier. Ich muss vorsichtig sein.«

Die letzten Schritte im Dämmerwald kosteten Twig die größte Überwindung. Geister, Gespenster und Dämonen überschütteten ihn mit Spott und Häme. »Du willst deinen Vater Wolkenwolf hier lassen?«, wisperten sie. »Ganz allein? Ohne seinen einzigen Sohn?«

»Ich habe keine Wahl«, murmelte Twig den Tränen nahe.

»Nicht stehen bleiben«, hörte er den Professor sagen. »Schlüpfe in den Handschuh und ziehe den Säbel. Du schaffst es, Twig, du kannst dich vom Dämmerwald befreien.«

»Ja ...«, erwiderte Twig unsicher. Er tat, wie der Professor ihn geheißen hatte. »Ja, das kann ich und das werde ich auch.« Er machte eine Pause. »Sind die anderen hinter uns?«

»Wir sind alle da«, bestätigte Zacke.

Twig blickte nach vorn. Am Ende der von wirbelnden Schwaden erfüllten Schneise hing der Stern, darunter stand die bleiche, spindlige Gestalt. Mit schweren Schritten schleppte Twig sich weiter.

»Jetzt ist es nicht mehr weit«, sagte der Professor aufmunternd. »Gleich haben wir es geschafft.«

Twig drehte sich zu ihm um und hielt ihn am Arm fest. »Dann müssen Sie stehen bleiben«, rief er. »Jeder weitere Schritt kann Sie das Leben kosten.«

Ratz Zehenschneider, der am äußersten Rand der Modersümpfe stand, wurde langsam ungeduldig. »Was ist denn jetzt wieder los, beim Himmel«, knurrte er verärgert. »Immer hat einer irgendwas.« Er bemerkte die zuckenden Ohren des Banderbären und änderte seine Taktik.

»Kommt doch!«, brüllte er. »Ich will euch doch nur helfen, bevor es zu spät ist.«

Die Worte von außerhalb des Dämmerwalds rissen Twig aus seiner Betäubung und jetzt endlich entließen die geisterhaften Stimmen und Erscheinungen ihn aus ihrem Bann. Das Wispern und Raunen in seinen Ohren verstummte, die Nebel vor seinen Augen lichteten sich und er sah den Wald wieder als das, was er in Wirklichkeit war: ein verlockend glitzernder, jedoch düsterer Ort, über dem ein schwüler Fäulnisgeruch hing.

Der Professor sah zu Twig auf. »Ein paar Schritte kann ich noch mitkommen«, sagte er.

»Sicher?«

Der Professor nickte. »Ganz sicher.« Er wandte sich zum Gehen. »Los.«

Haut und den blutunterlaufenen, verschlagenen Augen traute er nicht.

Beim Himmel, dachte er unglücklich, ich bin ein schöner Piratenkapitän! Und wieder wünschte er, sein Vater wäre jetzt hier. *Er* hätte gewusst, was zu tun war.

Zum dritten Mal seit Twigs Wahl zum Kapitän kam der Professor des Lichts ihm zu Hilfe. Er trat neben Twig.

»Wie viel verlangen Sie pro Person?«, fragte er.

Verlangen!, dachte Twig beunruhigt. Er hatte gar nicht daran gedacht, dass die Dienste des Führers Geld kosten könnten. Natürlich wollte die seltsam ausgebleichte Gestalt einen Lohn! Er, Twig, hatte allerdings keinen Heller dabei und die anderen auch nicht.

»Ich mache Ihnen einen Vorschlag«, sagte Ratz und rieb sich nachdenklich das Kinn. »Sonderangebot für Himmelspiraten.« Er beäugte sie von der Seite. »Zweihundert pro Person.«

Twig erschrak. Sie wollten zu viert durch die Sümpfe. Das machte achthundert insgesamt – Geld, das er nicht hatte.

Den Professor schien das nicht zu kümmern. »Also tausend insgesamt«, überlegte er. »Das geht.«

Jetzt war Twig erst recht durcheinander. »Aber ...«, setzte er an. »Ich dachte, Sie ...«

Der Professor sah ihn an. »Ich habe nach reiflicher Überlegung beschlossen, dass ich mit euch komme. Wenn ihr mich mitnehmt.«

»Natürlich«, sagte Twig unsicher. »Aber Sie meinten doch ...«

»Ich lasse es darauf ankommen. Wer weiß, vielleicht wächst mein Hals ja wieder zusammen ...« Der Professor machte eine Pause. »Bleiben kann ich hier jedenfalls nicht.«

»Aber Sie wollten doch ...«

»Ich weiß schon«, unterbrach ihn der Professor. »Ich dachte, wenn ich bliebe, könnte ich mich der Erforschung von Sturmphrax widmen. Doch das ist schier unmöglich. Ich hätte im Dämmerwald zwar die Zeit dazu, aber nicht mehr das Denkvermögen.«

Ratz Zehenschneider schnalzte ungeduldig mit der Zunge. Der Professor beachtete ihn nicht. »Ich bin Akademiker, Twig«, fuhr er fort. »In Sanktaphrax kennt man mich für meinen scharfen Verstand. Ich kann dir die *Abhandlung über die Eigenschaften des Lichts* des alten Dilnix aufsagen, ich kann die *Tausend leuchtenden Aphorismen des Archemax* auswendig ... Doch hier, an diesem schrecklichen Ort, der die Gedanken verwirrt, weiß ich kaum noch, wer ich bin.«

»Sie wollen also ...«

»Ich will lieber in Würde sterben, als in der Schande ewiger Verblödung leben.« Der Professor zog eine lederne Börse aus den Falten seines Gewands und gab sie Twig. »Da sind fünfhundert drin«, sagte er. »Den Rest bekommt er, wenn wir am Ziel sind.«

Twig drehte sich zu Ratz um. Das dürre Wesen starrte auf die Füße des Professors und leckte sich gierig die Lippen. Twig fröstelte. »Wenn Ihr einverstanden seid«, sagte er und streckte ihm die Lederbörse hin, »dann machen wir es so.«

Ratz sah auf und grinste. »Freut mich zu hören«, schnarrte er. Er nahm die Börse, ließ sie in seinem Wams verschwinden und ergriff dann Twigs Hand und schüttelte sie. Twig erschauerte bei der Berührung der trockenen, knochigen Finger.

»Dann kommt«, sagte Ratz und zog Twig sanft, aber entschieden über die unsichtbare Grenze, aus dem Dämmerwald in die Modersümpfe.

Twig blickte über die Schulter. Der Professor des Lichts war stehen geblieben. Trotz allem fiel ihm der Entschluss nicht leicht. Schließlich konnte schon der nächste Schritt sein letzter sein.

»Kommen Sie«, knurrte Ratz gereizt. »Wir haben nicht den ganzen Tag Zeit.«

»Nehmen Sie sich Zeit, so viel Sie brauchen, Professor«, sagte Twig.

Ratz schnaubte und wandte sich verächtlich ab. Twig bot dem Professor seinen Arm an.

»Danke, Twig«, sagte der Professor. »Was immer jetzt passiert, mein Junge, es war mir eine Ehre und ein Vergnügen,

dich kennen zu lernen. Eines Tages wirst du ein tüchtiger Himmelspiratenkapitän mit einem eigenen Schiff sein, das weiß ich ganz bestimmt.«

Und mit diesen Worten wagte der Professor den alles entscheidenden Schritt. Twig, der damit rechnete, dass der Professor jeden Augenblick zusammenbrechen konnte, griff ihm stützend unter die Arme, doch der Professor fiel nicht um. Er zuckte vor Schmerzen zusammen, stöhnte laut und schwankte ein wenig, aber er fiel nicht um.

»Gut gemacht, Professor«, riefen Zacke, Hubble und der Steinpilot hinter ihm erleichtert.

»Ja, wirklich!« Auch Twig strahlte. »Sobald wir in Sanktaphrax sind, werden Sie wieder ganz gesund.« Der Professor lächelte matt. Sein Gesicht hatte sich aschgrau verfärbt. Twig runzelte besorgt die Stirn. »W ... wie geht es Ihnen?«, fragte er ängstlich.

»Ich lebe«, ächzte der Professor. »Viel mehr nicht. Leider werde ich nicht schnell gehen können. Vielleicht wäre es besser, wenn ihr ...«

»Auf keinen Fall«, erwiderte Twig bestimmt. »Sie kommen mit uns. Wir helfen Ihnen abwechselnd.« An die anderen gewandt, fügte er hinzu: »Kommt. Gehen wir.«

»Wird auch langsam höchste Zeit«, bemerkte Ratz giftig. Er wandte sich zum Gehen, die anderen folgten ihm. Twig ging zuletzt und hatte seinen Arm um den Rücken des Professors gelegt.

»Beeilt euch!«, rief Ratz zurück. »Und denkt dran: Bleibt zusammen, geht immer hinter mir und dreht euch nicht um.«

Twig blickte über die Wüste vor ihnen und als er sah, wie weit sie gehen mussten, verließ ihn der Mut. Der Sumpf schien endlos. Schon der Marsch allein war eine Tortur. Und noch mit dem Professor, der sich schwer auf ihn stützte ...

»Eins nach dem anderen«, keuchte der Professor, als habe er Twigs Gedanken gelesen. Twig nickte und sah auf den weißen Schlamm hinunter, der bei jedem Schritt um seine Füße quoll. Der Professor hatte Recht. Entscheidend war allein, dass sie dem Dämmerwald entronnen waren. Der Sumpf mochte groß und gefährlich sein, aber auch er hörte irgendwann einmal auf. Und dank der glücklichen Begegnung mit dem Führer ...

»Captain!«, hörte er Zacke aufgeregt rufen. »Captain!« Twig kapierte zunächst gar nicht, dass der Eichenelf *ihn* meinte, und sah sich automatisch nach Wolkenwolf um. »Captain Twig!«, schrie Zacke. »Kommen Sie schnell. Hubble kann nicht mehr.«

Twig sah nach
vorn. Der Bander-
bär lag bewegungslos da,
ein weißer Haufen auf dem weichen Schlamm.

»Geh ruhig«, sagte der Professor. »Ich
kann allein stehen.«

Das brauchte er Twig nicht zweimal zu sagen. Der
Junge rannte durch den schmatzenden Morast und fiel
neben seinem Freund auf die Knie. »Was ist?«, rief er.
»Hubble, was fehlt dir?«

»Wu ... wu, wu«, ächzte der Banderbär und griff sich mit
den Tatzen an die Brust. Sein gewaltiger Schädel kippte zur
Seite.

»Hubble!« Twigs Augen füllten sich mit Tränen. »Hubble, sag mir doch, was ich tun soll.«

»Wuuuu«, stöhnte der Banderbär leise. Dann bekam er plötzlich einen schrecklich gurgelnden Hustenanfall und krümmte sich vor Schmerzen.

Twig kämpfte mit den Tränen. Hubble hatte beim Absprung vom *Sturmpfeil* offenbar schwere innere Verletzungen erlitten. Sein Atem ging kurz und pfeifend. Twig kraulte seinen Hals und flüsterte immer wieder, es würde alles gut werden und Hubble würde bald wieder gesund sein. Der Banderbär lächelte schwach und schloss die Augen.

»T-wu-g, wu, wu. Fr-wu-nde ...«

Sein Mundwinkel füllte sich plötzlich mit Blut und dann floss das Blut leuchtend rot auf das dicke, weiße Fell seiner Wange. Hubble hustete noch einmal, ein Zittern lief durch seinen Körper, dann rührte er sich nicht mehr.

»NEIN!«, heulte Twig und warf sich Hubble an den Hals. »Nicht du. Du darfst nicht sterben! Du warst doch immer so ... stark ...«

»Nicht einmal die Besten sind davor gefeit«, sagte spöttisch eine Stimme hinter ihm. Twig erstarrte. »Im einen Augenblick geht es ihnen noch prima«, fuhr die Stimme fort, »im nächsten fallen sie tot um.«

»Ratz!« Twig sprang auf und zog den Säbel. »Noch ein Wort und ich haue Euch entzwei, beim Himmel.«

»Damit Eure Leute im Sumpf verrecken?«, höhnte Ratz. »Doch wohl nicht.« Er ging weiter. Twig zitterte vor Wut, doch war er machtlos.

»Komm, Twig«, sagte der Professor des Lichts. »Deinem Freund kannst du nicht mehr helfen.«

»Ich weiß«, sagte Twig und schnupfte. »Aber ...«

»Komm«, wiederholte der Professor. »Bevor dieser Halunke Ratz uns abhängt.«

KAPITEL 18

Zwischen Springquellen und Treibschlamm

Ratz Zehenschneider konnte sein Glück kaum fassen. Als der Banderbär in die Knie ging, tat er vor Freude beinahe einen Luftsprung. Der Bär war zusammengebrochen, sobald er die Unsterblichkeit des Dämmerwalds verlassen hatte, und mit ihm war das gefährlichste Mitglied der Gruppe aus dem Weg geräumt.

»Die anderen sind leichte Beute«, flüsterte Ratz leise und lachte meckernd. »Der Alte sorgt dafür, dass sie schön langsam vorankommen.« Nachdenklich rieb er sich das Kinn. »Trotzdem«, sagte er schließlich. »Es wäre eine Schande, so schöne Zehen zu verschwenden. Zumal so große mit so dichtem Fell.«

Er sah sich nach dem Rest der Gruppe um und stellte zufrieden fest, dass die Abstände zwischen den einzelnen Mitgliedern trotz seines Rates immer größer wurden. Ganz hinten kam der Eichenelf. Er hatte offenbar die größten Schwierigkeiten.

»Jetzt musst du nicht mehr lange leiden, mein Kleiner«, flüsterte Ratz drohend. »Und du auch nicht.« Er konzentrierte seine Aufmerksamkeit auf die hinkende Gestalt in dem schweren Mantel. »Und ihr beide«, sagte er mit einem Blick auf Twig und den Professor, »ihr beide, meine Freunde mit den Glitzerzehen, seid der Nachtisch!«

Er hob die Arme und formte mit seinen knochigen, vertrockneten Fingern einen Trichter vor dem Mund. »Hallo!«

Das Echo seiner heiseren Stimme erfüllte die fahle Ödnis wie das Krächzen der weißen Raben. Doch niemand schien ihn gehört zu haben.

»Hallo!«, brüllte Ratz. »Captain Twig!«

Diesmal sah der Junge auf.

»Was ist?«, rief er. Seine Stimme kam nur mühsam gegen den Wind an.

»Wir haben fast die Hälfte geschafft«, rief Ratz. Er zeigte hinter sich. »Seht Ihr den Zacken am Horizont? Das ist der Mast eines Wracks. Dorthin gehen wir, dann machen wir eine kleine Pause.«

»Wir müssen jetzt Pause machen!«, schrie Twig.

Ratz lächelte in sich hinein. »Das ist leider völlig unmöglich. Es wimmelt hier von besonders schlimmen Schlickfischen. Die fressen euch bei lebendigem Leib, sobald sie euch entdecken.«

Eine Pause entstand.

»Könnt Ihr dann wenigstens etwas langsamer gehen?«, rief Twig.

»Natürlich kann ich das, Captain«, antwortete Ratz liebenswürdig. »Aber ich tue es nicht!«, fügte er leise hinzu. Wieder hob er die Hände an den Mund. »Geht einfach weiter, bis ihr zum Wrack kommt. Solange ihr gerade darauf zuhaltet, kann euch nichts passieren. Aber seid vorsichtig. Auf beiden Seiten des Weges gibt es gefährliche Springquellen und auch der Treibschlamm ist trügerisch. Ihr dürft den Weg nicht verlassen.«

»Nein«, rief Twig.

»Ach ja, noch was«, sagte Ratz. »Der Sumpf sieht zwar ganz flach aus, hat aber ziemliche Buckel. Geratet also nicht in Panik, wenn ihr mich oder das Schiff mal eine Weile nicht mehr seht. Marschiert einfach weiter.«

»In Ordnung!«, rief Twig.

Ratz kicherte in sich hinein. Dieser Captain Twig war doch ein Einfaltspinsel. Zufrieden drehte er sich um und schritt durch die stinkende Ödnis. Die Sonne schien weiß auf das ferne Wrack. Das Wrack war einerseits näher, als es den Anschein hatte, und zugleich weiter weg, als die arglosen Himmelspiraten je kommen würden.

»Sumpfwürger, Schlickfische und weiße Raben«, schnaubte Ratz. »Harmlose Geschöpfe im Vergleich zu mir. Denn ich, Ratz Zehenschneider, bin das gefährlichste Geschöpf in dieser großen, weißen Wildnis – das werdet Ihr, *Captain* Twig, bald auf Eure Kosten feststellen.«

Ratz' Worte gingen Twig unaufhörlich durch den Kopf. *Ihr dürft den Weg nicht verlassen.* Spelda und Tuntum, die Waldtrolle und Zieheltern Twigs, hatten das immer zu ihm gesagt. Doch wenn er den Ermahnungen damals gefolgt wäre, würde er immer noch im Dunkelwald leben. Diesmal stimmte der Rat allerdings. Wenn der Professor ausrutschte oder stolperte, würde das tödlich enden.

Der Professor konnte mit seinem Kopf, der an dem Ast auf seinem Rücken festgebunden war, nicht nach unten sehen. Deshalb musste Twig auf den Weg achten. Dabei konnte er aber nicht zugleich noch ihr Ziel im Auge behalten. Jedes Mal wenn er vom Boden aufsah, musste er deshalb feststellen, dass sie nach rechts oder links abgekommen waren.

»Muss ich denn alles alleine tun?«, klagte Twig gereizt. »Warum sagen Sie mir nicht, wenn wir vom Weg abkommen?«

»Ich kann nicht«, erwiderte der Professor. »Ich habe die Augen geschlossen.«

»Dann machen Sie sie auf!«, sagte Twig unwirsch.

»Das kann ich auch nicht«, sagte der Professor müde. »Mein Kopf ist so festgebunden, dass ich immerzu in die Sonne schauen muss. Wenn ich das zu lange tue, werde ich blind.« Er schnupfte jämmerlich. »Und zu was ist ein blinder Professor des Lichts nütze? Dann ende ich noch als Bettler auf den Straßen von Unterstadt.«

Twig wandte sich schuldbewusst ab. »Tut mir Leid«, murmelte er. »Ich ...«

»Nein, mein lieber Junge«, rief der Professor, »du bist der Letzte, der sich entschuldigen muss. Du hast mir im Dämmerwald geholfen und du hilfst mir jetzt. Dafür werde ich dir bis in alle Ewigkeit dankbar sein.« Er machte eine Pause. »Aber diesem Ratz würde ich gern den Kopf waschen. Er sagte doch, er wollte langsamer gehen.«

Twig nickte, schwieg aber. Vielleicht hatte ihr Führer das Tempo ja verlangsamt. Er konnte es nicht beurteilen, weil er mit dem Professor nur schrecklich langsam vorankam. Ihr Marsch zog sich wie ein Alptraum endlos in die Länge.

275

Jeder Meter kam Twig vor wie ein Kilometer und jede Sekunde wie eine Stunde.

»Beim Himmel!«, ächzte der Professor. »Wie weit müssen wir noch gehen? Ich glaube, ich kann bald nicht mehr.«

»Sie schaffen das ganz bestimmt«, sagte Twig aufmunternd. Mit einem Blick über die Schulter vergewisserte er sich, dass Zacke und der Steinpilot ihnen noch folgten. »Es kann nicht mehr weit sein.« Er sah wieder nach vorn. Ein Schrei entfuhr ihm.

»Was ist?«, fragte der Professor und öffnete die Augen.

»Ratz.« Twig hakte mit der freien Hand sein Fernrohr los und suchte aufgeregt den Horizont ab. »Er ist verschwunden!«

Der Professor des Lichts spähte mit zusammengekniffenen Augen in die Ferne. »Er hat ja gesagt, dass das passieren könnte.«

»Schon, aber ...«

»Nein, Twig«, rief der Professor. »Ich bin alt und habe Schmerzen, ich darf den Mut verlieren. Aber du nicht, Twig. Du hast dein ganzes Leben noch vor dir.«

Twig starrte düster zum Horizont. »Morast«, murmelte er, »das ist alles, was ich vor mir habe. Ach Professor, wenn ich meinem Vater gehorcht hätte, wäre das alles nicht geschehen. Aber nein, ich wollte ja nicht gehorchen und musste mich, dumm und dickköpfig, wie ich bin, heimlich an Bord des *Sturmpfeils* schleichen. Es ist alles meine Schuld.«

»Twig, mein Junge«, sagte der Professor sanft. »Was passiert ist, lässt sich nicht ungeschehen machen. Ich mache dir keine Vorwürfe. Viel wichtiger ist, wie du mit den Folgen deines Tuns umgehst. Wenn du ...« In diesem Moment schoss zwischen ihnen eine siedend heiße Springquelle in die Höhe. »AAAAAAH!«, schrie der Professor gellend.

»Professor!«, brüllte Twig. Die Fontäne hatte sie auseinandergerissen.

Entsetzt starrte er auf die kochende Schlammsäule, die wie ein riesiger weißer Baumstamm in der Luft stand. Immer höher spritzte sie mit lautem Getöse, dann überschlug sie sich. Ein Schauer dicker, klebriger Tropfen prasselte auf den Boden nieder.

»Professor!«, brüllte Twig wieder. »Wo sind Sie?«

»Hier drüben«, kam zitternd eine Stimme von der anderen Seite der Schlammsäule. »Ich stecke fest.«

»Bleiben Sie, wo Sie sind«, rief Twig. »Ich komme Sie holen.«

Mit dem Schlamm quollen auch Wolken giftiger Dämpfe aus dem Loch und hüllten Twig ein. Hustend und spuckend und mit tränenden Augen stolperte er um die Säule herum. Die heiße Luft flimmerte, der Schlamm sprudelte unaufhörlich aus dem Loch. Twig hob den Arm vor das Gesicht, doch nützte das nichts gegen den Gestank, der ihm den Atem verschlug.

»Ich ... kann ... Sie ... nicht ... finden«, keuchte er.

»Hier«, ertönte die zittrige Stimme des Professors. Sie klang ganz nah. Twig blieb stehen, wischte sich die Augen und spähte durch den Dunst. Er blickte direkt in die Augen des Professors, keine drei Schritte von ihm entfernt.

»Halt!«, rief der Professor. »Keinen Schritt weiter.«

Twig verstand zunächst gar nicht, was er sah. Der Professor lag nicht auf dem Rücken. Sein Kopf befand sich zwar ganz eindeutig auf Bodenhöhe, doch blickte er geradeaus und nicht himmelwärts. Dann wurde Twig schlagartig alles klar. Der Professor des Lichts war im Treibschlamm eingesunken. Der Schlamm reichte ihm bereits bis zu den Achseln.

Twig riss sich das Halstuch vom Hals und band es sich als provisorische Schutzmaske vor Mund und Nase. Dann zog er seinen Himmelspiratenmantel aus, kniete sich an den Rand des Schlammlochs und warf das eine Ende des Mantels dem Professor zu. Das andere, Kragen und Schultern, hielt er mit den Händen fest.

»Halten Sie sich fest«, keuchte er. »Ich ziehe Sie raus.«

Der Professor packte einen Mantelzipfel. Twig stemmte die Beine in den Boden, lehnte sich zurück und zog, wie er noch nie in seinem Leben gezogen hatte. »Hau ruck!«, keuchte er verzweifelt. »Hau ruck!«

Ganz langsam tauchte der Professor aus dem Boden auf, zuerst die Brust, dann der Bauch ...

»Aua, mein Hals«, wimmerte der Professor. »Mein armer Hals.«

»Gleich haben wir es«, keuchte Twig. »Gleich ...«

Schmatzend gab der Schlamm die Beine des Professors frei. Mit dem Kopf nach unten blieb der Professor liegen.

»Professor«, rief Twig. Er rollte ihn auf den Rücken und wischte ihm den zähen Schlamm aus dem Gesicht. »Professor, hören Sie mich?«

Die dünnen, aufgesprungenen Lippen des Professors gingen auf. »Ja«, krächzte er schwach. »Ich höre dich ... Du hast mir das Leben gerettet.«

»Noch nicht ganz«, sagte Twig. »Aber bald. Steigen Sie auf meinen Rücken.«

»Nein, Twig«, protestierte der Professor. »Ich kann doch nicht ... *Du* kannst doch nicht ...«

»Gleich wissen wir, ob es geht.« Twig schlüpfte wieder in seinen Mantel und hockte sich hin. »Legen Sie die Arme um meinen Hals«, befahl er. »Gut so.«

Keuchend vor Anstrengung richtete er sich auf, packte die

knochigen Beine des Professors mit den Händen und marschierte los, weg von dem Treibschlamm und der Springquelle mit ihren giftigen Dämpfen und der kochenden Schlammfontäne und immer weiter durch den fahlen Sumpf. Die Temperatur fiel, die Luft wurde klar.

»Immer noch keine Spur von Ratz«, murmelte der Professor nach einer Weile. »Ein Betrüger ist das, wie er im Buche steht. Nimmt unser Geld und überlässt uns dann unserem Schicksal. Jetzt sitzt er wahrscheinlich in aller Ruhe in seinem Wrack.«

Twig hob den Kopf und starrte über den Sumpf. Endlich schien das Wrack näher zu kommen.

»In den Himmel schießen sollte man den Hund«, schimpfte er und spuckte aus. »Aber Zacke, der Steinpilot, Sie und ich, wir schaffen es, ob mit oder ohne Ratz' Hilfe. Das verspreche ich Ihnen als Kapitän dieser Mannschaft.«

Doch Ratz saß nicht zu Hause in seinem abgestürzten Himmelsschiff. In einem unbeobachteten Moment hatte er sich hinter einen Felsen geduckt. Anschließend wälzte er

sich im Schlamm, bis er von Kopf
bis Fuß mit der zähen Masse
bedeckt war.

»Hokus pokus verschwin-
dibus.« Er kicherte heiser.
Dann, als er mit seiner
Tarnung zufrieden war,
stand er wieder auf und
eilte, so schnell er konnte, parallel zum Weg der
Himmelspiraten durch den

Sumpf zurück. Er konnte die Piraten sehen, doch sie ihn
nicht.

»Folgt immer schön dem Weg, ihr Dummköpfe«, zischte
er, als er an Twig und dem Alten vorbeikam. »Wir wollen
doch nicht, dass ihr im Sumpf versinkt. Wenigstens noch
nicht.«

Er rannte weiter, vorbei an der seltsamen Gestalt in dem
schweren Mantel, an dem Eichenelf – der inzwischen auf
Händen und Knien kroch – und weiter bis zu dem toten
Banderbären. Beim Näherkommen bemerkte er, dass er
nicht der Erste war. Die weißen Raben rissen bereits mit
ihren Schnäbeln und Klauen an der Leiche.

»Fort mit euch, ihr weißen Teufel!«, brüllte Ratz und
rannte mit den Armen fuchtelnd auf sie zu.

Die weißen Raben trippelten auf ihren sehnigen Beinen
über den Boden und krächzten wütend, doch sie flogen
nicht weg. Ratz beugte sich hinunter. Die Aasvögel hatten
einen großen Teil der Leiche bereits vertilgt, doch die gewaltigen, haarigen Tatzen mit Klauen wie Dolche waren

noch unversehrt. Ratz neigte den Kopf zur Seite, bis die Sonne auf den unzähligen winzigen Kristallen glitzerte, die im Fell zwischen den Zehen hingen.

Ratz grinste zufrieden. »Schöne, fette Beute.«

Er zog das Messer aus dem Gürtel, schnitt mit der kalten Präzision eines Chirurgen die Zehen ab und steckte sie in seine Ledertasche. Die weißen Raben schrien erbost.

»Hier«, rief er ihnen zu. »Der Rest gehört euch.« Er schwang sich die Tasche über die Schulter und eilte mit großen Schritten davon. »Einer ist schon im Sack«, kicherte er. »Bleiben noch vier.«

Als Nächstes kam er zu Zacke. Der Eichenelf kniete immer noch und hatte die Hände auf den Boden gestützt, doch war er nicht mehr in der Lage weiterzukriechen. Er atmete schnell und keuchend. Die Hände in die Hüften gestützt, blieb Ratz neben dem Elfen stehen und betrachtete das bemitleidenswerte Geschöpf. Dann schlang er den Arm um die Schultern des Eichelfs und zog ihn nach hinten. Die Klinge des Messers blitzte auf, der Elf gab ein gurgelndes Geräusch von sich, fasste sich an die Kehle – und sackte leblos in sich zusammen.

»Dem habe ich direkt einen Gefallen getan«, murmelte Ratz und machte sich daran, die Zehen abzuschneiden. »Ich habe ihn von seinem Elend erlöst.« Er stand auf und sah nach vorn zu der Gestalt mit der Kapuze, die ebenfalls nur noch schleppend vorwärts kam.

»Ob du bereit bist oder nicht«, murmelte er, »ich komme!«

Der anstrengende Marsch forderte allmählich auch von Twig seinen Tribut. Der Professor des Lichts bestand zwar nur aus Haut und Knochen, doch schien er, während Twig ihn ohne abzusetzen durch den schmatzenden, zähen Morast schleppte, immer schwerer zu werden.

»Fast geschafft«, sagte der Professor. »Nur noch ein paar Schritte.«

Twig tauchte in einen Schatten ein und es wurde schlagartig kühler. Er hob den Kopf. Vor ihm ragte das Wrack eines gewaltigen Schiffes auf.

»Dem Himmel sei Dank!«, keuchte er.

»Der Dank gebührt *dir*«, sagte der Professor.

Twig ließ die Beine des Professors los und setzte ihn behutsam auf dem Boden ab. »Aaaah!«, seufzte er. Seine Arme kamen ihm auf einmal federleicht vor. »Mir ist, als könnte ich fliegen!«

Der Professor schnalzte mitfühlend mit der Zunge. »War ich wirklich so schwer?«

»Eine Zeit lang glaubte ich schon, wir würden es nicht schaffen«, gestand Twig. »Aber jetzt sind wir hier.« Er sah sich um. »Ratz!«

»Ratz ... Ratz ... Ratz ...«, verlor sich das Echo unbeantwortet in der Ferne.

Twig schüttelte den Kopf. »Wo steckt er denn? Was führt er im Schilde?«

Der Professor schnaubte. »Ich traue diesem Schurken alles zu.«

Twig bekam plötzlich einen Schrecken. Zacke und der Steinpilot! Er war so damit beschäftigt gewesen, den Professor zu retten, dass er die anderen völlig vergessen hatte. Hastig zog er sich an dem zur Seite gekippten Rumpf des Schiffes hinauf, rannte zum Mast und kletterte ihn hoch.

Obwohl das Schiff gefährlich schief auf dem weißen Morast lag, war das Krähennest immer noch der bei weitem höchste Punkt des ganzen Sumpfes. Twig sah den Weg zurück, den sie gekommen waren.

Weit weg in der Ferne sah er etwas, braun auf weiß und vollkommen bewegungslos. Zitternd vor Angst und Aufregung hakte Twig sein Fernrohr von der Mantelbrust los und hob es ans Auge.

»Zacke«, schrie er entsetzt, ein furchtbares Bild vor Augen.

»Was ist passiert?«, hörte er den Professor rufen.

»Zacke«, rief er hinunter. »Er ist tot. Ermordet.«

»Und der Steinpilot?«

Twig suchte mit dem Fernrohr die weiß glitzernde Ödnis ab. »Ich ... ich muss ihn erst finden«, stotterte er. Hinter einem ausgebleichten Felsen tauchte verschwommen eine dunkle Gestalt auf und erschien deutlich sichtbar im Fernrohr. Mit schweißfeuchten, unkontrolliert zitternden Händen versuchte Twig das Fernrohr scharf zu stellen. »Jawohl!«, schrie er. »Das ist er. Er ist gar nicht weit weg.«

»Lebt er?«

Twig nickte. »Gerade noch. Aber er zieht das rechte Bein nach und kann kaum noch gehen. Ich ...« Er brach ab. »Was ist das denn?«

Hinter dem Steinpiloten hatte sich etwas bewegt, weiß auf weiß, aber trotzdem sichtbar, als ob der Sumpf plötzlich Körper und Kopf bekommen hätte. Ein Wesen näherte sich dem Steinpiloten.

»Was ist das?« Twig erschauerte. »Ein Sumpfteufel? Eine Schlammfurie? Oder der schreckliche Sumpfwürger?«

Er stellte das Fernrohr erneut scharf, diesmal auf das seltsame Wesen mit seinen spindligen Armen und Beinen, einem gebeugten Rücken und einer straff über den Schädel gespannten Haut, die an Mund und Augenbrauen zog. Wut stieg in Twig hoch. Das war kein Sumpfteufel und keine Schlammfurie.

»Ratz«, zischte er. »Ich hätte es wissen müssen.«

Der Steinpilot blieb stehen und drehte sich um. Twig hörte einen gedämpften Aufschrei. Stolpernd wich der Steinpilot zurück, blitzend fuhr etwas durch die Luft.

»Und er hat ein Messer!«

Twig schob das Fernrohr zusammen, kletterte den Mast hinunter, sprang vom Deck auf den Boden und rannte den Weg zurück, den sie gekommen waren.

»Wo willst du hin?«, rief der Professor ihm nach.

»Ich muss dem Steinpiloten helfen, bevor es zu spät ist.«
Schweißüberströmt und mit schmerzenden Gliedern hastete Twig den Weg entlang. Ratz und der Steinpilot wälz-
ten sich auf dem Boden. Die Hälfte des Weges hatte Twig
geschafft. Das Messer blitzte. Einmal hatte der Steinpilot
die Oberhand, dann wieder Ratz. Wenn Twig nur ... Von
einem heftigen Schlag getroffen, fiel der Steinpilot nach
hinten über. Wieder blitzte das Messer.

»RATZ!«, brüllte Twig.

Sofort ließ die knochige weiße Gestalt von ihrer Beute ab
und fuhr wie ein in die Enge getriebenes Tier zu dem Jungen herum. Ratz' Zähne schimmerten gelb. »Sieh an«,
krächzte er und zog eine lange, grausam aussehende Sichel
aus dem Gürtel. »Ihr erspart mir die Mühe zu Euch zu
kommen. Wirklich sehr rücksichtsvoll.« Er ließ die Sichel
in der Hand auf und ab federn. Die rasiermesserscharfe
Schneide schimmerte.

Twig wurde totenbleich. Er hatte keine Erfahrung im Kampf von Mann gegen Mann.

»Na los, *Captain* Twig«, rief Ratz höhnisch und winkte ihm mit der freien Hand. »Lasst sehen, aus welchem Holz Ihr geschnitzt seid.« Er trippelte wie eine Schlammkrabbe einige Schritte näher. »Aber vielleicht wollt Ihr ja lieber davonlaufen, ich gebe Euch ein paar Meter Vorsprung.« Er kicherte freudlos.

Twig zog seinen Säbel und starrte trotzig in Ratz' blutunterlaufene Augen.

»Ich bleibe hier und kämpfe gegen Euch, Ratz«, rief er drohend und betete innerlich darum, das Scheusal möge das Zittern seiner Stimme und seines Armes nicht bemerken. »Und«, fügte er mutig hinzu, »ich werde Euch bezwingen.«

Ratz erwiderte seinen Blick, sagte aber nichts. Er ging in die Knie und begann den Oberkörper hin und her zu wiegen. Die blitzende Sichel warf er dabei von einer Hand in die andere. Ununterbrochen fixierte er Twig. Dann sprang er hoch.

Twig schrie auf und machte einen Satz zurück. Die tödliche Klinge schwirrte durch die Luft. Wenn Twig ihr nicht im letzten Moment ausgewichen wäre, hätte sie ihm den Magen aufgeschlitzt. Wieder fuhr die Klinge durch die Luft.

Ratz spielt mit mir, dachte Twig. Er will mich in den Sumpf treiben. Wehr dich, Twig! Wehr dich oder … stirb!

Er nahm allen Mut zusammen. Wieder sauste die Klinge dicht über dem Boden auf ihn zu, Twig hielt die Luft an, packte seinen Säbel ganz fest und hielt ihn der Sichel entgegen.

Klirrend prallten die Klingen aufeinander. Die Erschütterung fuhr Twig durch den Arm und den ganzen Körper. Er stöhnte.

»Na, Captain«, höhnte Ratz, unablässig vor ihm auf und ab trippelnd.

»Zu mehr reicht es nicht?«

Die krumme Sichel vollführte vor Twigs Augen einen schauerlichen Tanz. Sie wirbelte herum und stieß nach unten, nach oben und zur Seite. Das Herz schlug Twig bis zum Hals. Wieder streckte er den Säbel aus, und wieder schlug der Säbel mit der Sichel zusammen, und immer wieder ...

Ich besiege dich!, schrie Twig stumm. Ich tu's für Zacke, für den Steinpiloten ... und für mich.

Ratz hüpfte unerwartet nach links und dann nach vorn. Doch Twig kam ihm zuvor. Er sprang zur Seite, sodass die Sichel ins Leere fuhr, und hieb dann mit dem Säbel nach Ratz' dürrem Hals.

»Jetzt!«, brüllte er. »Ihr ...«
Er trat mit dem Fuß in ein verborgenes Strudelloch.

»Hiiiilfe!«, kreischte er. Sein Knöchel sank immer tiefer ein. Er verlor das Gleichgewicht und fiel hin. Der Säbel entglitt seiner Hand und fiel knapp außer Reichweite auf den weichen Morast. Im nächsten Moment stand Ratz über ihm. Mit dem Fuß hielt er Twigs behandschuhten Arm auf dem Boden fest, dann kitzelte er ihn mit der Spitze der grausamen Sichel unter dem Kinn.

»Habt Ihr geglaubt, Ihr könntet es mit Ratz Zehenschneider aufnehmen, *Captain* Twig?«, schnarrte er, das Gesicht zu einer höhnischen Grimasse verzerrt.

Er schwang die Sichel hoch über seinen Kopf. Wie ein schwarzer Mond stand ihre Silhouette vor dem Himmel. Die Klinge glitzerte.

»RATTIUS ZELLINIX!«, ertönte plötzlich die Fistelstimme des Professors. »Was hat der Junge dir denn getan?«

Ratz erstarrte und sah sich um. »Was zum ...?«, murmelte er.

Sofort zog Twig mit einem Ruck seinen Arm unter Ratz' Fuß hervor, rollte zur Seite, langte nach seinem Säbel und

stieß ihn Ratz mit aller Wucht in die magere Brust. Dickes, rotes Blut strömte über die Klinge auf Twigs Handschuh und verwandelte sich dort in kristallklares Wasser, das über seinen Arm lief und dann zu Boden tropfte.

Mit einem leisen Plumps fiel die Sichel zu Boden. Ratz sah nach unten. Er schien wie erstaunt über die Klinge, die aus seiner Brust ragte. Verwirrt begegnete sein Blick dem von Twig.

Mit seinem Gesicht ging eine Verwandlung vor. Fassungslos beobachtete Twig, wie das tückische Grinsen, die höhnisch verzerrten Lippen und die boshaft funkelnden Augen sich veränderten. Aus dem grausamen, blutrünstigen Unhold, der ihn eben noch in Stücke hatte hauen wollen, wurde eine ganz andere Person mit ruhigen, nachdenklichen, geradezu edlen Gesichtszügen. Ratz' warm leuchtende Augen blickten in die Ferne, ein Lächeln spielte um seine Lippen. Die Lippen öffneten sich und ein einziges Wort erklang.

»Sanktaphrax ...«

Dann fiel er tot um.

Mit schwachen Knien stand Twig auf und starrte auf den bewegungslosen Körper vor ihm. »Ich habe jemanden umgebracht«, flüsterte er. Mit zitternden Fingern drückte er Ratz die Augen zu.

Ratz' Gesicht wirkte friedlich und wie in den letzten Augenblicken seines

Lebens seltsam feierlich. Twig spürte einen Kloß im Hals. Was hatte Ratz zu einem solchen Scheusal gemacht? Sein Blick fiel auf die Tasche, die der tote Ratz über der Schulter getragen hatte. Vielleicht gab seine persönliche Habe Aufschluss darüber. Twig beugte sich hinunter, knüpfte die Bändel der Tasche auf und sah hinein.

Er fuhr zurück und würgte auf leeren Magen. Tränen füllten seine Augen ohne das Bild der abgeschnittenen Zehen auslöschen zu können. Er schob die Tasche weg, hockte sich hin und atmete in tiefen Zügen ein. »Warum?«, flüsterte er schließlich und starrte Ratz entsetzt an. »Warum diese Gräueltaten?«

Doch der Tote konnte ihm keine Auskunft mehr geben. Mühsam stand Twig auf um zu gehen. Über ihm sammelten sich bereits die weißen Raben. Erst jetzt fiel sein Blick auf seinen Handschuh.

KAPITEL 19

Ratz' Geheimnis

Mit dem Säbel schlug Twig eine Schneise durch die wachsende Schar der Aasvögel und eilte zum Steinpiloten, der bewegungslos auf dem Boden lag. Die in die Kapuze eingelassenen Fenster waren von innen beschlagen. Hieß das, der Steinpilot atmete noch? Hatte er den mörderischen Schlag, den Ratz ihm versetzt hatte, überlebt?

»Wenn ich nur wüsste, wie man diese Dinger aufbekommt«, murmelte Twig. Vergeblich riss er an den Bolzen, mit denen Kapuze und Handschuhe am Mantel befestigt waren. Er kniete hin und drückte lauschend das Ohr an den schweren Mantel. Ob das Herz noch schlug? Ein Lächeln breitete sich auf seinem Gesicht aus. Unter sich spürte er schwach, aber regelmäßig den Puls des Steinpiloten.

»Das kriegen wir wieder hin.« Twig sprang auf. »Ich bringe dich zum Wrack. Dort ist es angenehm kühl.« Er schob die Hände unter die Arme des Steinpiloten und umfasste seine Brust. »Dort hast du dich ... *hepp* ... bald wieder erholt!« Keuchend wuchtete er die Schultern des Steinpiloten hoch.

Jeder Schritt war eine Qual, so sehr verlangte Twigs er-
schöpfter Körper nach Ruhe. Doch gab der Junge dem Be-
dürfnis keinen Augenblick nach. Wenn auch noch der
Steinpilot starb, hatte er seine gesamte Mannschaft verloren und das durfte er auf keinen Fall zulassen.

»Gleich sind wir da«, keuchte er, »gleich.«
Der Steinpilot blieb stumm und rührte sich nicht, doch
Twig wusste, dass sein Herz noch schlug, da die weißen Ra-
ben sie in Ruhe ließen. Wäre sein Herz stehen geblieben,
hätten sie sofort angegriffen.
Endlich tauchte Twig in den langen Schatten des Wracks
ein. Er hob den Blick zum Himmel und dankte ihm stumm.
»Professor«, rief er dann und sah sich um. »Professor?«
»Hier drinnen«, antwortete eine müde Stimme aus dem
Innern des Wracks. Twig wandte sich in die Richtung, aus
der die Stimme gekommen war. Links von ihm klaffte im

Rumpf ein großes Loch. »Hier«, wiederholte der Professor. Seine Stimme war kaum mehr als ein Flüstern.

Twig zog den Steinpiloten durch das Loch. Von drinnen schlug ihm ein entsetzlicher Fäulnisgestank entgegen. Er bettete den Steinpiloten an der Wand auf den Boden. Der Professor saß an einen umgefallenen Balken gelehnt an der Wand gegenüber. Der Ast an seinem Rücken hielt seinen Kopf immer noch kerzengerade aufrecht. Er lebte, doch konnte man sogar im Dämmerlicht erkennen, dass es schlecht um ihn stand.

»Er hat ihn umgebracht«, jammerte der Professor. »Ermordet.«

»Nein«, sagte Twig, »er ist nur verletzt – vielleicht schwer, aber wenigstens lebt er noch.«

Der Professor seufzte schwach. »Ich meine nicht den Steinpiloten.« Er wies mit einer Armbewegung um sich. »Dieses Schiff hier ist die *Windsbraut*. Ich habe das Namensschild gefunden. Die *Windsbraut* fuhr unter Kapitän Rattius Zellinix. Rattius Zellinix ... ein tapferer, tugendhafter Ritter.« Die Augen des Professors funkelten wütend. »Bis er unserem abscheulichen Ratz Zehenschneider in die Hände fiel.« Ein Hustenanfall schüttelte ihn.

Twig starrte ihn an. Natürlich! Als der Professor den Namen gerufen hatte, hatte Ratz sich angesprochen gefühlt und innegehalten ... Und Twig hatte ihn getötet. Er brachte es nicht übers Herz, dem Professor zu sagen, dass Rattius Zellinix und ihr Führer ein und dieselbe Person waren.

Er kniete sich neben ihn. »Versuchen Sie zu schlafen.«

»Nein«, erwiderte der Professor aufgewühlt. »Dazu ist bald Zeit genug. Jetzt müssen wir Verschiedenes besprechen ...« Sein Blick wurde leer, dann richtete er seine Augen wieder auf Twig. Der Professor wirkte verwirrt und ängstlich. »Twig, mein Junge«, sagte er leise und atemlos. »Hör mir gut zu. Ich muss dir erklären, wie man mit Sturmphrax umgeht.«

»Aber ...«

»Deshalb bin ich schließlich hier«, fuhr der Professor hastig fort. »Deshalb wollte dein Vater unbedingt, dass ich euch begleite. Denn ich weiß alles, was man über die heiligen Kristalle wissen muss. Was sie wert sind und was für Eigenschaften sie haben.« Er machte eine Pause. »Sturmphrax ist im Dunkeln so schwer, dass man es nicht hochheben kann, und unter direkter Sonneneinstrahlung verflüchtigt es sich wie Gas. Wir müssen deshalb ... *du* musst für konstantes Dämmerlicht sorgen, bis es seinen Bestimmungsort im Herzen des fliegenden Felsens von Sanktaphrax erreicht hat. Wenn das erst geschafft ist ...«

»Aber wozu sich darum Gedanken machen?«, platzte Twig heraus. »Wir haben ja gar kein Sturmphrax, wir konnten es ja nicht aus dem Dämmerwald herausschaffen. Haben Sie das vergessen, Professor? Wir sind gescheitert.«

»Nein, Twig!«, sagte der Professor. Er hob den Arm und zeigte zum anderen Ende des Rumpfes. »Da drüben«, sagte er mit pfeifendem Atem.

Twig drehte sich um. Seine Augen hatten sich inzwischen an die Dunkelheit gewöhnt und er sah im Dämmerlicht eine halb im Morast versunkene große Kiste. »W... was ist das?«

»Sieh nach.«

Twig ging über den undichten Schiffsboden auf die Kiste

zu. Der Gestank verwesenden Fleisches wurde immer stärker. Twig sah entsetzt, dass an die Schiffswände unzählige Zehen genagelt waren. Wieder begann er zu würgen und als sich herausstellte, dass der große Haufen in der Ecke aus weiteren Tausenden von amputierten Zehen bestand, übergab er sich.

»Warum bloß?«, stöhnte er und sah zum Professor zurück. Der Professor winkte ihn nur ungeduldig weiter.

Vor der Kiste aus Glas und Eisenholz blieb Twig stehen und betrachtete sie. Der Deckel war zu, aber nicht abgesperrt. Twig zögerte. War die Kiste mit weiteren Körperteilen gefüllt? Sammelte Ratz vielleicht auch noch Augen oder Zungen?

»Öffne sie!«, hörte er den Professor hinter sich sagen.

Er bückte sich, holte tief Luft und klappte den Deckel mit einer raschen Bewegung auf. Silbernes Licht schimmerte

ihm entgegen. Unverwandt starrte er auf die Kiste, zitternd vor Ehrfurcht beim Anblick der unzähligen funkelnden und blitzenden Kristalle. »Sturmphrax«, flüsterte er atemlos.

»Und zwar mehr, als wir brauchen«, fügte der Professor des Lichts hinzu.

»Aber wie ist das möglich?«, sagte Twig. »Ich ...« Er brach ab. »Die Zehen!«

»Genau«, sagte der Professor. »All die glücklosen Kobolde und Trolle, die vom Dunkelwald nach Unterstadt aufbrachen, kamen auf ihrer Reise durch den Dämmerwald. Dort sammelte sich unter ihren Zehennägeln und Klauen Sturmphrax an. Dann kamen sie in die Modersümpfe und begegneten Ratz – diesem unsäglichen Scheusal – und Ratz raubte ihnen ihr Geld, schnitt ihnen die Kehle durch und säbelte ihnen die Zehen ab.« Er seufzte erschöpft. »Ich verstehe nur nicht warum«, murmelte er dann. »Was fängt eine so verderbte Seele mit diesen herrlichen Kristallen an?«

Twig fiel plötzlich ein, was der Sepia-Ritter gesagt hatte. *Die Suche geht weiter bis in alle Ewigkeit.* Er begriff, was passiert sein musste. Ein Schauer durchlief ihn.

Rattius Zellinix war mit seinem Schiff abgestürzt, hatte aber von seiner Suche nicht ablassen können. Er hatte wie Garlinius Gernix und Petronius Metrax vor ihm und Quintinius Verginix nach ihm gelobt sein Leben lang Sturmphrax zu suchen und geschworen nicht eher nach Sanktaphrax zurückzukehren, bis er die heilige Mission erfüllt hatte.

Weil Rattius Zellinix nicht mit leeren Händen nach Sanktaphrax zurückkehren wollte, hatte er auf Biegen und Brechen versucht sein Ziel doch noch zu erreichen. Der Wunsch, das bei seiner Aussendung gegebene Versprechen zu halten, musste den edlen Akademieritter, den Twig im Augenblick seines Todes noch gesehen hatte, in den Wahnsinn getrieben haben – denn wie viel Sturmphrax er auch anhäufte, nie hatte er genug.

»Ich will gar nicht daran denken, wie viele sterben mussten um die perverse Gier dieses Ekels zu befriedigen«, sagte der Professor gerade.

Twig starrte die glitzernden Kristalle an. Jeder war, wie er jetzt wusste, mit Blut bezahlt worden. Heftiger Schüttelfrost erfasste ihn. Er streckte die Hand aus, packte den Deckel und warf ihn zu.

»Das ist ungerecht!«, schrie er. »Ich wollte doch mit so viel Sturmphrax nach Sanktaphrax zurückkehren, dass es für die nächsten tausend Jahre reicht.«

»Aber das kannst du jetzt doch«, brachte der Professor unter Anstrengung hervor.

Twig funkelte ihn wütend an. »Aber doch nicht so!« Hinter ihm murmelte der Steinpilot etwas. »Ich wollte doch neues, reines Sturmphrax finden, Sturmphrax, das gerade erst in einem Sturm im Dämmerwald entstanden war. Nicht einen Schatz, an dem Blut klebt ... den man von den Zehen Ermordeter abgekratzt hat.«

»Ach Twig«, keuchte der Professor, »Twig, mein Junge ...« Er begann wieder zu husten. Ein tiefes Krächzen kam ganz hinten aus seiner Kehle. »Mittel und Zweck«, keuchte er, »Mittel und ...« Wieder überkam ihn der quälende Husten. Twig konnte es nicht mit anhören.

»Professor!« Er eilte zu ihm. Das Gesicht des Professors

war grüngelb angelaufen. Seine Augen lagen tief in den Höhlen, seine Wangen waren eingefallen. Jeder Atemzug kostete ihn ungeheure Kraft. Twig nahm seine Hand. »Ruhen Sie sich aus, Professor.«

Der Professor starrte den Handschuh an, den Twig trug. Kraftlos strich er mit einem Finger über die eisernen Gelenke. An der Fingerspitze blieb brauner Staub hängen. »Natürlich«, flüsterte er kaum hörbar. »Phraxstaub ...« Er verstummte.

Twig nickte. »Stimmt. Als Ratz' Blut damit in Berührung kam, verwandelte es sich in klares Wasser.« Er beugte sich hinunter und hielt das Ohr dicht an die bebenden Lippen des Professors. Der warme Atem, der ihm entgegenschlug, roch faulig.

»Das Geheimnis ...«, flüsterte der Professor. »Ich weiß jetzt, wie man gefahrlos Phraxstaub herstellen kann.« Er rang nach Atem und griff sich mit den Händen an den Hals. »Der Dämmerwald hat es uns die ganze Zeit vorgemacht.«

»Sprechen Sie weiter«, sagte Twig und schluckte seine Tränen hinunter. »Aber lassen Sie sich Zeit, Professor.«

Ein Lächeln spielte um die Lippen des alten Mannes. »Zeit!«, krächzte er. »Zeit ...« Seine Augen rollten zur Seite. »Sturmphrax zerfällt im Dämmerlicht des Waldes in immer kleinere Stücke. Im Dämmerlicht, wohlgemerkt, nicht im Dunkeln und nicht im Licht ... im Dämmerlicht. Über Jahrhunderte zerfällt es langsam, zermahlen durch den Druck des Dämmerlichts. Und nach Hunderten von Jahren, Twig, ist es dann Staub. Phraxstaub, wie auf den Rüstungen der armen Ritter, die sich im Dämmerwald verirrt haben, oder auf dem Handschuh, den du trägst.«

Twig blickte auf den Handschuh und die dünne, bräunliche Staubschicht, die ihn bedeckte. »Aber das Geheimnis?«, flüsterte er. »Das verstehe ich noch nicht.«

Der Professor seufzte, dann nahm er noch einmal alle Kraft zusammen.

»Aber siehst du denn nicht, Twig? Das, wozu der Dämmerwald ein paar hundert Jahre braucht, können wir mit einem einzigen Schlag bewirken. Doch muss dieser Schlag zu einem ganz bestimmten Zeitpunkt erfolgen, nämlich zur Zeit der ...«

»Dämmerung!«, rief Twig atemlos.

Wieder seufzte der Professor lange und gequält. »Sage es dem ... Professor der Dunkelheit«, flüsterte er. »Du ... kannst ihm ... vertrauen ...«

Er verstummte. Twig spürte seinen warmen Atem nicht mehr. Der Junge richtete sich auf und betrachtete aufmerksam das weise, alte Gesicht.

Der Professor des Lichts war tot. Draußen krächzten bereits lärmend die weißen Raben. Twig hörte das Scharren ihrer Krallen auf den Planken über seinem Kopf. Einige besonders mutige Vögel steckten den Kopf durch das Loch im Rumpf und spähten mit ihren kalten Knopfaugen ins Dunkel.

»Verschwindet!«, brüllte Twig.

Die Vögel wichen zurück, doch nicht weit und nur für einen Augenblick. Twig musste die Leiche des Professors sofort begraben. Er schleppte sie nach draußen. Sofort umschwirrten ihn mit wütendem Gekreisch die Raben.

»Ihr bekommt ihn nicht«, schrie Twig.

Die Sonne stand inzwischen tief über dem Horizont. Twig

folgte seinem immer länger werdenden Schatten zu einem runden, mit Treibschlamm gefüllten Loch. Am Rand des Lochs legte er den Professor auf den Boden. Die weißen Raben flatterten aufgeregt. Twig suchte angestrengt nach passenden Worten.

»Professor des Lichts«, murmelte er, »ehrwürdiger Akademiker von Sanktaphrax, voll des Edelmuts und der Weisheit. Eigentlich taugt dieser Ort nicht als Eure letzte Ruhestätte ...« Er verstummte, dann holte er tief Luft: »Ruht in Frieden.«

Damit schob er die Leiche hinein. Die Füße versanken zuerst, gefolgt von den Beinen und dem Leib. Aufgebracht kreisten die weißen Raben über Twig und stießen im Sturzflug herunter, doch kamen sie nicht an die Leiche heran. Der Schlamm stieg um die Brust des Professors, seine Arme verschwanden, dann seine Finger. Tränen liefen Twig über die Wangen.

Zuletzt versank der Kopf. »Leben Sie wohl«, flüsterte Twig.

Eine Weile lang waren an der Stelle, an der der Professor versunken war, nur noch die obersten Zweige des Astes zu sehen, den Twig am Hals des Professors festgebunden hatte, dann tauchten auch sie in den Schlamm ein und verschwanden. Eine Luftblase stieg auf und zerplatzte, dann war alles still.

Twig kniete sich hin, streckte die Hand mit dem Handschuh aus und tauchte sie als Zeichen der Ehrerbietung in den warmen Treibschlamm. Schlagartig verwandelte sich der Schlamm. Ungläubig starrte Twig in das Loch. Der zähe, weiße Schlamm war vor seinen Augen zu Wasser ge-

worden, das so kristallklar war wie in den Bächen, die leise murmelnd durch den Dunkelwald flossen. Twig sah sogar, wie der Körper des Professors in seinem wässrigen Grab immer tiefer sank und sich dabei langsam um die eigene Achse drehte.

Der Junge hockte sich auf den Boden und starrte den schweren Handschuh verwundert an. Immer noch glitt brauner Staub so fein wie eine Flüssigkeit über das silbern glänzende Metall.

»Phraxstaub«, flüsterte er ehrfürchtig. Er hob den Kopf und blickte sich um.

Weit in der Ferne sah er die Lichter von Sanktaphrax in der Luft funkeln. Darunter lag unter einer schmutzig-braunen Dunstglocke Unterstadt mit seinen elenden Gassen. Die Bewohner beider Orte würden vom Inhalt der Kiste profitieren. Das Sturmphrax würde das Gleichgewicht des fliegenden Felsens wiederherstellen, der Phraxstaub das Wasser des verseuchten Klippenflusses reinigen.

Der Professor hatte von Mittel und Zweck gesprochen. Twig hätte nicht sagen können, ob die Leben, die die Kristalle vielleicht in Sanktaphrax und Unterstadt retteten, je Ratz' Morde an so vielen Unschuldigen aufwiegen konnten. Doch er wusste, wenn er mit der Kiste nicht zurückkehrte, dann waren Ratz' Opfer ganz sicher umsonst gestorben.

»Versuchen muss ich es«, sagte er zu sich. »Den Lebenden zuliebe und den Toten.«

Im selben Augenblick drang aus dem Rumpf des Schiffes ein ängstliches Stöhnen. Der Steinpilot erwachte aus seiner Bewusstlosigkeit.

KAPITEL 20

Der Steinpilot

Bei seiner Rückkehr in das Wrack zündete Twig zuerst die Laterne an, die Ratz am Eingang an einen Nagel gehängt hatte. Ein warmer, honigfarbener Schein erfüllte den düsteren Innenraum. Twig sah, dass der Steinpilot sich aufgesetzt hatte.

»Dem Himmel sei Dank, dass du lebst«, sagte Twig.

Der Steinpilot nickte. »Fragt sich nur wie lange noch«, sagte eine furchtsame Stimme, die gedämpft aus dem schweren Anzug kam. Eine Pause entstand. »Ich spüre mein rechtes Bein nicht mehr.« Twig sah den Steinpiloten erschrocken an. »Dieser Ratz hat mich angegriffen«, fuhr der Steinpilot fort. »Offenbar hat er mich bewusstlos geschlagen. Ich weiß nicht, wie ich hierher gekommen bin.«

»Ich ... ich habe dich hergetragen«, erklärte Twig.

Der Steinpilot nickte wieder. »Und Ratz?«

»Der ist tot. Ich habe ihn mit meinem Säbel erstochen. Er ... Ich ...«

Twig kniete verwirrt vor den Steinpiloten hin. »Du kannst also doch sprechen.«

»Natürlich.«

»Ich wusste nur nicht … Ich meine, entschuldige bitte, aber ich habe immer geglaubt, du seist stumm.«

»Ich mache nicht gern viele Worte«, sagte der Steinpilot. »Die Welt ist groß und gefährlich, meine Kleider und mein Schweigen sind mein Schutz.« Er machte eine Pause. »Dein Vater hatte dafür Verständnis.«

»Mein Vater? Er wusste, dass du sprechen kannst?«

»Alles wusste er.« Mit diesen Worten begann der Steinpilot unter allerlei Verrenkungen den rechten Arm aus dem Ärmel zu ziehen. Durch die Glasscheiben sah Twig, wie sich überraschend schlanke Finger an den inneren Bolzen zu schaffen machten, mit denen die Kapuze an den Schultern befestigt war. Klickend sprangen die Verschlüsse auf.

Twig sah fasziniert zu. Er wusste jetzt, dass der Steinpilot sprechen konnte, und gleich würde er zum ersten Mal sein Gesicht sehen. Er hielt den Atem an. An was für einer schrecklichen Verunstaltung mochte der arme Steinpilot leiden, dass er sich solche Mühe gab sein Gesicht zu verbergen? Was für ein schreckliches Geheimnis schlummerte unter den beschwerlichen Kleidern?

Die Kapuze wurde hochgehoben, ein weißer, zarter Hals kam zum Vorschein. Twig biss sich auf die Lippe. Ein dicker, orangeroter Haarschopf fiel über das Gesicht. Der Steinpilot hob eine Hand und schob die Haare zur Seite. Twig riss die Augen auf. »Du … du bist ja …«

»Ein Mädchen. Überrascht dich das?«

»Natürlich! Ich hatte ja keine Ahnung. Ich glaubte, du seist eine Art … Monster …«

Die Steinpilotin sah traurig zur Seite. »Vielleicht wäre ich ja besser eins«, sagte sie leise. »Das hässlichste Tier des ganzen Dunkelwalds kann nicht so einsam und alleine sein wie ich jetzt, wo ich Wolkenwolf verloren habe – und den *Sturmpfeil.* Das Schiff war der einzige Ort, an dem ich mich sicher fühlte, und selbst dort brauchte ich noch das.« Sie klopfte auf die abgelegte Kapuze.

»Nur Mut«, sagte Twig. Es sollte beruhigend klingen. »Wir kommen hier schon wieder weg.«

»Nie im Leben«, rief die Steinpilotin. »Dieser unendliche Sumpf ist unser Tod, das weiß ich ganz bestimmt.«

»So darfst du nicht reden«, sagte Twig streng. Und er fügte hinzu um das Mädchen von seinem Kummer abzulenken: »Mein Vater hat mir einmal erzählt, du seist bei meiner Ge-

burt an Bord eines Schiffes dabei gewesen, eines Himmelsschiffes unter dem Kommando des berüchtigten ...«

»Multinius Gobtrax«, fiel die Steinpilotin ein. »Ich erinnere mich noch gut daran.« Ihre Stimme klang belegt. »Wir
flogen in einem schrecklichen Sturm über den Dunkelwald, als bei deiner Mutter Maris die Wehen einsetzten.«
Sie schüttelte den Kopf. »Ich hatte noch nie einen solchen
Aufwind erlebt. Das Himmelsschiff wurde nach oben gerissen, bevor wir ankern oder das Schiff mit den Entereisen
festmachen konnten.«

»Aber du hast das Schiff gerettet«, sagte Twig. »Ich weiß
noch, dass Wolkenwolf sagte, du hättest Wasser über die
Holzbrenner geschüttet und die Ausgleichsgewichte losgemacht und seist dann über die Reling gestiegen um von
dem Flugstein Stücke abzuschlagen.«

Die Steinpilotin schlug die Augen nieder. »Ich habe nur getan, was getan werden musste«, sagte sie leise.

»Und ich bin dir dafür dankbar«, sagte Twig. »Schließlich
würde es mich sonst nicht geben.«

Die Steinpilotin brachte ein Lächeln zustande. »Und wer
hätte mich vor Ratz gerettet, wenn es dich nicht gäbe? Damit sind wir eigentlich quitt, oder?«

»Schon«, sagte Twig zögernd.

»Aber?«

»Nichts, nur ... das war doch vor sechzehn Jahren. Aber
du ...«

»Siehst so jung aus?«

Twig nickte.

Die Steinpilotin sah weg und griff mit ihrer weißen Hand
nach der Kapuze. Twig betrachtete nachdenklich das of-

fenbar alterslose Mädchen mit seiner blassen, fast durchscheinenden Haut und den dicken, orangefarbenen Haaren. Sie kam ihm so bekannt vor ... Und dann fiel es ihm ein.

»Mag!«, rief er.

»Wie bitte?«, fragte die Steinpilotin verwirrt.

»Du erinnerst mich an Mag, an ein Mädchen, dem ich vor langer Zeit einmal begegnet bin. Sie war eine Höhlenfurie und ...«

»Du kennst die Höhlenfurien?«, fragte die Steinpilotin unsicher.

Twig zuckte die Schultern. Ob er die Höhlenfurien kannte? Er wusste nur, dass Mag – ein ähnlich blasses und rothaariges Mädchen – ihn eingefangen und in den unterirdischen Höhlen der Furien als eine Art Schoßhund gehalten hatte. Außerdem wusste er, dass Mag am Tag ihrer Volljährigkeit von den heiligen Wurzeln der Bluteiche getrunken und sich daraufhin in eine riesige Bestie wie ihre Mutter Mumsie verwandelt hatte. Wenn er damals nicht geflohen wäre, hätten die Furien ihn in Stücke gerissen.

»Als eine Art Schoßhund?«, fragte die Steinpilotin.

Twig nickte. »Sie führte mich an einer langen Leine spazieren und streichelte und verwöhnte mich.« Er schnitt eine Grimasse. »Und sie hat mir stundenlang Perlen in die Haare geflochten.«

»Bis sie sich in eine Höhlenfurie verwandelte?«

»Genau.«

Die Steinpilotin schwieg und starrte mit versteinertem Gesicht zu Boden. Als sie den Kopf wieder hob, standen ihr Tränen in den Augen. »Dazu war die Kapuze gut«, sagte sie und drückte die Kapuze an sich. »Niemand sah mich weinen.« Sie schnupfte. »Wie du siehst, bin ich nie eine Höhlenfurie geworden.«

Twig nickte erleichtert. Mit ansehen zu müssen, wie seine liebe Mag sich in ein Furcht erregendes, blutrünstiges Monster verwandelt hatte, war eines der schlimmsten Erlebnisse seines Lebens gewesen.

»Als ich volljährig wurde und Mutter Bluteiche für mich blutete, war ich nicht da«, fuhr die Steinpilotin traurig fort. »Und wer diesen Zeitpunkt verpasst, der ist dazu verdammt, immer so zu bleiben, wie du mich jetzt siehst, bis zum Tag seines Todes.«

»Und ... warum warst du nicht da?«

Das Mädchen seufzte. »Es war am Tag, bevor ich volljährig wurde. Ich ging vor der Höhle mit meinem Hungerlungerwelpen spazieren. Plötzlich umringte mich ein Rudel Weißkragenwaldwölfe. Sie rissen meinen Welpen in Stücke, mich ließen sie für ihren Herrn übrig, einen Sklavenhändler aus Unterstadt.« Sie hatte die letzten Worte förmlich ausgespuckt. »Er fesselte mich mit Waldelfen und Kobolden zusammen und brachte uns zu einem Sklavenmarkt im Dunkelwald. Dort entdeckte mich dein Vater. Ich war verdreckt, zerlumpt und halb wahnsinnig.«

»Mein Vater hat dich gekauft?«

»Er sah, in was für einem Zustand ich war. Er entriss dem erbärmlichen Sklavenhändler die Peitsche und hätte ihn fast zu Tode geprügelt. Dann fasste er mich an der Hand und sagte: ›Komm mit, Kleine, Maris päppelt dich wieder auf.‹ Da ging ich mit ihm.«

Twig kniete sich wieder neben sie. »Das muss ja schrecklich gewesen sein«, sagte er voller Mitleid.

Die Steinpilotin nickte. »Ich fand nie zu meiner Höhle zurück. Der Himmel weiß, dass ich jahrelang danach gesucht habe. Aber nach einiger Zeit gab Wolkenwolf mir ein neues Zuhause.«

»Den *Sturmpfeil*.«

»Ja. Und einen Beruf. Ich bin der beste Steinpilot der Lüfte, oder vielmehr, ich war der beste. Jetzt bin ich nichts mehr.«

»Du hast mich.« Twig streckte die Hand aus.

Die Steinpilotin sah zu ihm auf, dann ergriff sie zögernd die Hand.

»Wenn wir hier bleiben, müssen wir etwas zu essen auftreiben«, sagte Twig munter.

»Hier bleiben?«

»Natürlich. Wie sollen wir das Schiff sonst himmelstüchtig machen? Denn anders kommen wir nicht aus den Modersümpfen heraus.«

Twig sah sich um. Das Himmelsschiff wieder flugfähig zu machen war eine gewaltige Herausforderung – zumal er ja ganz alleine arbeiten musste, da die Steinpilotin sich am Bein verletzt hatte. Andererseits, hatte er eine andere Wahl?

»Die Reparaturen müssen nicht perfekt sein«, sagte die Steinpilotin, die Twigs Blick gefolgt war. »Wenn du den Flugstein wieder in seine Halterung einsetzt, kann ich die *Windsbraut* wahrscheinlich zum Fliegen bringen. Wolkenwolf war ein hervorragender Lehrer.«

Twig lächelte. »Ich weiß nicht einmal, wie du heißt.«

Die Steinpilotin starrte ihn mit zusammengekniffenen Augen einen Augenblick lang nachdenklich an. Mit den Händen hielt sie die Kapuze umklammert. »Ich heiße Maugin«, sagte sie schließlich.

Am nächsten Morgen wurde Twig von der aufgehenden Sonne früh geweckt. Er ließ Maugin weiterschlafen und inspizierte zunächst einmal gründlich das Himmelsschiff. Bald war klar, dass die Sonne noch viele Male über den stinkenden Modersümpfen aufgehen musste, bis die *Windsbraut* wieder himmelstüchtig sein würde.

Der Rumpf war an mehreren Stellen geborsten und faulte auf der Steuerbordseite, die im Morast lag. Der Mast war abgebrochen, von den Ausgleichsgewichten hingen einige noch an Ort und Stelle, viele andere fehlten. Der Flugstein war entzweigebrochen. Die eine Hälfte lag eingeklemmt unter einem schweren Balken im Schlick, die andere war nirgends zu sehen.

»Zuerst muss ich herausfinden, ob es an Bord Werkzeuge gibt«, überlegte Twig. »Ohne Hammer und Nägel brauche ich mit dem Reparieren gar nicht anzufangen.« Er zögerte. »Andererseits, warum überhaupt anfangen, solange ich nicht weiß, wo die andere Hälfte des Flugsteins ist.« Suchend sah er sich um. »Und wenn kein Proviant an Bord ist, verhungern wir sowieso.« Er unterzog das Wrack einer zweiten Inspektion.

Doch in welcher Ecke er auch suchte, nirgends wurde er fündig. Die Lagerräume des Zwischendecks waren leer. Auch aus den Kabinen war alles verschwunden, was nicht niet- und nagelfest war. Und dass für den Frachtraum dasselbe galt, wusste er bereits, denn dort hatten er und die Steinpilotin die Nacht verbracht.

»Jetzt ist guter Rat teuer«, seufzte er. »Ich sage Maugin lieber gleich Bescheid.« Er stieg die Treppe in den Bauch des Schiffes hinunter.

Drunten angekommen, runzelte er verwirrt die Stirn. Wo war die Steinpilotin? Und wo die Kiste mit dem Sturmphrax und die schauerlichen Trophäen an den Wänden? Als seine Augen sich an das Dunkel gewöhnt hatten, stellte er fest, dass er in einem anderen Teil des Frachtraums stand – im vorderen Laderaum, nicht im Hauptraum. Staunend blickte er sich um. Dann begann er zu grinsen und brach in ein Freudengeheul aus.

»Twig?«, rief eine Stimme auf der anderen Seite der hölzernen Trennwand. »Bist du das?«

»Ja!«, schrie Twig übermütig. »Ich habe Ratz' Vorratslager und Schlafstelle gefunden. Und ... es gibt hier alles, was wir brauchen. Teller, Becher, Messer und Löffel. Ach ja, und da liegen noch seine Angelruten und Haken und Schnüre, Kerzen und Lampenöl und eine große Schachtel Schiffszwieback. Und ein Fass mit Waldgrog und ... Maugin! Ratz hat auf den Segeln geschlafen.«

»Sind auch Taue da?«, rief Maugin. »Die brauchen wir um die Segel zu hissen.«

Twig steckte die Hand unter die Matratze aus zusammengefalteten Segeln. »Ja! Sie liegen zusammengerollt darunter, so viele, wie wir nur brauchen. Und ... da! Eine große Kiste voller Werkzeug. Wir können gleich loslegen.« Er machte eine Pause. »Wie geht es deinem Bein?«

»Ganz gut«, erwiderte Maugin, doch Twig hörte ihr an, dass sie Schmerzen hatte.

Eifrig machte er sich an die Arbeit. Stunde um Stunde schuftete er nach den Anweisungen der Steinpilotin, die aufgrund ihrer klaffenden Beinwunde unter ständigen Schmerzen litt, auch wenn sie es nicht zugeben mochte. Die *Windsbraut* war in jeder Beziehung ein Wrack. Die Spanten waren verfault, die Planken drohten sich bei der ersten Berührung aufzulösen. Obwohl Twig sich alle Mühe gab und hier etwas flickte und dort etwas richtete, schien es ein hoffnungsloses Unterfangen. Als die Sonne hinter dem Horizont verschwand, sah er sich unglücklich um. Er hatte so wenig zuwege gebracht.

»So werde ich nie fertig«, jammerte er.

»Nur Mut«, beruhigte ihn Maugin mit ihrer leisen, schüchternen Stimme. »Wenn du die andere Hälfte des Flugsteins findest, machen wir das Schiff wieder flott.«

Twig schüttelte den Kopf. »Aber der Flugstein hat doch einen so starken Auftrieb. Vielleicht ist er weggeflogen.«

»Das glaube ich nicht«, erwiderte die Steinpilotin. »Du weißt doch, kalter Stein steigt, heißer Stein sinkt. Wenn der Stein im warmen Schlamm gelandet ist, müsste er eigentlich noch da sein.«

Die Steinpilotin hatte sich bei der Notlandung zwar böse verletzt, doch war das Bein wenigstens nicht gebrochen. Sie wusch die Wunde regelmäßig mit Wasser, das sie zuvor mit Phraxstaub gereinigt hatte, und daraufhin ging die

Schwellung zurück, die Rötung schwand und die Wunde begann langsam zu heilen. Nach zehn Tagen stand sie zum ersten Mal unsicher auf.

»Großartig, Maugin!«, sagte Twig und fasste sie am Arm. »Probier, ob du das Bein belasten kannst.« Die Steinpilotin verlagerte vorsichtig das Gewicht auf das rechte Bein. Es wackelte und das Mädchen zuckte zusammen – aber sie blieb stehen. »Ausgezeichnet!«, rief Twig begeistert. »Bald ist es wieder wie neu.«

»Das sicher nicht«, sagte Maugin und lächelte tapfer. »Aber es wird mir wohl noch einige Jahre lang treue Dienste leisten. Wie steht's mit dem Abendessen?« Sie hob schnuppernd den Kopf.

»Das Abendessen!«, schrie Twig. »Das habe ich ganz vergessen.« Er rannte nach draußen und riss das Blech vom Feuer. »Genau richtig!«

»Du meinst, verbrannt«, rief Maugin. Lächelnd sah sie durch das Loch im Rumpf.

Twig hob grinsend den Kopf. Die Schüchternheit der Steinpilotin legte sich allmählich. »Heißt das, du willst nichts essen?«

»Das habe ich nicht gesagt. Was gibt es denn heute überhaupt? Nein, sag nichts. Schlickfisch!«

»Im Gegenteil«, erwiderte Twig. »Heute gibt es Hammelhornsteaks mit frischem, knusprigem Brot und Salat als Beilage.« Maugin starrte ihn mit offenem Mund an. »War nur ein Scherz.« Lachend reichte Twig ihr einen Teller mit ihrer täglichen Ration von drei Schlickfischen und einem Schiffszwieback, garniert mit einer Hand voll gedörrter Saftholzstücke. »Gesund und bekömmlich.«

»Wenn du meinst.« Maugin lächelte. Vorsichtig setzte sie sich auf einen Stein und biss eine Ecke des steinharten Zwiebacks ab.

In der Ferne versank die Sonne, ein großer orangefarbener Ball, am Horizont und der Himmel erglühte in Rosa- und Grüntönen. Twig und Maugin beobachteten, wie auf Sanktaphrax nacheinander die Lichter angingen. In der anderen Richtung funkelten bereits die Sterne und während sie schweigend aßen, breitete sich die Nacht über den Himmel aus wie ein sich öffnender Baldachin.

»Ich liebe die Abende«, sagte Twig. Er stand auf um die Laterne anzuzünden. »Es ist so friedlich hier draußen. Im Umkreis von Kilometern rührt sich nichts und über uns ist nur der Himmel.«

Maugin erschauerte. »Ich finde es unheimlich.«

Twig schwieg. Er wusste, dass Maugin sich als Höhlenwesen trotz ihrer Jahre als Himmelspiratin immer noch nach ihrem früheren Leben unter der Erde sehnte. Die Sehnsucht lag ihr im Blut, so wie Twig die Sehnsucht nach dem Himmel im Blut lag.

»Übrigens«, sagte er, »ich habe eine gute Nachricht.«

»Was denn?«

»Ich habe die andere Hälfte des Flugsteins gefunden.«

»Wirklich?«, fragte Maugin aufgeregt. »Und wo?«

Twig schluckte hart. Er hatte den Stein in dem Loch mit dem zu Wasser verwandelten Schlamm gefunden, in dem er den Professor des Lichts begraben hatte. Am Vorabend war er aus lauter Verzweiflung hingegangen um mit dem alten Professor zu reden. Und da schwamm direkt unter der Oberfläche des klaren Wassers der Stein.

»Ganz in der Nähe«, sagte Twig nur. »Meinst du, du kannst ihn reparieren?«

»Ich habe schon Schlimmeres repariert«, erwiderte Maugin.

Twig musterte sie lächelnd. »Bisher haben wir doch wirklich Glück gehabt, oder?«

»Mehr, als ich zu hoffen wagte«, musste Maugin zugeben. In diesem Augenblick fuhr hoch über ihnen leise zischend eine Sternschnuppe über den funkelnden Nachthimmel. Twig legte den Kopf in den Nacken und folgte ihr mit den Augen. »Ist das schön.« Er seufzte.

»Pst!«, flüsterte Maugin. »Du darfst dir was wünschen.«

Twig sah sie an. »Das habe ich schon.«

KAPITEL 21

Heimkehr nach Unterstadt

An den folgenden beiden Tagen arbeiteten Twig und Maugin mit doppelter Kraft. Zuerst räumte Twig die verwesenden Zehen weg, die Ratz gesammelt hatte, eine Ekel erregende Arbeit, dann schaufelte er den Schlamm aus dem Bauch des Schiffes. Anschließend band er den abgebrochenen Mast zusammen, reparierte die Takelage und flickte mit dem Holz der überflüssigen Kabinen die größten Löcher im Rumpf. Maugin umwickelte unterdessen den Flugstein mit einem Netz von Tauen und tauchte das Ganze in nassen Schlamm, der in der Sonne hart wurde. Gemeinsam hievten sie den Stein in die dafür vorgesehene Halterung. Auf den eisernen Deckel der Halterung häuften sie nochmals Schlamm.

Dann begannen sie, die schweren Taue und Segel aus dem vorderen Laderaum auf die Decks zu schleppen. Die Segel bestanden zwar aus Waldspinnenseide, doch waren sie sperrig und vor Alter brüchig. Jede Bö ließ sie flattern und knattern und machte kleine Risse sichtbar, die geflickt werden mussten.

»Halt gut fest!«, rief Twig nach unten. Das Leesegel, das er in der Hand hatte, füllte sich mit Luft. Er selbst hing auf halber Höhe am Mast und versuchte das Segel an einem Klampen zu befestigen. »Glaubst du wirklich, wir kommen damit nach Unterstadt?«

»Hab Vertrauen und eine glückliche Hand beim Segeln«, antwortete Maugin von unten. »Den Rest erledigt der Flugstein.«

Twig lächelte. Maugins ruhige Art hatte etwas Ermutigendes. Er verließ sich immer mehr auf das stille, ernsthafte Mädchen. »Also los«, sagte er. »Nur noch Stagsegel und Klüver, dann sind wir fertig.«

Die sinkende Sonne kündigte das Ende eines weiteren Tages an. Twig überprüfte ein letztes Mal die Knoten, balancierte über den knarrenden Bugspriet zurück und sprang auf Deck.

»Na also«, rief er, »geschafft.« Mit einem etwas mulmigen Gefühl ließ er den Blick über Segel und Taue wandern. »Sollen wir eine Probefahrt machen?«

»Es wird schon dunkel«, erwiderte die Steinpilotin. »Lass uns damit bis morgen früh warten.«

»Wie du meinst«, sagte Twig. Er klang erleichtert. »Dann genehmigen wir uns jetzt zur Feier des Tages einen Schluck Waldgrog. Den haben wir uns redlich verdient.«

Am nächsten Tag wurde Twig noch vor Sonnenaufgang geweckt. »Steh auf«, rief Maugin und rüttelte ihn an den Schultern.

Twig öffnete die Augen und blickte sich benommen um. Sein Kopf dröhnte. Zu viel Waldgrog, stellte er elend fest.

»Wir müssen los, bevor der Wind dreht«, sagte Maugin. »Ich gehe unter Deck und kümmere mich um den Flugstein. Du übernimmst das Ruder. Ich gebe dir Bescheid, wenn ich fertig bin.«

Twig wusch sich, zog sich an und trank von dem mit Phraxstaub gereinigten Wasser, bis sein Durst gestillt war und er wieder klar denken konnte. Dann ging er zum Ruder. Neben dem Steuerrad befanden sich zwei lange Reihen frisch getrimmter und geschmierter Hebel mit Griffen aus Bein. »Heckgewicht, Buggewicht, Steuerbordgewichte klein, mittel und groß«, murmelte Twig und hakte die Gewichte in Gedanken ab. Dann wandte er sich der zweiten Reihe von Hebeln zu. »Des Weiteren Besan, Fock, Marssegel, Skysegel ... nein, Schratsegel. Oder Stagsegel ...? Verdammt!«

»Fertig zum Abflug!«, kam Maugins ruhige Stimme aus dem Bauch des Schiffes. »Besan hoch.«

»Aye, aye«, rief Twig zurück. Seine Stimme klang schriller und aufgeregter, als ihm lieb war.

Das Herz schlug ihm bis zum Hals. Er beugte sich vor, ergriff den Hebel für den Besan und zog daran. Das Segel entfaltete sich und füllte sich mit Luft. Zunächst passierte nichts. Dann erzitterte die *Windsbraut*. Knarrend hob sie sich ein wenig und richtete sich fast unmerklich auf. Die faulen Planken ächzten schauerlich.

»Backbordgewichte absenken«, murmelte Twig. »Steuerbordgewichte ein wenig anheben und ... Halt!« Das Schiff neigte sich abrupt nach Backbord. Das Ratschen zerreißender Segel klang ihm in den Ohren.

»Vorsicht«, rief die Steinpilotin ungerührt.

Twig versuchte Ruhe zu bewahren. Er hob die Backbord-gewichte ein wenig und ließ zum Ausgleich das Heckge-wicht ein wenig hinunter. Das Himmelsschiff stabilisierte sich und löste sich mit einem lang gezogenen, schlürfenden Schmatzen aus dem zähen Morast.

»JAWOHL!«, brüllte Twig. Das, was er sich gewünscht hatte, als er die Sternschnuppe am Himmel gesehen hatte, war in Erfüllung gegangen: Die *Windsbraut* flog wieder und sie kehrten nach Unterstadt zurück.

»Immer mit der Ruhe!«, rief die Steinpilotin.

Twig nickte und drehte das Steuer langsam nach links. »Immer mit der Ruhe«, sagte er zu sich. »Reiß dich zusammen und halte den Kurs.«

Das Himmelsschiff krängte nach Backbord. Twig schwirrte der Kopf. Er musste an so viele Dinge gleichzeitig denken. Da der Wind aus Süden kam, mussten die Steuerbordgewichte höher hängen als die Backbordgewichte – allerdings auch wieder nicht zu hoch, sonst begann das Schiff zu trudeln. Erschwerend kamen noch das Fehlen der Unterrumpfgewichte und das ständige nervtötende Knarren des Rumpfes hinzu.

»Gut machst du das!«, rief die Steinpilotin ermutigend von unten herauf.

Ist das wirklich wahr?, dachte Twig. Er hoffte es. Sein letzter Versuch ein Himmelsschiff zu steuern hatte in der Katastrophe geendet – obwohl damals noch sein Vater dabei gewesen war um im Notfall einzugreifen. Diesmal konnte ihm niemand helfen. Er war auf sich allein gestellt.

»Du schaffst das«, machte er sich Mut. »Du *musst* es schaffen!«

Er blickte zum Himmel auf und sah eine dunkle Wolke auf sie zukommen. Die *Windsbraut* stieg, die Wolke sank. Der Zusammenstoß war unausweichlich.

»Was ist das?«, rief Twig verdattert. Zitternd vor Aufregung drehte er das Steuerrad nach links. Doch auch die Wolke änderte die Richtung. »Was passiert, wenn wir zusammenstoßen?«

Die Wolke kam immer näher. Twig hörte ein seltsames Geräusch, ein Fiepen, Piepsen und Quieken, das immer lauter wurde.

Plötzlich erkannte er, was die Wolke in Wirklichkeit war: ein Schwarm Vögel mit schwirrenden Flügeln und schlagenden Schwänzen. Die Rattenvögel kehrten zurück.

Wie auf ein Kommando umrundeten die Vögel das Himmelsschiff einmal, zweimal, dreimal, dann flogen sie zwischen den Segeln hindurch und verschwanden im Sturzflug unter dem Rumpf. Durch die vielen Ritzen krochen sie in den Bauch des Schiffes um sich dort einzurichten. Das vertraute Zwitschern und Kratzen war bis zum Deck hinauf zu hören.

»Rattenvögel!«, flüsterte Twig. Er strahlte vor Begeisterung. Das war ein gutes Zeichen. Auch wenn es ein Ammenmärchen war, dass Rattenvögel immer dann ein Himmelsschiff verließen, wenn es vom Untergang bedroht war,

so freute Twig sich doch über ihre Rückkehr, genauso wie
Tem Waterbork über ihr Verschwinden unglücklich gewesen war. Twig zog die restlichen Segel auf und das Himmelsschiff machte einen Satz nach vorn. Auch Twigs Herz
tat einen Sprung. Wie vor ihm sein Vater, der Vater seines
Vaters und dessen Vater führte er, Captain Twig, jetzt sein
eigenes Himmelspiratenschiff.

Tief unter ihm flog der Schatten der *Windsbraut* über den
weißen Morast der Modersümpfe. Der Schatten wurde immer kleiner. Hin und wieder beugte Twig sich vor und ver-
stellte das eine oder andere Gewicht. Allmählich kam er in
Übung. Er entwickelte, wie Wolkenwolf gesagt hatte, ein
Gespür für das Schiff.

So flogen sie vor dem Wind dahin. Am Horizont vor ihnen
zogen dichte Nebelschwaden auf und verhüllten das in der
Ferne am Himmel schwebende Sanktaphrax. Auch der
Schatten unter ihnen verschwand und Wolken – wirkliche

Wolken diesmal – schoben sich vor die Sonne. Der Wind heulte und pfiff immer heftiger und riss und zerrte an dem Himmelsschiff. Ab und zu brach eine Planke ab und fiel hinunter. Die *Windsbraut* ging langsam zu Bruch, aber noch flog sie.

»Keine Panik«, flüsterte Twig und versuchte vergeblich sein klopfendes Herz zu beruhigen. Fieberhaft rückte er an den Hebeln. »Die Segel ein wenig herunter, die Ausgleichsgewichte etwas heben, aber ganz langsam, ganz langsam.«

»Wir müssten vor Einbruch der Dunkelheit da sein«, sagte eine Stimme neben ihm.

Twig sah auf. Es war Maugin. »Musst du nicht nach dem Flugstein sehen?«, fragte er ängstlich.

»Erst wieder, wenn wir landen. Jetzt kann ich nichts tun. Ich habe mir das Schiff noch einmal angesehen. Wir dürfen es nicht zu sehr beanspruchen.«

»Und das Sturmphrax?«, fragte Twig. »Die Lampe darf nur ganz schwach brennen.«

»Das tut sie. Es ist alles in Ordnung.« Maugin verstummte. »Alles, bis auf ...«

»Was?«

»Ich bin nicht sicher, aber ich habe das ungute Gefühl, dass die Umwickelung des Mastes sich allmählich lockert. Wir müssen so lange wie möglich mit dem Wind fahren und dürfen erst im letzten Augenblick wenden um nach Unterstadt zu kommen. Sonst bricht der Mast und dann bläst es uns über die Klippe. Wir müssen bis zum letzten Moment die Nerven behalten.«

Twigs Anspannung wuchs. Seine Hände waren feucht, sein

Mund wie ausgedörrt. Schon der Gedanke, es könnte ihn in das auf keiner Karte verzeichnete Himmelsreich jenseits der Kante hinausblasen, in den sich nicht einmal die Himmelspiraten vorwagten, erfüllte ihn mit Furcht. Doch wenn die Steinpilotin mit dem Mast Recht hatte, blieb ihnen keine andere Wahl. Sie mussten mit dem Wind segeln, bis sie auf der Höhe von Unterstadt waren, und dann wenden und zum Land zurückstoßen ... und beten.

»Sind die Modersümpfe noch unter uns?«, fragte er.

Maugin ging nachsehen. »Ja«, rief sie von der Reling. »Aber die Klippe kommt näher. Behalte die Lichter von Sanktaphrax im Auge.«

»Mach ich doch schon!«, sagte Twig gereizt und hob die Steuerbordgewichte ein wenig an. Das Schiff legte sich auf die Seite, der Mast knackte unheilvoll.

»Fahr mit dem Wind«, rief Maugin. »Lass dem Schiff seinen Willen.«

Twig nickte grimmig. Die Knöchel seiner Hände, die das Steuer umklammert hielten, traten weiß hervor und er hatte sich die Lippe blutig gebissen. Das Himmelsschiff kippte noch weiter auf die Seite. Wenn er nicht aufpasste, würde es ganz umkippen.

»Vorsicht!«, rief Maugin. Das Schiff sackte ab. Twig senkte die Gewichte an Bug und Heck und das Schiff beruhigte sich für einen Moment. Twig seufzte erleichtert, doch war seine Erleichterung nur von kurzer Dauer. »Twig«, sagte Maugin, und ihre Stimme klang so ruhig und gefasst wie immer, »soeben sind wir über die Klippe gefahren.«

Twig durchlief ein eisiger Schauer. Der Wind trieb sie dem geheimnisvollen Reich jenseits der Felskante entgegen, in dem angeblich Drachen und Ungeheuer hausten. Nur wenige waren je dort gewesen, zurückgekehrt war niemand. Die Bewohner von Unterstadt kannten nur die Unwetter, die sich dort zusammenbrauten – die großen Stürme natürlich, aber auch heulende Wirbelwinde, die einen schwindlig machten und Schlafende mit Alpträumen heimsuchten, dicke, erstickende Nebel, die die Sinne verwirrten, prasselnde Regenschauer, heftige Schneefälle und schweflige Sandstürme, die alles mit einer dünnen, grün, grau und rot schimmernden Schicht bedeckten.

»Ich muss die Lichter von Sanktaphrax im Auge behalten«, murmelte Twig. »Ich warte, bis wir auf gleicher Höhe sind. Ganz ruhig jetzt, Twig, ganz ruhig!«

Maugin riss sich vom faszinierenden Anblick der wabernden Nebel unter ihr los und eilte zum Ruder zurück. »Lass mich das Steuer halten«, sagte sie. »Konzentriere du dich auf die Hebel.«

Der Wind wurde stärker. Zischend fuhr er durch immer neue Risse in den Segeln. Neben dem Ächzen der Schiffsbalken waren nun auch splitternde Geräusche zu hören.

Twig ließ die Hände über die Hebel tanzen, hob hier etwas an, senkte dort etwas ab und stabilisierte den Klüver. Steuerbord voraus kamen die Lichter von Sanktaphrax näher. Verlockend funkelten sie herüber.

Unter dem auseinander brechenden Rumpf der *Windsbraut* gähnte tintenschwarze Leere. Panik stieg in Twig auf. Am liebsten hätte er sofort gewendet, wäre geradewegs auf den Sturm zugesteuert, der sie in seinen Fängen hielt, und hätte versucht bis zu dem grauen Felsrand zu kommen. Wenn sie über Land abstürzten, hatten sie wenigstens eine

Überlebenschance. Hier dagegen, jenseits der Klippe, fielen sie ins Bodenlose.

Er streckte die Hand nach dem Hebel aus, der das Steuerbordgewicht regulierte, doch jemand hielt ihn eisern am Handgelenk fest. Er sah Maugins schmale Hand. »Noch nicht«, flüsterte sie dicht an seinem Ohr. »Hab Vertrauen. Warte, bis wir auf der Höhe der Lichter sind. Bitte, Twig, warte noch.«

Twigs Panik legte sich wieder etwas, doch er war schweißgebadet und bibberte vor Kälte und Aufregung. Hinter ihnen ertönte ein hässliches Splittern. Eine Spiere flog mitsamt des Segels an ihnen vorbei und verschwand in der Finsternis unter ihnen.

»Lass mich halten«, rief Twig. Er hielt das Steuerruder fest um das heftig stampfende Himmelsschiff wieder unter Kontrolle zu bringen.

Maugin suchte den Horizont ab. »Jetzt!«, schrie sie.

Sofort schnellte Twigs Hand wieder zu dem Hebel für das Steuerbordgewicht vor. Diesmal ließ Maugin ihn gewähren. Twig zog den Hebel mit aller Kraft nach unten. Der schwere Baum schwang herum, das Gebälk der *Windsbraut* krachte wie von einem riesigen Hammer getroffen. Eisiger Wind schlug ihnen entgegen.

Der Mast ächzte unter dem Druck des Windes, die Segel rissen und flogen wie Gespenster an Twig vorbei. Dann neigte sich mit ohrenbetäubendem Splittern der ganze Mast.

»Du darfst nicht brechen«, flehte Twig. »Nicht jetzt!«

Mit qualvollem Kreischen knickte der Mast nach hinten. Tief biss der Wind in seinen fauligen Kern, krachend brach

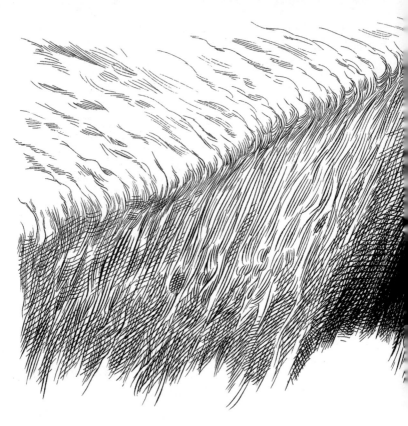

er auseinander, und die obere Hälfte sauste an der Brücke vorbei.

Twig warf sich über die Steinpilotin, als der gewaltige Stamm – wie Ratz' tückische Sichel – an ihren Köpfen vorbeifegte.

»Das ist das Ende!«, schrie er. Die Segel fielen ein, die *Windsbraut* begann abzustürzen. Schlagartig waren die Lichter von Sanktaphrax verschwunden. »Wir sind verloren!«

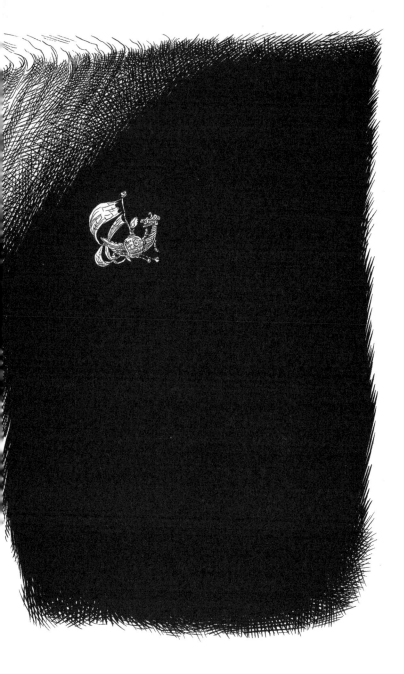

»Nein!«, brüllte Maugin. »Der Flugstein kann uns noch retten. Kühle ihn ab, dann fallen wir nicht mehr, Twig. Dann schweben wir!«

Sie kletterten zur Halterung des Steins hinunter. Der Wind sauste ihnen in den Ohren, das Schiff drehte sich um die eigene Achse.

»Zieh an dem Eisendeckel!«, brüllte die Steinpilotin. »Gemeinsam mit mir. Eins, zwei, drei, jetzt!«

Gemeinsam zogen sie den eisernen Deckel der Halterung zurück. Mit lautem Zischen fiel kalter Schlamm auf den Flugstein. Das Sausen in Twigs Ohren wurde leiser, der Sturzflug der *Windsbraut* verlangsamte sich, das Schiff hörte auf zu trudeln. Twig öffnete die Augen. Der immer leichter werdende Stein drückte gegen die Stäbe der Halterung, richtete das Schiff auf und zog es nach oben.

»Hör zu, Twig«, sagte Maugin eindringlich. »Sobald wir über der Klippe sind, brauchen wir unbedingt ein Segel, irgendeins. Damit wir Fahrt voraus machen und landeinwärts fliegen.«

»Du bekommst dein Segel«, sagte Twig. Eine seltsame Ruhe hatte ihn erfasst. Sie hatten es bis hierher geschafft, jetzt würden sie es auch bis ans Ziel schaffen.

Das Sturmphrax in der Kiste warf einen gespenstischen Schein über das Gewirr von Tauen und zerfetzten Segeln. Twig versuchte den Schaden abzuschätzen. Der Mast war gebrochen – dann musste er eben mit gebrochenem Mast fahren. Fieberhaft ging er daran, behelfsmäßige Segel aufzuziehen.

Sie stiegen immer schneller. Plötzlich tauchten in der Ferne vor ihnen wieder die Lichter von Sanktaphrax und Unterstadt auf. Twig zog mit aller Macht an den Tauen der Segel. Tief gruben sich die groben Fasern in seine Hände und schürften die Haut auf.

Dann schlug ihnen der Wind entgegen. Twig stöhnte vor Schmerzen. Doch die zerfetzten Segel blähten sich. Die alte *Windsbraut* stöhnte ebenfalls und trieb zur Felskante zurück.

»Steuerbordgewichte anheben«, befahl Twig sich selbst und eilte zum Ruder zurück. »Backbordgewichte absenken, Heck- und Perirumpfgewichte trimmen. So. Jetzt das

333

Leesegel ein wenig höher – aber nur ganz wenig und ganz vorsichtig ...« Der schwere Baum schwang heftig hin und her und Twig blickte nervös auf. Doch der abgebrochene Mast blieb hängen, die provisorischen Segel hielten.

Sie würden es schaffen, ganz langsam zwar und vom Wind übel zugerichtet und zerzaust, aber sie würden es schaffen.

KAPITEL 22

In das Herz von Sanktaphrax

Twig rutschte auf die vordere Kante des Stuhls. »Sie haben keine Wahl!«, sagte er. »Sie wollen etwas von mir und ich will etwas von Ihnen.«

Mutter Pferdefeder lächelte verkniffen. An Mut fehlte es dem Burschen wahrlich nicht.

»Ganz der Vater«, sagte sie und klackte mit dem Schnabel. »Kommt in einem Wrack angeflogen, das beinahe auseinander fällt, und stellt noch Forderungen.« Ihre gelben Knopfaugen glitzerten. »Vergiss bitte nicht, dass der *Sturmpfeil* ohne mein Zutun überhaupt nie Segel gesetzt hätte.«

»Ich weiß«, sagte Twig, »aber ...«

»Und jetzt eröffnest du mir, dass er abgestürzt ist. Mit Wolkenwolf an Bord. Und trotzdem stellst du hier dreist Forderungen. Ich habe Forderungen an dich, *Captain* Twig.«

»Nein, ich ...«

»Fünfzehntausend hat das Schiff gekostet, zuzüglich Zinsen. Wie du weißt, habe ich kein Geld zu verschenken. Meine Investitionen müssen sich rentieren ...«

Die Steinpilotin, die wieder den schützenden Mantel und die Kapuze angelegt hatte und bis dahin geduldig neben Twig gestanden hatte, trat vor und schlug mit der behandschuhten Faust auf den Tisch.

»Halt den Schnabel, Vogelfrau!«, brüllte sie. »Lass den Kapitän ausreden.«

Mutter Pferdefeder gackerte erschrocken und glättete sich das gesträubte Halsgefieder. Dann beäugte sie Twig mit einer gewissen Furcht. »Dein Vater«, schnupfte sie, »war ein Kavalier.«

Twig nickte und schluckte geräuschvoll. »Ich will also Folgendes«, sagte er. »Erstens, alle Schulden meines Vaters sind zu tilgen. Zweitens, Sie stellen mir ein neues Himmelsschiff einschließlich Proviant zur Verfügung. Es wird *Klippentänzer* heißen.«

»*Klippentänzer?*«, höhnte Mutter Pferdefeder.

»Und drittens«, fuhr Twig fort ohne eine Pause zu machen, »Sie zahlen die Heuer für eine Mannschaft meiner Wahl. Als Zeichen Ihres guten Willens nehme ich jetzt gleich einen Beutel Gold mit.«

Die Miene von Mutter Pferdefeder verfinsterte sich. »Du verlangst eine Menge«, sagte sie mit trotzig vorgerecktem Schnabel. »Was hast du mir im Gegenzug zu bieten?«

Twig lehnte sich zurück und wickelte eine Haarsträhne um die Finger. »Ich glaubte schon, Sie würden gar nicht mehr fragen. Ich verrate Ihnen das Geheimnis, wie man Phraxstaub herstellt.«

Mutter Pferdefeders Schnabel klappte auf und tief aus ihrem Hals kam ein seltsam gurgelndes Geräusch. »Aber, aber, aber ...«, blubberte sie. »Soll das etwa heißen ... Dann hätte ich ja das Monopol auf Trinkwasser.« Twig nickte und musterte  sie verächtlich. Auf dem Gesicht der Vogelfrau mischten sich Freude, Bosheit und unverhohlene Gier.

»Dann stecke ich alle in die Tasche!«, gackerte sie aufgeregt. »Ich werde mächtiger sein als dieser schreckliche Ligameister Simenon Xintax. *Und* als dieser Emporkömmling Vilnix Pompolnius. Mächtiger als alle zusammen.« Misstrauisch beäugte sie Twig. »Kennst du das Geheimnis auch wirklich?«

»So wahr ich hier stehe«, antwortete Twig. »Und wenn Sie meine Forderungen erfüllen, werde ich es Ihnen beweisen. Sie werden mächtig und unvorstellbar reich sein.«

Mutter Pferdefeder plusterte sich auf und fixierte Twig mit ihren kalten, starren Augen. »Abgemacht, Sohn des Wolkenwolf.« Sie zog eine mit Goldmünzen gefüllte lederne Börse aus der Schürzentasche und warf sie auf den Tisch. »Aber denk dran, Captain Twig, wenn du mich reinlegst, sorge ich persönlich dafür, dass die Ligen von deinen falschen Versprechungen erfahren.« Ihre Knopfaugen verengten sich zu Schlitzen. »Die Liga der Folterer wird an einem neuen Versuchsobjekt besonders interessiert sein ... zumal an einem so jungen!«

Am späten Nachmittag verließ Twig die Schenke und kehrte zusammen mit der Steinpilotin zu den Flugdocks zurück. Sie hievten die schwere Kiste aus dem Bauch der *Windsbraut* und machten sich auf den Weg durch Unterstadt.

In den engen, schmutzigen Gassen war es drückend heiß und viele Standverkäufer und Ladenbesitzer hatten ihr Geschäft zugemacht und sich zu einem Mittagsschlaf zurückgezogen. Sie würden erst nach Sonnenuntergang wieder öffnen. Nur ein Laden hatte nicht geschlossen. Als Twig

und die Steinpilotin mit der schweren Kiste daran vorbei-
stolperten, tauchte der dicke, schweißüberströmte Inhaber
von drinnen auf.

»Ah! Du bist es!«, brüllte Wabbelspak und kam auf Twig
zu.

Sofort zog Twig seinen Säbel. »Zurück«, sagte er ruhig,
»oder du wirst es bereuen.«

Wabbelspak wich ängstlich zurück. »I ... ich ...«, stotterte
er, »wollte dir nicht zu nahe treten.«

Twig erschrak über sich selbst. Hatte die Fahrt in den Dämmerwald ihn so sehr verändert, dass er beim kleinsten Anlass die Waffe zückte? Er sah auf seine Hand, zog den Handschuh aus und hielt ihn Wabbelspak hin. »Hier«, sagte er. »Für dich.«

Wabbelspak nahm den Handschuh. »W ... was ist das?«

»Eine Trophäe aus dem Dämmerwald. Die braune Schicht ist Phraxstaub, damit kannst du für den Rest deines Lebens frisches Wasser für dich, deine Familie und alle deine Tiere herstellen.«

Wabbelspak fuhr mit dem Finger über den fließenden, braunen Staub. »Phraxstaub«, flüstert er andächtig. »Ich danke dir! Hab tausend Dank!«

»Ich denke, die Rechnung mit dem Raupenvogel ist damit beglichen«, sagte Twig.

»Aber natürlich, selbstverständlich, vollkommen und in jeder Hinsicht«, versicherte Wabbelspak. Twig wandte sich zum Gehen. »Und wenn ich je etwas für dich tun kann, wenn ich dir mal einen exotischen Vogel beschaffen kann ... Ich kann alles beschaffen, als Geschenk selbstverständlich. Du brauchst es mir nur zu sagen.«

Twig blieb stehen. »Vielleicht werde ich eines Tages von deinem Angebot Gebrauch machen.«

Zusammen mit der Steinpilotin setzte er seinen Weg fort. Sanktaphrax kam näher und Twigs Herz begann heftig zu schlagen, er hätte nicht sagen können ob aus Angst oder vor Aufregung. Endlich standen sie direkt unter dem gewaltigen fliegenden Felsen und Twig sah auf. Hoch über seinem Kopf hing ein Korb. »Ist da jemand?«, rief er. »Ich will nach Sanktaphrax.«

Das kleine, faltige Gesicht eines
Schniffkobolds tauchte über dem
Korbrand auf und spähte herunter. »Und auf wessen
Einladung, bitte
schön?«, fragte
der Kobold.

»Wir müssen zum Professor der Dunkelheit.«

Die Augen des Kobolds verengten sich zu Schlitzen. »Zum Professor der Dunkelheit, eh?« Der Korb senkte sich herab.

Twig lächelte die Steinpilotin an. »So weit, so gut«, flüsterte er.

Der Korb landete vor ihren Füßen. Der Kobold musterte sie misstrauisch. »Eure Kiste ist hoffentlich nicht zu schwer.«

»Jetzt ist sie noch vergleichsweise leicht«, erwiderte Twig. »Trotzdem könnten wir deine Hilfe gebrauchen.«

Zu dritt hievten sie die Kiste in den Korb. Dann kletterten sie selbst hinein. Der Kobold bückte sich, packte den Griff der Winde und begann zu drehen. Schwankend hob sich der Korb in die Luft.

»Interessanter Mann, der Professor der Dunkelheit«, sagte der Schniffkobold mit einem weinerlichen Näseln. »Ein standhafter Gegner des Allerhöchsten Akademikers.« Er musterte Twig abwartend.

Twig schnaubte. »Ein Usurpator bleibt ein Usurpator.«

Die Steinpilotin sah ihn warnend an. In Sanktaphrax gab es überall Spione.

»Stimmt aber doch«, sagte Twig unwirsch.

Der Kobold nickte weise. »Viele Bewohner der ehrwürdigen schwebenden Stadt sind dieser Ansicht.« Und auf Twigs fragenden Blick hin fügte er hinzu: »Ich gebe nichts auf Gerüchte, aber es heißt, die Tage von Vilnix Pompolnius seien gezählt.«

Twig schwieg.

»Er ist natürlich selbst daran schuld. Was sollen die Ligen

denn tun, wenn er sie nicht mehr mit Phraxstaub versorgt? Eh?«

»Vielleicht hat er selbst keinen mehr.«

»Genau darauf will ich ja hinaus. Wenn er weder den Ligabrüdern noch den Akademikern etwas nützt, wie lange kann er sich dann noch an der Macht halten? Eh? Sag mir das.« Der Kobold holte Luft. »Wenn du *mich* fragst, die Ligabrüder lassen ihn zuerst fallen. Die mögen es nicht, wenn man sie betrügt, nee.« Er fuhr sich mit dem Finger über den Hals. »Du verstehst, was ich meine?«

Twig nickte, sagte aber nichts. Wenn Vilnix Pompolnius die Kiste mit Sturmphrax in die Hände bekommen würde, wären nicht nur seine gegenwärtigen Probleme gelöst. Dann konnte ihn trotz aller Korruption niemand mehr stürzen.

Schweigend setzten sie den Weg nach oben fort. Droben angekommen, sprang der Kobold auf die Landebrücke und half Twig und der Steinpilotin mit der schweren Kiste. »Ihr geht jetzt einfach diesen Weg bis zum Ende und dann links«, sagte er. »Dann habt ihr den alten Turm der Regenschmecker direkt vor euch. Ihr könnt ihn nicht verfehlen.«

»Danke«, sagte Twig. Staunend schüttelte er den Kopf. Der Anblick der Stadt, die sich vor ihnen ausbreitete, war überwältigend. Was der Kobold einen Weg genannt hatte, war in Wirklichkeit eine breite Allee, deren Pflaster verschlungene Muster aus roten, schwarzen und weißen Steinen zeigte. Die Allee war auf beiden Seiten von dicken, turmartigen Gebäuden gesäumt, die im Licht der Abendsonne wie Gold glänzten. Türme, wie Twig sie noch nie gesehen hatte!

Kein Turm glich dem anderen, doch waren alle prächtig anzuschauen. Einige sahen aus wie Minarette, andere hatten spitze Dächer, wieder andere Kuppeln mit raffinierten Mosaiken aus Spiegeln und Halbedelsteinen. Es gab Uhrentürme und Glockentürme, Türme mit großen, mit Kristall verglasten Fenstern und Türme mit ganz vielen kleinen, rautenförmigen Öffnungen. Ein Turm war so schlank, dass er im Wind schwankte, ein anderer war dick und klobig.

Das Aussehen der Türme hing natürlich davon ab, welche Fakultät oder Schule der jeweilige Turm beherbergte. Dasselbe galt für die verschiedenen Instrumente und Insignien, die an den Wänden der Türme angebracht waren. An einem Turm hingen Windrädchen, Luftsäcke und Balkenwaagen, an einem anderen Sonnenuhren, Wetterfahnen, Senkbleie und messingene Eichgeräte. An einem dritten Turm klirrte eine ganze Sammlung von Flaschen in verschiedenen Blautönen im Wind.

Mit offenem Mund drehte Twig sich um. Wohin er auch blickte, überall sah er vollendete Formen und Proportionen. Er konnte gar nicht alles in sich aufnehmen. Hier vornehme Arkaden, ein herrlicher Säulengang, Statuen, Brunnen – wie konnte Wasser so spielend leicht in die Luft fliegen? Und dort grandiose Treppenhäuser, elegant geschwungene Passagen, schwerelose Brücken.

Er seufzte. »Das ist ja unglaublich.«

Akademiker eilten in langen Talaren hin und her, über Brücken, treppauf und treppab, in Türme hinein und wieder aus ihnen heraus, einige allein, andere zu zweit, wieder andere in Gruppen, die sich flüsternd unterhielten. Alle hatten die Köpfe gesenkt, waren mit sich selbst beschäftigt und hatten weder Augen für die Pracht ihrer Umgebung noch für den Jungen und die Gestalt mit der Kapuze, die mit einer schweren Kiste an ihnen vorbeistapften.

Twig hatte sich vorgestellt, dass in Sanktaphrax als einem Ort der Gelehrsamkeit andächtige Stille herrschte, doch davon konnte keine Rede sein. Sanktaphrax brodelte und schien von finsteren Machenschaften und Intrigen erfüllt. Böse Vorahnungen lagen in der Luft. Twig fing Gesprächsfetzen von den vorbeihastenden Akademikern auf.

»... bald am Ende angelangt ...« »... die Ketten halten nicht mehr lange ...« »... Vilnix Pompolnius ist an allem schuld ...« »Ich werde Ihre Vorschläge dem Professor für Nebelforschung unterbreiten, vielleicht ...« »... in den Himmel schießen, für immer ...« »Es muss etwas getan werden ...«

Es wird schon etwas getan, dachte Twig. Endlich hatten er und die Steinpilotin das Ende der langen Allee erreicht. Sie bogen nach links ab. Vor ihnen stand ein baufälliger Turm. Die Residenz des Professors der Dunkelheit lag seit jenem unheilvollen Abend, an dem der damalige Regenschmeckerlehrling Vilnix sein schicksalhaftes Experiment ausgeführt hatte, in Ruinen. Die rechte Seite des Turms war ganz weggesprengt worden, sodass Treppenhaus und Zimmer frei lagen. Anklagend zeigten die Reste des Turms zum Himmel.

Twig und die Steinpilotin stiegen über zerbrochene Pflastersteine zum Eingang. Sie betraten den Turm und schleppten die Kiste die Treppe hinauf. Über den Treppenabsatz im zweiten Stock fiel Licht. Twig ging darauf zu. An eine Tür hatte jemand ein einfaches Schild genagelt, das bestätigte, dass sie am richtigen Ort angekommen waren. Twig klopfte leise.

»Was ist denn jetzt schon wieder?«, fragte eine müde Stimme. »Ich habe doch schon alles gesagt, was ich weiß.«

»Professor«, rief Twig.

»Ich bin alt und schwach«, klagte die Stimme. »Und todmüde. Lasst mich in Ruhe.«

»Ich muss Sie aber sprechen, Professor«, beharrte Twig. Er drückte die Klinke. Die Tür war nicht abgeschlossen. Unbeeindruckt von den fortgesetzten Protesten des Professors traten Twig und die Steinpilotin ein. Drinnen ließ Maugin die Kiste sinken und setzte sich mit einem erschöpften Seufzer auf den Deckel. Auch Twig ließ die Kiste los, sah zu der Gestalt hinter dem Schreibtisch und – erstarrte.

Der Professor der Dunkelheit trug zwar schwarze statt weiße Kleider, war aber ansonsten ein genaues Ebenbild des Professors des Lichts.

»Wer bist du denn, beim Himmel?«, fragte der Professor lebhaft. »Ich dachte, die Wachen seien schon wieder zurückgekehrt.«

Twig lächelte. »Jetzt wirken Sie auf einmal gar nicht mehr so alt und schwach, Professor.«

»A ... a ... aber ...«, stammelte der Professor verwirrt.

Twig trat auf ihn zu. »Ich heiße Twig«, sagte er. »Das ist mein Steinpilot. Wir beide haben die Mission zu Ende geführt, mit der mein Vater Quintinius Verginix vor kurzem betraut wurde.«

Der Mund des Professors klappte auf. »Ich ... das heißt, du ...« Seine Augen funkelten. »Soll das heißen, du ...«

»Wir haben Sturmphrax mitgebracht«, sagte Twig.
Der Professor sprang auf und eilte durch das Zimmer auf
sie zu. »Sturmphrax!«, rief er. »Seid ihr sicher?«

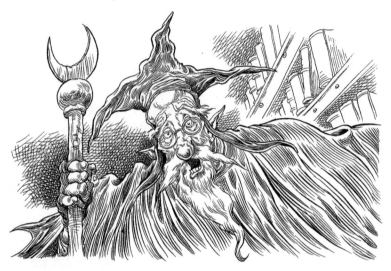

»Ganz sicher«, erwiderte Twig. »Ihr Kollege, der Professor
des Lichts, hat es bestätigt.«

»Ach, der alte Scharlatan«, brummte der Professor, doch
Twig bemerkte, dass seine Augen feucht wurden. »Was
treibt der alte Gauner denn?«

Twig schlug die Augen nieder. »Der Professor des Lichts
ist leider tot«, sagte er leise.

»Tot!«, rief der Professor der Dunkelheit erschrocken.

»Seine letzten Worte waren, dass ich Sie benachrichtigen
sollte und dass ich Ihnen ... vertrauen könnte.«

»Mein guter alter Freund tot«, sagte der Professor traurig.
Er lächelte schwach. »Tja, dann wollen wir mal ansehen,
was ihr mitgebracht habt.«

Die Steinpilotin stand müde auf und hinkte zur Seite. Twig trat zu der Kiste und hob den Deckel und der Professor der Dunkelheit sah hinein. »Nein!«, kreischte er begeistert. »Der alte Waldfuchs! Das ist tatsächlich Sturmphrax! Wunderbar! Phantastisch! Wo habt ihr denn so viel herbekommen, beim Himmel? Und warum sind die Kristalle so klein?«

»Das ist eine lange Geschichte«, sagte Twig.

»Ich kann es kaum erwarten, sie zu hören«, sagte der Professor. »Aber zuerst müssen wir das Sturmphrax in die Schatzkammer bringen ...«

»Nein, Professor«, widersprach Twig entschieden. »Zuerst muss ich Ihnen noch etwas anderes zeigen. Es ist Zeit, den Rummel um Phraxstaub ein für alle Mal zu beenden.« Er blickte aus dem Fenster. Die Sonne stand bereits als orangenfarbene Scheibe tief über dem Horizont. »Aber wir müssen uns beeilen. Ich brauche Mörser und Stößel.«

»Aber ...«

»*Sofort*, Professor, bitte!«

Der Professor zeigte auf eine marmorne Arbeitsplatte am anderen Ende des Zimmers. »Dort findest du alles, was du brauchst. Aber ...«

»Danke.«

Twig nahm eine metallene Schale und eilte wieder zu der Kiste zurück. Mit einem Nicken wies er zum Fenster. »Wie lange dauert es noch bis zur Dämmerung?«, fragte er. »Bis zum exakten Zeitpunkt der Dämmerung.«

»Ah, bis zum exakten Zeitpunkt«, wiederholte der Professor verträumt. »Jenem mystischen und so flüchtigen, so schwer zu bestimmenden Moment zwischen Licht und

Dunkelheit ... Die Dämmerung war das einzige Thema, über das der Professor des Lichts und ich je einer Meinung waren ...«

»Professor!«, rief Twig. »Wie lange noch?«

Der Professor ging gekränkt zum Fenster und stellte einige schnelle Berechnungen an. »Anderthalb Minuten.«

»Weniger, als ich dachte«, murmelte Twig. Er schüttete einige Kristalle in die Schale. »Vorsichtig«, flüsterte er dabei, »ganz vorsichtig.« Er zog einen schweren Stößel aus dem Regal und hob ihn über den Kopf. »Professor, Sie müssen mir genau in dem Moment Bescheid geben, in dem die Dämmerung eintritt, haben Sie verstanden?«

Der Professor starrte den Jungen an, der mit erhobenem Stößel vor der Schale mit Sturmphrax stand.

»Nein«, stieß er hervor. »Bist du verrückt? Du jagst uns alle in die Luft!«

»Vertrauen Sie mir, Professor«, sagte Twig. »Und geben Sie auf den Himmel draußen Acht. Sie dürfen keinen Augenblick zu früh oder zu spät rufen.«

Im Zimmer rührte sich nichts mehr. Die Zeit schien stillzustehen. Twig tat der Arm weh und Zweifel begannen an ihm zu nagen. Hatte der Professor des Lichts sich vielleicht geirrt? Das Licht, das golden durch das Fenster hereinströmte, wurde schwächer.

»Jetzt!«, schrie der Professor in die atemlose Stille.

Twig hielt die Luft an und schlug

den Stößel mit aller Kraft in den Mörser. Ein dumpfer Schlag ertönte, dann ein Knirschen. Etwas blitzte auf. Mehr nicht. Das goldene Licht im Fenster verfärbte sich bernsteinfarben. Im Mörser schwamm ein fast flüssiges, braunes Pulver.

»Es hat geklappt«, flüsterte Twig. Er fuhr zu dem Professor herum. »Es hat geklappt!«

Der Professor der Dunkelheit trat neben ihn und sah in die Schale. Er strahlte über das ganze Gesicht. »Zuerst Sturmphrax! Jetzt Phraxstaub! Warte, ich muss mich in den Arm kneifen, damit ich auch ganz sicher weiß, dass ich nicht träume.«

»Das ist kein Traum«, sagte Twig. »Das Sturmphrax wird Sanktaphrax wieder ins Gleichgewicht bringen und der Phraxstaub wird das Trinkwasser reinigen.« Er blickte dem Professor kühn in die Augen. »Und jetzt, wo ich weiß, wie es geht, muss ich noch etwas tun, Professor.« Er klang sehr ernst. »Ich habe einen Plan, wie wir sicherstellen können, dass das Geheimnis der Phraxstaubherstellung nie in die falschen Hände gerät. Aber dazu brauche ich Ihre Hilfe.«

»Die ist dir sicher, Twig, mein Junge«, sagte der Professor der Dunkelheit. »Ich tue alles, was du verlangst.«

Es wurde bereits dunkel, als der Professor zusammen mit Twig und der Steinpilotin das Zimmer verließ. Ächzend bugsierten sie die schwere Kiste die gewundene Treppe hinunter. Dabei stießen sie immer wieder an die Wände. Unten angekommen, gingen sie nicht durch den Eingang nach draußen, sondern stiegen eine weitere Treppe hinunter. Durch einen engen Torbogen gelangten sie in einen unterirdischen Gang. Dort war es dunkel und feucht, und nur das dämmrige Licht der Lampe in der Kiste leuchtete ihnen den Weg.

»Die Fackeln anzuzünden wäre zu riskant«, rief der Professor über die Schulter. »Ihr Licht könnte das Sturmphrax destabilisieren.«

Sie bogen nach rechts und nach links ab und stiegen Treppen und Rampen hinunter, bis sie sich dem Herzen des fliegenden Felsens näherten. Twig merkte, wie die Steinpilotin hinter ihm immer langsamer wurde. Sie war am Ende ihrer Kraft angelangt.

»Ist es noch weit?«, fragte Twig.

»Wir sind fast da«, erwiderte der Professor. »Nur noch um diese Ecke und ...«

»HALT! WER DA?«

Der Professor blieb wie angewurzelt stehen. Twig, der in

den dunklen Gängen ohnehin Mühe hatte ihn in seinen schwarzen Kleidern zu sehen rannte in ihn hinein. Maugin schrie erschrocken auf, ließ die Kiste los und schrie noch einmal, diesmal vor Schmerzen, denn die Kiste war ihr auf den Fuß gefallen. Ein Durcheinander entstand, dann war die Fistelstimme des Professors zu hören.

»Bist du das, Grogg?«, fragte er. »Ich bin's, der Professor der Dunkelheit. Ich muss in die Schatzkammer.«

»Geht nicht«, erwiderte der Wächter knapp.

»W ... w ... wie bitte?«, stotterte der Professor. »Du willst mich nicht reinlassen?«

»Auf Befehl Seiner Akademischen Durchlaucht.«

»Was? Aber wir wissen doch beide, dass der ehrenwerte Vilnix Pompolnius nicht im Traum an so ein Verbot denken würde. Lass mich also bitte sofort durch.«

»Niemand darf die Schatzkammer betreten«, brauste Grogg auf. »Weder Ligabrüder noch Akademiker.« Er hob seine Laterne vor das Gesicht des Professors. »Und Sie schon mal gar nicht, das hat Vilnix Pompolnius mir persönlich eingeschärft. Außerdem müssen Sie Ihren Schlüssel abgeben.«

»Meinen Schlüssel abgeben?«, rief der Professor empört. »Nur über meine Leiche.«

»Dann eben über Ihre Leiche«, sagte der Wächter kalt. Klappernd stellte er die Laterne auf den Boden, dann hörte Twig, wie er Säbel und Dolch zog. Der Junge spähte über die Schulter des Professors.

»Ein Flachkopf«, murmelte er. »Hätte ich mir denken können.« Er betrachtete den breitbeinig dastehenden Kobold mit seinen glitzernden Ohrringen, den Goldzähnen und den gezückten Waffen und Wut stieg in ihm auf. Wie konnte es dieser Grobian wagen, sich ihnen jetzt noch in den Weg zu stellen, nach allem, was sie schon durchgemacht hatten? Sie standen doch kurz vor dem Ziel.

»Mein lieber Grogg«, hörte er den Professor sagen. »Es handelt sich hier ganz sicher um ein Missverständnis. Lass uns nur einen kurzen Augenblick in die Schatzkammer. Niemand wird davon erfahren und ...«

Twig explodierte. Er riss seinen Säbel aus der Scheide und stürmte nach vorn.

»Lass uns durch, verdammt noch mal!«, brüllte er.

Der Flachkopf starrte ihn überrascht an, hatte sich aber sofort wieder gefasst. Er duckte sich, dann sprang er tückisch grinsend auf Twig zu und schlug mit dem Säbel nach dem Hals des Jungen. Twig wich schnell aus und parierte den Hieb. Die Säbel krachten aufeinander und die furchtbare Wucht des Schlages ließ Twig nach hinten taumeln. Sofort sprang Grogg ihm nach und hieb mit Säbel und Dolch auf ihn ein.

Twig erzitterte unter den auf ihn niederprasselnden Hieben. Keuchend vor Anstrengung stolperte er weiter rückwärts. Er wehrte sich, so gut er konnte, allerdings ließen seine Kräfte rasch nach. Plötzlich sprang der Flachkopf nach rechts und holte mit seinem schweren Säbel von links aus. Damit hatte Twig nicht gerechnet. Er warf sich zur Seite und stieß sich den Ellbogen an der Wand an. Glühende Schmerzen schossen seinen Arm hinauf und das Rückgrat hinunter.

»Auaaaa«, heulte er. Sein Säbel fiel klappernd auf den Steinboden.

Grogg sprang mit funkelnden Augen vor ihn und hob den Säbel. »Du Narr«, zischte er. »Hast du wirklich geglaubt, du könntest mich austricksen – mich, den Leibwächter von Vilnix Pompolnius höchstpersönlich, den grausamsten und gefürchtesten Wächter von ganz Sanktaphrax?« Er umklammerte den Griff des Säbels, bis seine Knöchel weiß hervortraten. Glitzernd züngelte eine purpurrote Zunge über seine dünnen Lippen und in seinen Augen funkelte ein böses Licht. »Ich werde dich mit Wonne in Stücke hacken.«

»Halt!«, schrie Twig. »Schlag nicht zu.«

Der Flachkopf machte eine Grimasse. »War der tapfere große Bär vielleicht die ganze Zeit ein ängstliches Waldmäuschen, ja?« Er lachte höhnisch.

»Hör mich an.« Twig griff in seine Jackentasche.

»Was soll das?«, brüllte der Flachkopf. »Nimm sofort die Hand raus, sonst nagle ich sie dir mit meinem Säbel an die Brust.«

Twig zog die Hand langsam wieder heraus. Sie hielt die Börse, die Mutter Pferdefeder ihm gegeben hatte. Er spielte mit dem Säckchen in seiner Hand und ließ die Münzen klirren. »Gold, Grogg«, sagte er. »Zehn Goldstücke könnten dir gehören.«

»Natürlich«, schnarrte Grogg. »Ich kann dir aber auch deinen schönen Hals durchschneiden und mir alles nehmen.«

»Sicher«, erwiderte Twig unerschrocken. »Aber du hättest nichts davon.«

Der Flachkopf starrte ihn an. »Was soll das heißen?«, fragte er unwirsch.

»Der Herr, dem du Treue geschworen hast, wird bald von seinem Thron stürzen.«

»Was, Vilnix Pompolnius? Dass ich nicht lache. Seine Akademische Durchlaucht?«

»Der dreiste Thronräuber«, rief der Professor der Dunkelheit empört.

»Die Ligabrüder werden ihn fallen lassen«, fuhr Twig fort, »und die Akademiker auch.«

»Aber ... aber warum denn?«

»Warum?«, fiel der Professor ein. »Weil er keinen Phraxstaub mehr hat, und nur deshalb haben sich die Ligen doch mit ihm verbündet. Und vom Sturmphrax, das die fliegende Stadt im Gleichgewicht hält, hat Vilnix auch nichts mehr.«

Grogg war verwirrt. »Aber in der Schatzkammer ist doch noch Sturmphrax. Das soll ich ja gerade bewachen.«

»Dann sieh doch selber nach.« Der Professor streckte ihm einen schweren Schlüssel hin.

Die Augen des Flachkopfs verengten sich zu misstrauischen Schlitzen. »Wenn das eine Falle ist ...«

»Jetzt sieh schon nach!«, fuhr der Professor ihn an.

Immer noch mit gezücktem Säbel hob Grogg seine Laterne vom Boden auf und ging zur Tür der Schatzkammer. Er steckte den Schlüssel ins Schloss, drehte ihn herum, drückte die Klinke und stieß die Tür auf. Dann steckte er den Kopf hinein und sah sich ungläubig um. Wut überkam ihn.

»Leer«, fauchte er. »Dieser Lügner, dieser falsche Hund ... Hier ist gar nichts.«

»Vilnix hat dich angelogen«, sagte der Professor ruhig. »Er hat uns alle angelogen.«

»Und du stehst auf der falschen Seite, Grogg«, fügte Twig hinzu. »In Sanktaphrax kannst du dich jetzt nicht mehr blicken lassen. Allerdings ...«

»Aber das konnte ich doch nicht wissen!«, plärrte der Kobold. »Ich habe doch nur meine Arbeit getan. Ich ...«

»*Allerdings*«, wiederholte Twig, »gibt es einen Ausweg. Bist du ein guter Soldat, Grogg?«

Der Flachkopf nickte. »Der beste.«

»Ein treuer Diener deines Herrn?«

»Bin ich«, versicherte der Flachkopf hastig. »Bin ich.«

Twig nickte. »Dann mache ich dir einen Vorschlag. Du kommst zu mir auf mein Himmelspiratenschiff, allerdings nicht als Sklave, denn an Bord des *Klippentänzers* wird es weder Leibeigene noch Galeerensklaven geben.« Er sah auf die Lederbörse. »Was sagst du dazu?«

Der Flachkopfkobold schwieg, aber nur kurz. Dann breitete sich langsam ein Grinsen auf seinem Gesicht aus. Er sah Twig an. »Einverstanden.«

Twig griff in die Börse und zählte ganz langsam zehn Goldstücke in die Hand. »Aber wenn du mich hintergehst, Grogg, dann kannst du was erleben«, sagte er drohend. »In Unterstadt und Sanktaphrax gibt es viele, die sich liebend gern an Vilnix Pompolnius' ehemaligem Leibwächter rächen würden.«

»Sie können sich auf mich verlassen, Captain Twig«, sagte der Kobold.

»Ich glaube dir.« Twig klatschte ihm die Münzen auf den Handteller. »Willkommen an Bord, Grogg.«

Der Professor war dem Wortwechsel mit einiger Verwirrung gefolgt. Jetzt trat er vor. »Kommt mit«, sagte er, »wir sind noch nicht fertig.«

Twig nickte. »Grogg, du packst am anderen Ende der Kiste an.« Der Flachkopf rührte sich nicht. »Grogg!«, brüllte Twig. »Bist du mir schon jetzt ungehorsam?«

»Nein, nein«, sagte der Kobold und ging zu der Kiste. »Überhaupt nicht, Captain, nur ...« Er erschauerte. »Warum glüht die Kiste so komisch?«

»Sie enthält Sturmphrax«, erwiderte Twig. »Wir haben Sturmphrax mitgebracht. Die leere Schatzkammer von Sanktaphrax wird jetzt wieder aufgefüllt.«

Eine Minute später war die Schatzkammer nicht mehr leer. In der Mitte der in den Boden eingelassenen kreisrunden Fläche stand die Kiste mit dem Sturmphrax.

»Aber ich spüre ja gar keine Veränderung«, sagte der Flachkopf.

»Das Sturmphrax bekommt sein maximales Gewicht erst in völliger, absoluter Dunkelheit«, erklärte der Professor. Er klappte den Deckel der Kiste auf und nahm die Lampe heraus, die das Dämmerlicht verbreitete. »Kommt. Es ist Zeit.«

Im Gänsemarsch kehrten die vier zur Tür zurück. Der Professor ging voraus, Twig ging als Letzter. Laterne und Lampe schwankten beim Gehen hin und her und ließen helle Lichtstreifen durch die dunkle Kammer und über die Kiste wandern. Das Sturmphrax wurde abwechselnd schwerer und wieder leichter – und dann immer schwerer. Der Boden der Schatzkammer erzitterte.

»Schnell!«, rief der Professor und begann zu rennen.

Die anderen hasteten über den immer heftiger bebenden Boden hinter ihm her. An der Tür sah Twig ein letztes Mal zurück. Die Kiste in der Mitte der riesigen Schatzkammer wirkte winzig. Reichte sie wirklich aus den gewaltigen Felsen zu stabilisieren?

»Twig!«, rief der Professor scharf.
Twig trat durch die Tür, packte die schwere eiserne Klinke und warf die Tür ins Schloss. Dumpf rollte das Echo durch die dunklen Gänge. Der Boden unter seinen Füßen sackte abrupt ab.

Sein Magen wurde nach oben gedrückt, das Herz schlug ihm bis zum Hals. Entsetzt schrie er auf.

So abrupt, wie die Abwärtsbewegung begonnen hatte, kam sie wieder zum Stillstand. Kein Laut war zu hören. Überall herrschte tiefe Stille. Twig sah den Professor an.

»Das war alles?«

»Das war alles«, bestätigte der Professor. »Genau die richtige Menge.«

Twig schüttelte ungläubig den Kopf.

»Glaub mir«, sagte der Professor. »Was hier unten im Herzen des Felsens kaum zu spüren ist, hat droben in der Stadt verheerende Folgen. Ich sage dir eins: Sanktaphrax wird nie wieder dieselbe Stadt sein.«

KAPITEL 23

Abrechnung

Vilnix Pompolnius erwachte beim ersten Beben des Felsens aus einem tiefen, traumlosen Schlummer. Er öffnete die Augen, ließ den Blick durch das pompöse Allerheiligste wandern und lächelte selbstzufrieden.

»Hier ist alles so schön«, murmelte er. »Und jetzt gehört alles mir. Wie klug ich doch bin.«

Er schlug die Decke zurück, stieg aus dem Bett und trat ans Fenster. Die Sonne, groß, rot und weich wie eine riesige Schüssel Dellbeerengelee, war soeben am Horizont aufgegangen. Zartes, rosafarbenes Licht breitete sich über den Himmel aus. Vilnix gähnte und fuhr sich mit der Hand über den kahl rasierten Schädel.

»Ein neuer wunderbarer Tag beginnt«, sagte er und stieß das Fenster weit auf. Ein morgenfrischer Luftzug wehte ihm ins Gesicht. Die Kristallanhänger des Kronleuchters hinter ihm klirrten wie ein Windspiel. Vilnix lehnte sich hinaus und zog das Fenster wieder zu – er wollte nicht, dass der Kronleuchter kaputtging. Doch das misstönende Klirren des Leuchters ging weiter.

Vilnix runzelte verwirrt die Stirn. »Was beim Himmel ...?«
Im selben Moment machte der Felsen einen Satz und der
Spiegel – der zweite Spiegel, der diesmal nur an der Wand
lehnte – setzte sich in Bewegung und rutschte über den
dicken, weißen Teppich auf den Boden. Vilnix seufzte. Wenigstens war der Spiegel nicht zerbrochen. Aber warum
war er überhaupt umgefallen? Die Gewicht- und Ketten-
installateure sollten erst in zwei Stunden mit der Arbeit anfangen. Außerdem bebte und ruckte der Felsen inzwischen
so heftig, dass ihre Bohrer als Ursache ausschieden.
Erschrocken klammerte sich Vilnix Pompolnius an das
Fensterbrett. Überall im Zimmer fielen kostbare Gegenstände um: Porzellanvasen und Elfenbeinfigürchen, Schnit-
zereien und Uhren, in Leder gebundene Bücher.
War das vielleicht ein Sturm?, überlegte Vilnix. Oder ein
Erdbeben? Oder hatte der fliegende Felsen so viel Auftrieb
bekommen, dass er sich gerade aus seiner Verankerung los-
riss?
Es krachte laut und der Kronleuchter wurde aus seiner
Halterung in der Decke gerissen und fiel hinunter. Er landete mit ohrenbetäubendem Lärm – mitten auf dem Spiegel. Glas- und Kristallsplitter flogen durch das Zimmer
und blieben in der Wandtäfelung stecken.
»Was ist da los?«, schrie Vilnix. »Minulis! MINULIS!«
Doch diesmal erschien auf das Geheiß Seiner Akademischen Durchlaucht kein Kammerdiener.
»Minulis, wo bist du?«, tobte Vilnix. Wütend stürmte er
zur Tür des spartanischen Vorzimmers, das sein Kammerdiener bewohnte. Er würde den unverschämten Burschen
lehren ihn kein zweites Mal warten zu lassen!

Er hatte noch nicht die Hälfte des Weges über den mit Glasscherben übersäten Teppich zurückgelegt, als plötzlich und ohne jede Vorwarnung das ganze Zimmer nach unten sackte. Vilnix verlor das Gleichgewicht und fiel hin. Über ihm öffnete sich quer über die Decke ein Riss und vergoldeter Stuck prasselte auf ihn herunter.

Als der Staub sich gelegt hatte, hob Vilnix den Kopf, stand auf und schüttelte den Gips aus den Kleidern. Dann bemerkte er, dass Sanktaphrax sich nicht mehr bewegte. Alles war wieder ganz ruhig. »Aber eben sind wir doch noch abgestürzt«, flüsterte Vilnix. »Das kann nur eins bedeuten ...« Sein gelbes Gesicht lief puterrot an. »Der widerliche Himmelspirat muss unbemerkt mit dem Sturmphrax zurückgekehrt sein.«

Tausend Entscheidungen und Befehle gingen ihm gleichzeitig durch den Kopf. Hastig zog er seine Amtsrobe über das Hemd, setzte sich seine Dornen-Kappe auf und eilte aus dem verwüsteten Zimmer.

»Dem werde ich es zeigen«, murmelte er wütend. »Allen werde ich es zeigen! Sie werden schon sehen, was mit Verrätern passiert, die sich mit dem Allerhöchsten Akademiker anlegen.«

Nicht nur das Allerheiligste wurde beschädigt. Überall, in jedem Winkel und jedem Turmzimmer von Sanktaphrax, lösten die heftigen Stöße dasselbe Chaos aus. Instrumente rutschten von Arbeitstischen, Bücher fielen aus Regalen, Wände bekamen Risse, Fensterscheiben gingen zu Bruch und Steine und Putz fielen von den Decken.

In das Rumpeln und Krachen mischten sich Angstgeschrei

und Schmerzensgeheul. Junge und alte Bürger von Sanktaphrax, reiche und arme rannten aus den Türmen auf die Straßen und Plätze. Dort blieben sie ratlos stehen, während um sie herum Giebel und Zinnen herunterfielen.

»Was ist denn los?«, schrien sie. »Sanktaphrax geht unter!« Dann rief jemand: »Zur großen Halle!« Daraufhin rannte alles die Hauptstraße entlang zum ältesten Gebäude der Stadt, jener aus dicken Mauern erbauten Halle, in die man sich in Notfällen immer flüchtete.

Aufgebracht traf die Menge vor dem Gebäude ein und strömte hinein. Drinnen entdeckten die Bewohner zu ihrer Empörung, dass nicht einmal das alte Heiligtum von den Folgen des schrecklichen Bebens verschont geblieben war. Von der Decke heruntergefallene Steine übersäten den geborstenen Marmorboden, ein Pfeiler war umgestürzt, ein zweiter sah aus, als wollte er jeden Augenblick umkippen. Und während die Bürger noch den Schaden begutachteten, öffnete sich an der Stirnwand der Halle ein gezackter Riss, der bis zum Dach reichte.

»Nicht auch noch hier«, riefen sie. »Nicht in unserer großen Halle!«

Als die letzten in der Halle eintrafen, bewegte sich der Felsen nicht mehr, doch konnte das die aufgebrachte Menge nicht beruhigen. Alle, von den zusammengedrängten Akademikern an der Stirnseite bis zu den Dienern und Wachen, die sich im hinteren Teil drängten, empfanden dieselbe Empörung.

»Wo ist Vilnix?«, wollten sie wissen. »Er ist an allem schuld.« »Der scheinheilige Gauner!« »Der verfluchte Thronräuber!« »Der Verräter, der nur in die eigene Tasche wirtschaftet!« »Wo steckt er denn?«

Zwei Gestalten stiegen zum Podium hinauf, und schlagartig wurden ganz andere Fragen laut. »Was macht denn der Professor der Dunkelheit hier?« »Wer ist sein Begleiter?«

Der Professor bat mit erhobenen Händen um Ruhe. »Freunde«, rief er, »Freunde.« Schweigen senkte sich über die Menge. »Ich habe Verständnis für eure Empörung und ich teile euren Kummer darüber, dass unser geliebtes Sanktaphrax so schlimm zugerichtet wurde. Leider war es unvermeidlich.«

Zorniges Gemurmel wurde laut. Niemand war gekommen um sich das sagen zu lassen. Beklommen starrte Twig auf das Meer aufgebrachter Gesichter vor ihm. Wenn der Professor nicht aufpasste, würde die Menge ihn gleich in Stücke reißen und erst dann Fragen stellen.

»Und mein Labor?«, rief der Professor der Windfühler empört.

»Und wer ersetzt mir die Fensterscheiben in meinem Observatorium?«, fügte der Professor der Wolkengucker wütend hinzu.

»Gebäude kann man reparieren«, fuhr der Professor der Dunkelheit unbeirrt fort. »Da wir jetzt ja keine Ketten mehr brauchen, stehen genügend Handwerker für die Reparaturen zur Verfügung.«

Erregtes Tuscheln breitete sich aus. »Keine Ketten mehr?«, fragten alle durcheinander. Das war doch Unsinn. Selbstverständlich brauchten sie Ketten!

»Keine Ketten außer der alten Ankerkette, die verhindert, dass wir wegtreiben«, ergänzte der Professor.

»Erklären Sie uns, was Sie meinen!«, rief der Professor der Wolkengucker.

»Exemplifizieren Sie!«, rief der Professor der Windfühler.

»Was soll das überhaupt heißen?«, schrie eine heisere Stimme von hinten.

»Ich meine damit«, sagte der Professor der Dunkelheit, »dass die Gefahr, die uns so lange bedroht hat, endlich gebannt ist. Sanktaphrax befindet sich wieder im Gleichgewicht.«

Auf seine Worte folgte Totenstille. Alle starrten ihn an. Stimmte das? Stimmte das wirklich?

»Was hatte dann das Beben vorhin zu bedeuten?«, fragte der Professor der Wolkengucker.

»Und die Stöße und Erschütterungen?«, fügte der Professor der Windfühler hinzu.

»Das«, sagte der Professor der Dunkelheit an die beiden Professoren gewandt, »war der Felsen, der sich unter dem Gewicht des Sturmphraxes gesenkt hat.« Er sah wieder auf. »Es wird nicht noch einmal passieren, solange wir leben, darauf gebe ich euch mein Wort.«

Wieder wurde Gemurmel laut und es schwoll immer mehr an, bis alle zur gleichen Zeit zu reden schienen. Dann rief jemand ganz hinten Hurra. Andere fielen ein und auf einmal war die ganze Halle von Freudengeschrei erfüllt.

»Der Professor der Dunkelheit, er lebe hoch!«, schrie jemand.

»Auf den neuen Allerhöchsten Akademiker von Sanktaphrax!«, rief der Professor der Wolkengucker und ruderte aufgeregt mit den Armen.

»Müsste es nicht heißen, auf den *alten* Allerhöchsten Akademiker?«, gab der Professor der Windfühler zu bedenken.

»Alt oder neu, ich wäre jedenfalls geehrt meine Pflichten als Allerhöchster Akademiker wieder aufnehmen zu können«, sagte der Professor der Dunkelheit. Donnernder Applaus brach los. »Allerdings dürft ihr euch nicht bei mir bedanken. Nicht ich bin in den Dämmerwald gefahren und habe von dort unter Einsatz meines Lebens kostbares Sturmphrax mitgebracht.«

»Wer dann?«, schrie die Menge. »Wer?« Doch sicher nicht
der magere Junge neben dem Professor ...

Der Professor trat zu Twig, nahm seine Hand und hob sie
hoch. »Professoren, Akademiker und Bürger«, rief er. »Das
ist Captain Twig. Bei *ihm* müsst ihr euch bedanken.«

Die Menge johlte, schrie und klatschte und Twig wurde rot wie ein Saftholz, überwältigt von der Dankbarkeit, die über ihm zusammenschlug.

»Dank dieses tapferen jungen Mannes brauchen wir nicht länger zu fürchten, dass unser Felsen sich von seiner Verankerung losreißt und in den Himmel fliegt, während wir schlafend im Bett liegen.« Der Professor reckte Twigs Arm noch höher.

»Hurra!« Die Menge tobte vor Begeisterung.

»Dank ihm ist unser Wohl nicht mehr von den habgierigen Ligabrüdern abhängig.«

»Hurra!«, tobte die Menge noch lauter.

»Er hat uns von ganzem Herzen gedient und die Treue zu Sanktaphrax über alles gestellt«, fuhr der Professor fort.

Ein Schauer durchlief Twig. Wo hatte er diese Worte schon gehört? Warum kamen sie ihm so bekannt vor?

»Er hat sein Leben der Suche nach Sturmphrax gewidmet. Er folgte einem großen Sturm und kehrte erst zurück, als er seine heilige Suche vollendet hatte – ja, Twig, deine *heilige* Suche.« Der Professor lächelte. »Knie nieder, mein Junge.«

Mit einem Mal kehrte die Erinnerung wieder. Dieselben Worte waren bei der Zeremonie gesprochen worden, als sein Vater zum Ritter geschlagen worden war. »Aber ... ich ... Sie ...«, stotterte Twig und schluckte. Er schlug die Augen nieder und kniete hin.

Stille kehrte ein. Der Professor der Dunkelheit ging zu der rissigen Wand in seinem Rücken und nahm das Schwert vom Haken. Twig zitterte. Er zitterte so stark, dass er überzeugt war, alle müssten seine Zähne klappern hören. Der

Professor kehrte mit dem Schwert zurück und trat vor ihn. Twig hob den Kopf. Langsam neigte sich die große, goldene Klinge und berührte ihn zuerst auf der rechten, dann auf der linken Schulter.

»Ich schlage dich hiermit zum Ehrenritter der Akademie«, sagte der Professor. »Dein Name sei Arborinus Verginix. Erhebe dich!«

Twig rührte sich nicht. Er konnte nicht aufstehen. Seine Beine fühlten sich wie Pudding an. Erst als der Professor seine Hand nahm, stand er unsicher auf. Gewaltiger Applaus brach los, so laut, dass Twig der Kopf dröhnte.

»Hurra!«, brüllte die Menge. »Hurra!« Die Anwesenden tanzten und hüpften vor Freude und Akademiker, Diener und Professoren umarmten einander. Wenigstens einen wunderbaren Moment lang waren aller Groll und alle Eifersucht begraben.

»Wir werden wieder der hehren Wissenschaft dienen können«, frohlockte der Professor der Wolkengucker und schlug seinem Rivalen auf den Rücken.

»Wir werden uns wieder auf geistige Höhenflüge begeben«, stimmte der Professor der Windfühler ein, »um die ungeheure Komplexität des Windes zu erforschen.«

»Und der Wolken«, fügte der Professor der Wolkengucke hinzu.

»Vom wispernden Zephir bis zum tosenden Zyklon ...«

»Zirrus, Stratus, Zirrostratus, Kumulonimbus ...«

Der Professor der Windfühler sog scharf die Luft ein. »Wenn es den Wind nicht gäbe«, bellte er, »kämen Ihre Wolken nicht vom Fleck.«

»Wenn es keine Wolken gäbe«, erwiderte der Professor der Wolkengucker erregt, »könnten wir den Wind nicht sehen ...«

Doch der Professor der Windfühler hörte seinem Kollegen nicht mehr zu. »Sehen Sie da!« Aufgeregt zeigte er zum Eingang der Halle.

Überall in der großen Halle wiesen ausgestreckte Arme zum Eingang. Schweigen senkte sich über die Menge und aller Augen richteten sich auf die hagere Gestalt, die in diesem Moment durch die Halle schritt und die Stufen zum Podium hinaufstieg.

Dort stand Vilnix dann, hager und vornübergebeugt, die Hände auf die hölzerne Brüstung gestützt, gefolgt von seinen Leibwächtern, einem Dutzend vierschrötiger Flachköpfe, die breitbeinig und mit verschränkten Armen auf

den Stufen stehen blieben. Vilnix zupfte an seinen Ärmeln, rückte seine Kappe gerade und ließ die tief liegenden Augen langsam über die Menge wandern. Spöttisch verzog er die Lippen.

»Was hat das hier zu bedeuten?«, fragte er leise, aber drohend. »Kann man euch denn keinen Moment allein lassen?«

Die Menge schwieg beklommen.

Vilnix lachte höhnisch und lehnte sich über das Geländer. Seine stählerne Kappe glitzerte. Anklagend zeigte er auf den Professor der Dunkelheit. »Ihr hört den Lügen dieses falschen Propheten zu?«, brüllte er. »Dieses greisen Narren, der Sanktaphrax schon einmal an den Rand des Untergangs gebracht hat und der sein Werk jetzt offenbar vollenden will?«

Twig schüttelte den Kopf. Was für ein Unsinn, so war es doch überhaupt nicht gewesen! Doch die Menge wurde mit jedem Wort, das Vilnix sagte, unruhiger.

»Er steckt mit verräterischen Piraten unter einer Decke.« Vilnix spuckte die Worte förmlich aus.

Das Gemurmel in der großen Halle wurde immer lauter und heftiger. Zugleich begann die Stimmung umzuschlagen. Mit triumphierend blitzenden Augen musterte Vilnix die Menge.

»Der Professor und alle, die ihm auf den Leim gegangen sind, sind Verräter, Betrüger und Schurken.« Vilnix wandte sich an seine Leibwache. »Wache!«, schrie er. »Nehmt den Professor fest – nehmt beide fest – man muss dieses Gesindel vernichten ...«

Zwei Flachköpfe traten auf den Professor und Twig zu.

»Er lügt«, rief eine schrille Stimme von hinten. Einige lachten nervös.

Vilnix fuhr zusammen und starrte wütend in den dunklen hinteren Teil der Halle. »Wer war das?« Ein ganz in Weiß gekleideter Diener trat vor. »Minulis!«, stotterte Vilnix wie vom Donner gerührt. »Du hier?«

»Der Professor der Dunkelheit sagt die Wahrheit«, rief Minulis trotzig. In der Halle kam Unruhe auf. »Im Unterschied zu Euch!«

»Wie kannst du es wagen!«, schrie Vilnix. »Wachen, nehmt ihn auch fest!«

Zwei Flachköpfe sprangen von den Stufen herunter und wollten sich durch die Menge drängeln. Doch wenigstens dies eine Mal hielten die Akademiker zusammen. Sie hakten sich unter und ließen die Leibwächter nicht durch – und Minulis konnte weiterreden.

»Ich habe viele heimliche Gespräche mitgehört«, rief er tapfer. »Ich kenne Eure betrügerischen Geschäfte mit dem Ligameister, Eure Bestechungsversuche und Eure korrupten Methoden. *Ihr* seid der Verräter! Mir tut nur Leid, dass ich nicht den Mut hatte Euch die Kehle durchzuschneiden, als ich Euch den Schädel rasierte!«

Weiß vor Wut und am ganzen Leibe zitternd kreischte Vilnix, Minulis solle gefälligst schweigen. An alle gewandt, schrie er: »Wie könnt ihr zulassen, dass der Allerhöchste Akademiker so mit Schmutz beworfen wird?«

»Ihr seid nicht unser Allerhöchster Akademiker«, rief jemand. Es war der Professor der Windfühler.

»Nicht mehr«, ergänzte der Professor der Wolkengucker.

Vilnix' Mund klappte auf. Wie war es möglich, dass er, der doch sonst mit jeder Situation zurechtkam, die Stimmung so falsch eingeschätzt hatte?

»Wache …«, schrie er. Zwei Flachköpfe traten einen Schritt vor, doch dann blieben sie stehen. Die Menge zischte und johlte. »Nehmt ihn fest!«, brüllte Vilnix.

Doch die Flachköpfe gehorchten ihm nicht mehr. Die Akademiker hatten mittlerweile ihre Scheu überwunden und überschütteten Vilnix mit Hohn und Spott und Vorwürfen. Dass er nämlich mit Verbrechern unter einer Decke stecke und seine Macht missbraucht habe. Den Fluss habe er vergiftet, das Sturmphrax entweiht und Sanktaphrax in seiner Existenz bedroht.

»Hängt ihn am nächsten Baum auf!«, schrie jemand.

»Hängen ist viel zu milde!«, brüllte ein anderer.

Bedrohlich rückte die Menge näher. Vilnix hatte genug. Er raffte seine Kutte hoch und rannte weg, so schnell er konnte. Wütende Schreie ertönten. »Ihm nach!«

Vilnix rannte die Treppe vom Podium hinunter. Twig folgte ihm dicht auf den Fersen. Die Menge drängte nach vorn.

»Ich schneide ihm den Weg ab«, rief jemand.

»O nein, dass wirst du nicht«, murmelte Vilnix. Geschickt wich er den Händen aus, die ihn festhalten wollten, und rannte zur Seitenwand. Dort befand sich hinter einem Wandteppich eine Tür. Bevor die anderen begriffen, was geschah, war Vilnix durchgeschlüpft und verschwunden.

»Er ist entwischt!«, brüllte eine wütende Stimme.

Twig rannte als Erster durch die Tür. Er sah nach links und dann nach rechts und da rannte Vilnix die große Allee hinunter, die Kutte immer noch um die Hüften hochgerafft. »Halt!«, brüllte Twig. »Bleib stehen!«

Vilnix Pompolnius rannte immer schneller und die wütende Menge folgte dicht hinter ihm. Sie rannten eine Gasse entlang, über eine gewölbte Brücke und durch einen

Tunnel. Vilnix Pompolnius kannte Sanktaphrax wie seine Westentasche und Twig verlor immer wieder kostbare Zeit, weil er eine falsche Abzweigung nahm oder an der richtigen vorbeirannte. Trotzdem holte er auf, langsam aber sicher.

»Du entkommst mir nicht«, brüllte er. Vilnix sprang von einer Überführung hinunter und rannte zum Rand des Felsens.

»Wart's ab!«, schrie Vilnix und lachte gackernd.

Twig sah, dass der Schniffkobold, der ihn nach Sanktaphrax hochbefördert hatte, neben seinem Korb stand und Vilnix mit einer einladenden Geste näher winkte.

»Hier entlang, Durchlaucht«, sagte er.

»Ihr seid in null Komma nix unten.«

Vilnix eilte zum Ende des Landestegs. Twig stöhnte. Jetzt entkam der Schurke ihm doch noch.

»Kann ich Euch helfen?«, fragte der Kobold ergeben.

»Ich komme selbst zurecht«, sagte Vilnix unwirsch und stieß ihn zur Seite. Dann packte er den Weidenkorb mit der Hand und sprang hinein.

Im nächsten Augenblick hörte Twig etwas reißen.

Er sah, wie Vilnix entsetzt den Mund aufmachte und mit dem Korb nach unten stürzte.

»Hiiiiilfe!«, schrie Vilnix verzweifelt, dass einem das Blut in den Adern gefror. Der Schrei wurde schwächer, dann verstummte er schlagartig.

Drunten in Unterstadt lag die Leiche von Vilnix Pompolnius mit ausgebreiteten Armen und gespreizten Beinen auf dem Karren eines Scherenschleifers. Die stählerne Kappe war so eingedellt, dass man sie nicht mehr von dem zerschmetterten Schädel abnehmen konnte. Klingenpfiff, der Scherenschleifer, starrte verblüfft auf das leblose Gesicht des Allerhöchsten Akademikers.

»Na so was«, sagte er. »Wenn das nicht der alte Vilni ist. Er hätte doch wie ich beim Scherenschleifen bleiben sollen.«

Droben in Sanktaphrax zog Twig das gerissene Seil zu sich hoch. Einige Stränge waren zerfasert, doch die anderen hatte ganz offensichtlich jemand mit dem Messer durchgeschnitten. Twigs Blick fiel auf den Dolch, der im Gürtel des Kobolds steckte. »Du?«, fragte er.

Der Kobold zuckte die Schultern. »Ich sagte doch, die Ligabrüder würden sich um ihn kümmern.« Er klimperte mit einem Beutel voller Münzen in seiner Hand, dann steckte er ihn in sein Wams. »Zahlen tun sie auch gut.« Er grinste.

Twig stand auf und ging an dem Kobold vorbei zu der Menge, die sich mittlerweile eingefunden hatte. »Vilnix Pompolnius ist tot«, gab er bekannt.

Freudengeschrei und höhnische Rufe wurden laut. »Endlich sind wir ihn los!«, brüllten alle. »Was für ein Glück!«

Twig wandte sich beklommen ab. Einerseits war er wie alle anderen froh, dass sie Vilnix Pompolnius loshatten, ande-

rerseits beunruhigte ihn die Art, wie Vilnix zu Tode gekommen war. Er war auf heimtückische Art hingerichtet
worden und das machte niemandem Ehre.

»Tja, so ist das eben«, sagte eine Stimme.

Sie gehörte Grogg. Neben dem Flachkopf stand die Steinpilotin. Twig nickte. »Kommt«, sagte er. »Lasst uns von
hier verschwinden.«

KAPITEL 24

Der Klippentänzer

Ihr Aufbruch verzögerte sich allerdings noch. Der Professor der Dunkelheit versuchte mit allen Mitteln Twig zum Bleiben zu überreden.

»Wohin willst du denn?«, fragte er. »Was willst du tun? Bleibe doch, hier steht dir alles offen.«

Doch Twig schüttelte den Kopf. »Ich kann nicht«, sagte er. »Ich ... ich bin ein Himmelspirat wie mein Vater und der Vater meines Vaters. Es liegt mir im Blut.«

Der Professor nickte traurig. »Aber wenn du je deine Meinung änderst ... Der Titel *Professor des Lichts* würde zu einem so tapferen jungen Mann sehr gut passen.«

Twig lächelte und wendete sich dem Korb zu, mit dem er Sanktaphrax verlassen wollte. Die Steinpilotin und der Flachkopfkobold warteten schon.

»Na gut«, seufzte der Professor. »Versucht habe ich es. Doch jetzt zu dem, was wir in meinem Arbeitszimmer besprochen haben.« Er trat zur Seite. Hinter ihm standen zwei prall gefüllte Säcke. »Ich denke, du wirst alles zu deiner Zufriedenheit vorfinden. Umschläge, Anleitung und

Kristalle, genau wie wir es vereinbart haben. Und ich werde veranlassen, dass die Glocke jeden Abend läutet. Eine neuer Brauch kann nie schaden.« Er lächelte. »Offiziell läutet sie zu Ehren deiner Rückkehr aus dem Dämmerwald.«

Twig ergriff die Hand des Professors und schüttelte sie herzlich. »Bis zum nächsten Mal, Professor«, sagte er.

Wieder in Unterstadt stellte Twig fest, dass sie praktisch neben der Schenke zur Bluteiche gelandet waren. Doch sollten weitere zwei Tage vergehen, bis sie Mutter Pferdefeder aufsuchten. So lange dauerte es, bis Twig seine Mannschaft beisammen hatte.

Am ersten Morgen gingen sie zu Wabbelspak. Der dicke, schwitzende Zoohändler hatte soeben eine frische Ladung Tiere aus dem Dunkelwald erhalten. Wenn Twig allein gewesen wäre, hätte Wabbelspak sein Angebot vielleicht zurückgezogen, doch die Anwesenheit des wilden Flachkopfs und der mysteriösen Gestalt mit der Kapuze ließ ihn zu seinem Versprechen stehen.

Twig machte es wie Wolkenwolf, der vor Jahren die Steinpilotin angeheuert hatte, um ihr wieder zur Freiheit zu verhelfen. Er verließ den Laden mit drei neuen Mannschaftsmitgliedern, die in einer Zoohandlung ohnehin nichts zu suchen hatten.

Als Ersten heuerte er Spooler an, einen Eichenelf mit großen, nervös zuckenden Augen. Spooler wirkte nicht besonders robust, hatte aber bereits unschätzbare Erfahrung auf einem Himmelsschiff gesammelt.

Als Zweiten wählte Twig Tapser aus, einen jungen Banderbären. Die Wunden, die der Banderbär von den spitzen Pfählen der Grube davongetragen hatte, in der er gefangen worden war, waren noch nicht verheilt. Twig betrachtete den Bären prüfend und das Tier beugte sich vor und berührte den Banderbärenzahn an Twigs Hals.

»Wu?«, sagte er fragend.

»Wu, wu«, erklärte Twig.

»T-wu-g?«, fragte der Banderbär.

387

Twig nickte. Der Banderbär wusste trotz seiner jungen Jahre alles über den Jungen aus dem Dunkelwald, der einst einen Banderbären von Zahnschmerzen geheilt hatte.

Das dritte Mannschaftsmitglied ... Twig hätte die geschuppte Kreatur mit der Reptilienzunge und den Fächerohren gar nicht bemerkt, hätte sie sich nicht selbst zu Wort gemeldet. »Sie suchen nach Leuten für Ihr Schiff«, zischelte sie. »Da wäre es doch sehr nützlich, jemanden an Bord zu haben, der nicht nur Worte, sondern auch Gedanken hören kann, Captain Twig.« Das Wesen lächelte und die Fächerohren klappten zu. »Gestatten, Waldfisch.«

Twig nickte. »Willkommen an Bord, Waldfisch«, sagte er und händigte Waldfisch seine zehn Goldstücke aus.

Sechs Mann waren sie jetzt stark. Noch zwei und die Besatzung war vollzählig. Allerdings erwies sich die Suche nach diesen zwei als überaus schwierig.

Jedes Mal, wenn Twig in einer Schenke oder auf einem Markt jemanden ansprach, der aussah, als käme er infrage, hörte Waldfisch sich die verborgenen Gedanken des Betreffenden an und zischelte bald leise und schüttelte den Kopf. Der eine war zu feige, der andere zu leichtsinnig und der Dritte dachte gar an Meuterei.

Erst am späten Nachmittag des zweiten Tages begegneten sie in einer zwielichtigen Spelunke dem nächsten Kandidaten, einem vierschrötigen, rotgesichtigen Schlächter, der betrunken an der Bar saß und in sein mit Waldbräu gefülltes Glas hineinschluchzte. Auf den ersten Blick wirkte er völlig ungeeignet, doch Waldfisch blieb eisern. »Er hat Kummer, aber ein gutes Herz. Außerdem hat er bereits Grundkenntnisse in der Himmelsschifffahrt. Sprechen Sie mit ihm, Captain.«

In dem anschließenden Gespräch stellte sich heraus, dass der Schlächter Trapp hieß – Trapp Hammelhirt – und nach Unterstadt gekommen war um seinen Bruder Flechser zu besuchen, der dort ein kleines Amulettgeschäft betrieb. Vor nicht einmal zwei Stunden hatte Trapp erfahren, dass Flechser tot war. Flechser hatte Durst gehabt und war bei einem dummen Unfall mit Sturmphrax in die Luft gesprengt worden.

»Das ist ungerecht«, jammerte Trapp.

Waldfisch hatte Recht gehabt. Trapp Hammelhirt besaß ein gutes Herz. Sobald er sich beruhigt hatte, bot Twig ihm zehn Goldstücke und einen Platz auf dem *Klippentänzer* an. Trapp willigte ein.

»Ich bitte um Verzeihung«, sagte eine knarrende Stimme hinter ihnen. »Aber wenn ich das richtig verstanden habe, suchen Sie nach Mitgliedern für Ihre Mannschaft. Wenn das stimmt, dann brauchen Sie nicht mehr weiterzusuchen.«

Twig drehte sich um. Vor ihm stand eine magere, aber drahtige Gestalt mit einem zusammengedrückten, spitzen Gesicht, einer Hakennase und kleinen, abstehenden Ohren.

»Wer bist du denn und wie heißt du?«, fragte Twig.

»Gestatten, Schliet«, erwiderte der andere. »Der beste Maat der Lüfte.« Twig sah verstohlen zu Waldfisch, doch der schuppige Lauscher zuckt nur die Schultern.

»Ich bin frei von Höhenangst, kann mit Zahlen umgehen und habe ein Händchen für gute Geschäfte«, stellte Schliet sich vor. Seine ruhelosen blauen Augen hinter der stahlgefassten Brille glitzerten.

»Ich ... ich ... Warte einen Augenblick«, sagte Twig und nahm Waldfisch beseite. »Also?«, flüsterte er.

»Ich weiß nicht recht, Captain. Er hat mit jedem Wort die Wahrheit gesagt, aber trotzdem, irgendwas stimmt nicht. Irgendwas rumort in ihm. Vielleicht kommt es eines Tages zum Ausbruch, vielleicht aber auch nie.«

Twig seufzte resigniert. »Wenn wir so weitermachen, dann suchen wir ewig. Was er sagt, klingt doch gar nicht schlecht.« Er sah aus dem Fenster. »Wir könnten gleich zu Mutter Pferdefeder rübergehen.«

Er schüttete die letzten zehn Goldstücke aus der Börse. »Ich riskiere es.«

Waldfisch nickte. »Ihre Entscheidung, Captain, Ihre Entscheidung.«

»Der *Klippentänzer* ist fertig und liegt an einem sicheren Ort für dich bereit«, sagte Mutter Pferdefeder. »Doch zuerst das Geheimnis.«

»Richtig«, sagte Twig, »das Geheimnis.« Er zog einen Sturmphraxkristall aus der Tasche und legte ihn vor sich auf den Tisch. Mutter Pferdefeder rückte näher. »Jetzt Mörser und Stößel, wenn ich bitten darf.«

»Aber ... aber ...«, gackerte Mutter Pferdefeder aufgeregt. »Das probieren doch alle und du weißt, was dann passiert.«

Twig trommelte ungeduldig mit den Fingern auf die Tischplatte. Mutter Pferdefeder holte Mörser und Stößel.

»Danke. Und jetzt passen Sie auf. Ich lege den Kristall in den Mörser, dann hebe ich den Stößel hoch und warte.«

Mutter Pferdefeders Gefieder knisterte. Unverwandt starrte sie Twig an. Der Junge flüsterte seltsame Worte.

»Was flüsterst du da?«, wollte sie wissen. »Einen Zauberspruch vielleicht?«

Weit über ihnen schlug dröhnend die Glocke der großen Halle von Sanktaphrax. Twig ließ den Stößel niedersausen.

Mit nicht mehr als einem kurzen Zischen und Aufblitzen verwandelte sich das Sturmphrax in Phraxstaub.

»Das ist ja wunderbar!«, rief Mutter Pferdefeder aufgeregt und schlang ihre mit Daunen gepolsterten Flügel überschwänglich um Twig. »Ausgezeichnet. Aber jetzt musst du mir verraten, was du gesagt hast.«

Twig lachte. »Ich habe nur die Sekunden gezählt. Das Geheimnis besteht darin, dass man Sturmphrax nur im exakten Moment der Dämmerung gefahrlos in Phraxstaub verwandeln kann. Keinen Moment früher und keinen Moment später.«

»Aber für mich ist Dämmerung gleich Dämmerung«, wandte Mutter Pferdefeder ein. »Und die dauert sehr viel länger als nur einen Moment.«

Twig lächelte. »Für Sie und für mich ja. Doch für den Professor der Dunkelheit ist der Sekundenbruchteil, der das Licht von der Dunkelheit trennt, so deutlich wie ... wie der Schnabel in Ihrem Gesicht.«

Mutter Pferdefeder gackerte verärgert. »Aber woher weiß ich, wann es so weit ist?«

»Der Professor der Dunkelheit läutet jeden Abend in genau diesem Augenblick eine Glocke. Sie müssen sich nur bereithalten.«

Die Augen der Vogelfrau wurden zu Schlitzen. »Der Professor der Dunkelheit?«, fragte sie misstrauisch.

»Es ist nicht so, wie Sie denken«, sagte Twig hastig. »Der Professor tut das nur zu Ehren meiner Rückkehr aus dem Dämmerwald. Er ...«

»Wenn du ihm auch nur ein Sterbenswörtchen verraten hast, kommen wir nicht ins Geschäft«, unterbrach ihn Mutter Pferdefeder barsch. Ihre Augen blitzten. »Eigentlich hast du mir jetzt ja alles gesagt, da brauche ich ...«

Twig stand abrupt auf. »Denken Sie daran, wie schrecklich es wäre, wenn die Glocke eines Tages einen Augenblick zu früh oder zu spät läuten würde«, sagte er kalt. »Ich habe mich an meinen Teil der Abmachung gehalten, Mutter Pferdefeder. Meine Mannschaft wartet draußen. Jetzt will ich das Gold und das Himmelsschiff.«

Mutter Pferdefeder zog einen Schlüssel aus der Schürze und warf ihn auf den Tisch. »Liegt im Flugdock«, sagte sie. »Werft Nummer drei. Das Gold ist an Bord.«

»Ganz sicher? Denken Sie an die Glocke.«

Mutter Pferdefeder schnatterte wütend. »Es wird an Bord sein, wenn du hinkommst.«

Wenig später begab sich die neue Besatzung zum *Klippentänzer*. Es war Liebe auf den ersten Blick.

»Ist das ein schönes Schiff«, stammelte Trapp Hammelhirt. »Also wirklich.«

»Ein Juwel«, murmelte Schliet.

Strahlend vor Stolz sah Twig zu den mächtigen, weißen Segeln und den sauber geknüpften Tauen der Takelage hinauf. Zusammen zogen sie das Himmelsschiff über Rollen die Rampe hinunter und aus der baufälligen Baracke in die Nacht. Der Vollmond glänzte auf den polierten Masten und dem Rumpf, auf den silbernen Lampen, den blanken Instrumenten und den aus Bein gefertigten Griffen.

»Alles an Bord«, brüllte Twig, wie er seinen Vater so viele Male hatte brüllen hören. »Auf eure Plätze.«

Die Himmelspiraten beeilten sich ihm zu gehorchen. Twig stieg auf die Brücke, ergriff das Steuerrad und wartete auf ein Zeichen der Steinpilotin, dass der Flugstein bereit sei. Das Zeichen kam.

»Leinen los!«, rief Twig. »Hisst das Großsegel. Kurs geradeaus.«

Der *Klippentänzer* begann zu steigen. Behutsam trimmte Twig die Bug- und Heckgewichte. Der Bug hob sich und das Himmelsschiff schoss nach oben.

Twig lachte übermütig. Das Himmelsschiff fuhr sich traumhaft, ganz anders als die *Windsbraut*. Er senkte die Backbordgewichte und passte das Großsegel an. Trotz-

dem, dachte er, als das Schiff gehorsam nach links schwenkte, ohne die gefährliche Fahrt in dem maroden Himmelsschiff über die Modersümpfe und die Klippe hätte er nicht gelernt, wie man ein Himmelsschiff steuerte. Erst jetzt, nach der Erfahrung mit der *Windsbraut*, war es ein Kinderspiel, den *Klippentänzer* zu fliegen.

Über der Schenke zur Bluteiche gingen sie tief nach unten. Twig sah Mutter Pferdefeder in der Tür stehen und zu ihm heraufstarren. »Trapp«, rief er, »Spooler. Leert die Säcke aus.«

»Aye, aye, Captain!« Über das Heck gelehnt, begannen die beiden mit den Händen Briefumschläge über die Reling zu schaufeln. Flatternd und kreiselnd segelten die Umschläge nach Unterstadt hinab. Die Himmelspiraten sahen zu, wie die Unterstädter im trübgelben Licht der Straßenlaternen hin und her rannten und nach den merkwürdigen Umschlägen schnappten, die scheinbar aus dem Nichts auf sie herabregneten.

»Entschuldigen Sie die Frage, Captain«, sagte Trapp, als sie zum zweiten Mal über der Stadt kreisten. »Aber was genau tun wir da?«

Die Bluteiche kam wieder in Sicht, und Twig grinste. »Wir beenden ein Monopol.«

»Ein was?«

»Jeder Umschlag enthält einen Sturmphraxkristall und eine Anleitung, wie man damit Phraxstaub herstellt. Nur so konnte ich dafür sorgen, dass *alle* wieder Zugang zu sauberem Wasser haben.«

»Das gefällt mir, Captain«, rief Trapp. »Wirklich. Das ist nur gerecht. Mein Bruder Flechser hätte es ganz bestimmt gutgeheißen.«

»Was man von Mutter Pferdefeder nicht sagen kann«, bemerkte Schliet. »Sie sieht aus, als würde sie gleich explodieren.«

Twig lachte und winkte Mutter Pferdefeder fröhlich zu, die unter ihnen mit geballten Fäusten fuchtelte. »Es war höchste Zeit, dass die habgierige Vogelfrau ihre wohlverdiente Strafe bekam«, sagte er. »Sie hat im Unterstädter Hühnerstall schon viel zu lange regiert.« Er drehte sich um. »Wie weit seid ihr?«

»Fast fertig, Captain«, kam die Antwort.

Twig lächelte. Auch seine Aufgabe war damit fast erfüllt. Das Sturmphrax war verteilt. Es würden keine neuen Ketten mehr gebaut werden, die Verschmutzung würde aufhören und der Klippenfluss würde wieder so sauber sein, dass man das Wasser trinken konnte. Der Teufelskreis, in dem Sanktaphrax und Unterstadt gefangen gewesen waren, war gebrochen.

Die letzten Umschläge flatterten nach unten und Twig drehte das Steuer nach Backbord. Es war Zeit, Sanktaphrax und Unterstadt zu verlassen. Er zog die Segel nach oben und senkte die Steuerbordgewichte ab. Der *Klippentänzer* machte einen Satz. Der Wind frischte auf und sang in den Tauen. Twig schloss die Augen und legte den Kopf in den Nacken. Ihm schwindelte vor Glück.

Er hatte es geschafft! Er hatte die Aufgabe vollbracht, zu der sein Vater Quintinius Verginix vor Jahren aufgebrochen war. Vielleicht hatte es so sein müssen ... wer weiß?

Jedenfalls war er, Twig, dem großen Sturm auf der Suche nach Sturmphrax in den Dämmerwald gefolgt und wenn er die heiligen Kristalle letztlich auch woanders entdeckt hatte, gefunden hatte er sie. Als blinder Passagier war er aufgebrochen, als Kapitän zurückgekehrt – ein wahrer Triumph.

Der Wind strich liebkosend über sein Gesicht und zauste ihm die Haare. Konnte es etwas Herrlicheres geben, als so durch die endlose blaue Weite zu gleiten? Er musste grinsen. Nein, befand er, da gab es nichts. Überhaupt nichts.

Er hatte in diesem Augenblick das Gefühl so glücklich zu sein wie niemand sonst auf der Welt.

»Auf meinem eigenen Himmelsschiff über den Himmel zu fahren«, murmelte er und wollte fast platzen vor Stolz. »Im *Klippentänzer*.«

Auf einmal hörte er lautes Flügelschlagen. Die Himmelspiraten schrien aufgeregt durcheinander. Er öffnete die Augen.

»Du!«, rief er erstaunt.

»Ja, ich«, erwiderte der Raupenvogel und hüpfte mit vorgerecktem Schnabel über die Reling.

»Alles klar, Captain?«, brüllte jemand. Es war Trapp Hammelhirt. »Oder soll ich dem Biest einen Bolzen in den dürren Hals jagen?«

Twig fuhr herum und sah, dass Trapp die Armbrust angelegt und gespannt hatte. »Halt!«, schrie er. »Waffe runter.«

Der Raupenvogel beäugte das Schiff. »Du bereitest mir ein schönes Willkommen, Master Twig«, krächzte er, »aber vielleicht ein angemessenes. Denn ich bringe schlechte Nachrichten.«

»Schlechte Nachrichten?«, fragte Twig besorgt. »Was denn für welche?«

»Dein Vater Wolkenwolf schwebt in großer Gefahr.«

»Gefahr?«

»Der große Sturm hat ihn nicht mehr aus seiner schrecklichen Gewalt freigelassen. Als ich Wolkenwolf zuletzt sah, wurde er von den Winden fortgerissen. Ich folgte ihm, so weit ich mich traute ...«

»Wohin haben die Winde ihn getragen?«

»In eine Gegend weit weg von hier. Zu weit.«

»Doch nicht über ...«

Der Raupenvogel nickte. »Über die Klippe hinaus, Twig. Weit in den unerforschten Himmel hinaus, weiter als irgendjemand vor ihm.«

Twig starrte mit klopfendem Herzen geradeaus. Sein Vater dort draußen, verloren in der ungeheuerlichen, nebelverhangenen Wüstenei jenseits der Klippe – es war ein so furchtbarer Gedanke, dass er erschauerte.

»Ich muss versuchen ihn zu retten«, sagte er entschlossen.

»Das ist aber sehr gefährlich, Master Twig ...«, begann der Raupenvogel.

»*Captain* Twig«, unterbrach Twig ihn steif. »Auch wenn es noch so gefährlich ist, ich lasse mich nicht abschrecken. Der *Klippentänzer* ist bereit, die Mannschaft ebenfalls und ich auch.«

»Dann brechen wir sofort auf«, sagte der Raupenvogel.

Twig sah ihn überrascht an. »Wir? Du willst uns begleiten?«

»Du warst dabei, als ich geschlüpft bin«, erinnerte ihn der Raupenvogel. »Deshalb muss ich immer auf dich aufpassen ... immer.« Er seufzte. »Manchmal wünschte ich, es wäre anders ... Doch genug. Wir müssen uns beeilen. Zuerst brauchen wir ein langes Tau. Das eine Ende befestigst du am Bugspriet, das andere bindest du mir um den Bauch. Ich werde deinen Vater am Himmel suchen.« Er verstummte und fröstelte. »Das heißt, ich werde weiter hinausfliegen, als ich je geflogen bin – aber ich bringe dich zu ihm. Wenn der Himmel es will, kommen wir noch rechtzeitig.«

»Wenn der Himmel es will«, wiederholte Twig leise. Dann, ohne ein weiteres Wort, senkte er die Steuerbordgewichte und drehte das Ruder.

»Alles fertig«, schrie der Raupenvogel, stieß sich von der Reling ab und flog mit schweren Flügelschlägen voraus.

Die Leine spannte sich und Twig umklammerte das Ruder mit beiden Händen. Der *Klippentänzer* machte einen Satz. Gezogen vom Raupenvogel, näherte sich das Himmelsschiff dem Abgrund. Unter ihnen stürzte der Klippenfluss in die Tiefe und verschwand schäumend in der bodenlosen

Finsternis. Die Segel blähten sich im Wind und der *Klipp-entänzer* raste dahin – über die Klippe hinaus und immer weiter.

»Der Himmel schütze uns«, flüsterte Twig. »Uns alle!«

Jenseits der Klippe

Weit draußen auf dem unermesslichen Wolkenmeer jagte unter vollen Segeln einsam ein Himmelsschiff durch die Luft. Ihm voraus flog an einer Leine ein riesiger Vogel. Mit schweren Schlägen seiner schwarzweißen Schwingen zog er das Schiff immer weiter in den endlosen Raum hinaus, den die Bewohner des Klippenlandes so panisch fürchteten.

»Wetterstrudel voraus«, meldete der kleine Eichenelf aus dem Krähennest an der Spitze des Großmasts. Seine Stimme klang schrill vor Angst. »Ein schrecklicher Anblick!«

Drunten, am Steuerruder des *Klippentänzers*, hob ein junger Himmelspiratenkapitän in einer Weste aus Hammelhornfell mit zitternden Händen das Fernrohr an die Augen und fixierte es auf den dunklen Fleck. Er hielt den Atem an. Der näher kommende Strudel bot in der Tat einen Furcht erregenden Anblick. Zu einer milchweißen Masse geronnene Wolken verschwanden wirbelnd in einem blutrot gähnenden Schlund. In der Mitte des Schlundes klaffte tin-

11

tenschwarz ein
Loch, welches das
Himmelsschiff voll
und ganz zu verschlu-
cken drohte.

»Ich sehe ihn, Spooler«,
rief der Himmelspiraten-
kapitän zu dem Eichenelf
hinauf.

»Er nähert sich mit einer
Geschwindigkeit von
hundert Schritten pro
Sekunde, Captain Twig«,

meldete Spooler
aufgeregt. »Wir stoßen in
Kürze mit ihm zusammen.«
Twig nickte grimmig. Der Wind
kam immer stärker aus verschiedenen Richtungen. Sie flogen durch große Wolkenbänke. In den Wolken sackten sie ab, auf der anderen Seite stiegen sie abrupt
wieder auf. Die Leine, die sie mit dem Raupenvogel ver-
band, blieb freilich die ganze Zeit straff gespannt. Unbeirrt
führte der Vogel den Weg an.

»Aber das ist doch Wahnsinn!«, jammerte der Maat, eine
magere, spitzgesichtige Person in einem bunt schillernden
Brokatmantel. Er zog seinen großen Dreispitz und wischte
sich den Schweiß von der Stirn. »Der Vogel fliegt direkt auf
den Strudel zu.«

»Wir müssen ihm folgen, wohin er uns führt, Schliet«, rief
Twig.

»A ... aber ...«, stotterte Schliet weinerlich.

»Schliet! Schlapp machen gilt nicht! Sieh lieber nach, ob die
Leinen ordnungsgemäß belegt sind.«

Murrend gehorchte der Maat. Auf dem Unterdeck kam er
an einem bulligen Flachkopfkobold vorbei, der sich mit

angstvoll geweiteten Augen an die Takelage klammerte.
»Wir brauchen uns keine Sorgen zu machen, Grogg«, sagte
Schliet mit zusammengebissenen Zähnen. »Unser junger
Captain glaubt allen Ernstes, dass der zerfledderte Vogel
ihn zu seinem vermissten Vater führt und nicht in den
sicheren Tod im Herzen des Strudels. Was sollen da unsere
kleinlichen Bedenken?«

»Genau!«, rief eine stämmige Gestalt mit der feuerroten
Haut und den feuerroten Haaren eines Schlächters aus dem
Dunkelwald. »Du hast doch wie wir alle freiwillig bei Captain Twig angeheuert, wahrscheinlich, weil auch du etwas
Besonderes in ihm gesehen hast – so wie er etwas Besonderes in uns. Wir sind die wenigen Auserwählten, und jetzt
müssen wir auch bis zum Ende durchhalten.«

»Äh, gewiss«, erwiderte Schliet unsicher. »Nur wusste ich
nicht, dass das Ende schon so nahe ist.«

»Noch hunderttausend Schritte bis zum Strudel«, krächzte
Spoolers Stimme aus dem Krähennest.

»Es ist doch nicht schlimm, wenn man Angst hat, Schliet«,
zischelte eine Stimme in einer dunklen Ecke hinter ihnen
leise.

Schliet ließ das Tau fallen, das er in den Händen hielt, und
fuhr herum. »Wieder mal beim Gedankenlesen, was, Waldfisch?«

Waldfisch zuckte zusammen. Er war schmächtig und erinnerte vom Aussehen her an ein Reptil. An den Händen
und Füßen hatte er Schwimmhäute, seine großen Fächerohren vibrierten unaufhörlich.

»Ich kann nicht anders«, sagte er entschuldigend. »So sind
wir Wasserschwärmer eben. Aber ich sage euch eins: Der

Captain kennt den Raupenvogel schon lange. Er war dabei, als der Vogel geschlüpft ist, deshalb muss der Vogel zeit seines Lebens auf ihn aufpassen. Der Raupenvogel hat Twigs Vater im Wrack eines steuerlos über den Himmel treibenden Schiffes entdeckt. Er bat den Captain um Hilfe und der Captain bat uns. Jetzt müssen wir ihm auch helfen.« Waldfisch machte eine Pause, dann fügte er hinzu: »Der Raupenvogel weiß, was er tut, auch wenn seine Gedanken nicht leicht zu lesen sind.«

»Da fällt mir aber ein Stein vom Herzen«, sagte Schliet spitz.

»Ich weiß«, erwiderte Waldfisch ruhig. »*Deine* Gedanken kann ich nämlich sehr gut lesen.«

Schliets Lächeln gefror, und seine bleichen Wangen röteten sich.

»Denk an die Leinen, Schliet!«, rief Twig.

Der Captain starrte unverwandt auf den gähnenden Rachen vor ihnen. Irgendwo dort war das Himmelspiratenschiff seines Vaters verschwunden, der *Sturmpfeil*. Sein Vater war tiefer in den Raum jenseits der Klippe vorgestoßen als je ein Himmelspirat zuvor, aber er würde ihn finden, koste es, was es wolle.

Zwanzig Tage und Nächte waren sie schon unterwegs. Der Raupenvogel flog voraus und wies unbeirrt den Weg durch das trügerische Nichts. So auch an diesem Morgen des einundzwanzigsten Tages. Das Licht der aufgehenden Sonne überflutete den Himmel rosafarben. Die Südwestwinde stießen mit Luftströmungen aus Ost zusammen, die Böen wurden immer unberechenbarer.

Paul Stewart
Die Klippenland-Chroniken – Twig im Auge des Sturms
384 Seiten, Taschenbuch, ISBN 3-551-37220-9
Erscheint im Januar 2004

Auf Abwegen

Paul Stewart
Twig im Dunkelwald
Die Klippenland-Chroniken
Illustriert von Chris Riddell
304 Seiten
Taschenbuch
ISBN 3-551-37217-9

Twig wächst bei den Waldtrollen im Dunkelwald auf, doch ein richtiger Waldtroll ist er nicht. Deshalb muss er sich kurz vor seinem 13. Geburtstag auf den Weg durch den gefährlichen Dunkelwald machen, um herauszufinden, wer er wirklich ist und woher er kommt. Trotz aller Warnungen verlässt er den sicheren Pfad und bringt sich damit in große Gefahr …

CARLSEN

www.carlsen.de

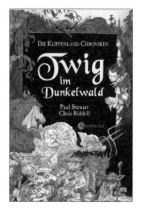

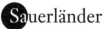

Mythos Atlantis

Federica de Cesco
Zwei Sonnen am Himmel
Atlantis – geheimnisvoller
versunkener Kontinent
244 Seiten
Taschenbuch
ISBN 3-551-37278-0

Zwei Sonnen stehen über dem sagenumwobenen
Atlantis – eine bedrohliche Konstellation der Gestirne.
Eine furchtbare Dürre bricht herein und die Atlanti-
den liefern sich mit den Kriegerinnen der Amazonen
einen erbitterten Kampf um die Herrschaft. Dem
jungen Feldherrn Usir gelingt es, Isa, die Thronerbin
der Amazonen, gefangen zu nehmen. Er verschleppt
sie nach Atlantis, wo das Unmögliche geschieht: Die
beiden verlieben sich ineinander. Das bringt Usir in
größte Gefahr …

CARLSEN

www.carlsen.de